雲が描いた月明り

4

尹梨修《ユン・イス》
翻訳◉李明華

新書館

雲が描いた月明り

④

もくじ

第四巻　月の夢

第五巻へつづく

雲が描いた月明り

④

月の夢

一　一歩ずつ

　雪に覆われた山々に月明りがそっと降り注ぎ、乳白色の光は夜の闇と溶け合って、雪原を青く浮かび上がらせている。障子紙から透けるその雪明りに青白く照らされて、二人の影は向き合っていた。

　緊張するラオンに気遣いながら、旲《ヨン》は単衣の胸元の紐を優しく引いた。足元には韓紅《からくれない》の服が落ちている。その上に蝶の羽のように単衣が落ちて重なり、淡い闇の中でラオンの丸い肩が露わになった。ラオンは寒さに震えぎゅっと唇を結んだが、そんな仕草も旲《ヨン》には愛おしくてならなかった。

「怖くないか？」

「平気です……」

　そう返事をしたものの、口の中はからからに乾き、頭の中はかつて妓女《キニョ》たちから教えられたあの、い、い、絵のことでいっぱいだった。

　あれはまだ、ラオンが雲従街《ウンジョンガ》にいた頃のこと。サムノムと呼ばれ、街の人たちのよろず相談をしながら口に糊していたラオンのもとには、妓女《キニョ》たちも多く訪れていた。年若いラオンにとって、妓女《キニョ》たちの話はどれも珍しく不思議なものばかりで、ついつい魅惑の世界を想像して胸を弾ませたものだった。だが、煌びやかな世界の裏にはつらい苦労もつきもので、時にラオンにはきつい話もあった。

中でも驚いたのは、春画を見せられたことだった。妓女《キニョ》たちは男女の秘め事を描いた春画を見せながら、好きな人と結ばれるには、この春画の絵のようにしないといけないの、などと初心《うぶ》なラオンを冷やかし半分、中には下心をのぞかせる妓女《キニョ》もいた。だが、女のラオンにそのような誘惑が通じるはずもなく、アメンボウのように足を開く絵の中の女人に、何とも言えない衝撃を覚えるばかりだった。

以来、ラオンの脳裏には、妓女《キニョ》たちに言われたことと、数枚見ただけの春画が焼きついている。

今夜、私と世子《セジャ》様は、春画の中の絡み合う男女のように……。

そう思うと、顔から火が出るほど恥ずかしくなり、肩を撫でる旲《ヨン》の手の動きに、つい先刻まで他人事だった春画が急に現実味を帯びてきた。唇は乾き、鼓動も山道を駆け上がった時のように早くなって息が上がった。

乾いた唇を舐めて落ち着こうとしたが、自分にはどう考えてもあんなことはできそうにない。

ラオンはうつむいて、絞り出すような声で言った。

「……できません」

旲《ヨン》は手を止めて、ラオンの顔をのぞき込んだ。ラオンは今にも泣きそうな顔をしている。ときめき、喜びを感じていたのは自分だけだったのかと不安になり、旲《ヨン》はラオンの気持ちを確かめようとしきりに目を合わせようとしたが、ラオンはこちらを見ようともしない。そればかりか、下を向いたまま、不安がる昊《ヨン》に突きつけるように言った。

「できません」

「嫌になったのか？　それとも、あの告白はうそだったのか？」

「うそではありません。そうじゃありません……そうではないのです。わたくしは、世子《セジャ》様が好きです。大好きです」

「では、何だ？」

「いくら頑張ろうと思ってみても、わたくしには……あの絵の中の女人のようにはなれそうにないのです」

だって、あんなことをしたら、死んでしまうかもしれない。

「あの絵？」

昊《ヨン》はますますラオンの気持ちがわからなくなった。

すると、ラオンは何かを決心した面持ちで、まっすぐに昊《ヨン》の目を見つめて言った。

「でも、大丈夫です。お時間をいただければ、練習して、きっとあの絵のように……」

「ちょ、ちょっと待ってくれ。一体、何の話をしているのだ？　あの絵とは何だ？」

「ですから……あの絵のようにするのではないのですか？」

「だから、あの絵とは何なのだ？」

「しゅ……春画でございます」

「春画？」

「以前、妓女《キニョ》たちから聞いたのです。好きな人と結ばれるには、春画の中の女人のようにしないといけないと。ですからわたくしは……」

「春画の中の女人のようにしなければと思ったのか」

「はい」

ラオンは真剣な顔をして昊《ヨン》を見つめ、大きな目をしばたかせた。すると、昊《ヨン》はみるみる顔を歪ませて、大きな声を上げて笑い出した。嫌がられたわけではなかったとわかり、昊《ヨン》はほっとする一方で、これほど純真な人がほかにいるだろうかという思いが湧いてきて、なおさらラオンが愛おしくなった。

「それで、できないと言ったのか」

「はい。でも今だけです。この先ずっとではありません」

雪明りが頼りの部屋の中では、にやける昊《ヨン》の表情まではよく見えず、ラオンは嫌だからではないのだと一生懸命に自分の気持ちを伝えた。そんなラオンの健気さに、昊《ヨン》はさらに胸を打たれた。

「お前を、どうしたらよいのだ」

愛おしさがあふれ、胸に収まりきらなくなりそうだ。できれば誰にも見せず、どこかに隠してしまいたいくらいだ。

「世子《セジャ》様、今、もしかして、笑っていらっしゃるのですか？　わたくし、何かおかしなことを言いましたか？」

「いや、そうではない。ただ、好きだなと思ってな。自分でもどうしようもないくらい、お前が好きだ」

昊《ヨン》はそう言って、思い切りラオンを抱きしめた。小さく震える体から、ラオンの緊張が伝わってくる。昊《ヨン》はラオンの額に自分の額を押し当てて言った。

「この小さな頭の中に、まさかそんな卑猥な絵が入っていたとは驚いた。手を握るのもやっとのくせに、ずいぶん背伸びをしたものだ」

「だって、あの絵のようにできないと、世子様《セジャ》と結ばれないと思って……」

「そんなこと、あるものか。急がなくていい。一歩ずつ進んでいこう」

「一歩ずつ？　どう進むのです？」

興味津々、意気込むラオンがおかしくて、昊《ヨン》はまた笑い、ラオンの額にくちづけして優しくささやいた。

「目を閉じて」

言われるままにラオンが目を閉じると、昊《ヨン》はその瞼《まぶた》にくちづけをした。そして、蝶が花びらに止まるように優しく、鼻筋や頬へ、ラオンの肌の上に自分の印をつけていった。


狭い部屋の中に、二人の熱っぽい息遣いが響いている。ラオンの白い肌が露わになり、青白い雪明りに浮かぶその肌は陶器のようで、昊《ヨン》は息を吸うのも忘れて見惚れた。

ラオンは堪らず顔を逸らした。昊《ヨン》に見られているだけで、体が火照ってくる。

「あまり、見ないでください……」

その姿は昊《ヨン》の欲情をさらに掻き立てた。頬からあごへ、そして首筋へ。唇が動くたび、わずかに抗うラオンを、昊《ヨン》は強く求めた。

体のあちこちにくちづけをされるうち、ラオンは痺れるような感覚を覚え、思わず背中を反らせた。

この人のためなら、何も惜しくない。

たとえこの身が砕けても、私のすべてをあげたい。

ラオンは無意識に吐息を漏らした。初めて感じる体が浮くような感覚。指先や足の爪先は痺れっぱなしだ。体の奥から熱が上がってきて、理性が飛んでいくようだ。もはやラオンも、昊《ヨン》を求めずにはいられなくなった。

「世子様《セジャ》……」

だが、そんな自分が怖くなり、ラオンは子どものように昊《ヨン》の胸にしがみついた。

「大丈夫。僕はここにいる」

昊《ヨン》はしっかりとラオンの体を抱き留めて、包み込むように言った。耳元にラオンの吐息が吹きかかるたび、ラオンが身をよじるたびに、本能のままに突き進みたくなるのは昊《ヨン》も同じだった。だが昊《ヨン》は、決して焦ろうとはしなかった。

生まれて初めて心から愛おしいと思う人が今、この胸の中にいる。壊れそうなほど小さくて、大切に思うあまり、手を触れることさえできなかった。だからこそ思いは募り、いつの間にか自分より大事な人になっていた。

そんな、一生をかけて愛し続けたいと思える人が、今、僕を見つめてくれている。もう何も望むまい。この人さえいてくれたら、ほかには何もいらない。

昊《ヨン》の腕が、さらに強く、深く、蔦のようにラオンの体に絡んだ。ラオンを守りたいという思いと、何もかもが欲しいという激しい思いがぶつかる。

これから二人で過ごす数多《あまた》の夜。その最初の一夜が、更けようとしていた。

窓の隙間から朝日が差し込み、ラオンの頬を照らした。

「朝か……」

体が水を含んだように重い。軽く伸びをしてふと見ると、隣で昊《ヨン》が眠っていた。夢かと思ってもう一度、目をこすって見てみたが、昊《ヨン》はやはり隣で眠っていた。いつもより寝返りを打ちにくかったのは、布団が重いせいではなかったらしい。

今朝はやけに肩が冷える。寝ているうちに寝巻がはだけたのかと、ラオンは掛け布団をかけ直そうとして自分が裸でいることに気がついた。一気に眠気が吹き飛び、昨夜のことを思い出した。

新婦が初夜に着る服を着て、世子《セジャ》様とお互いの気持ちを確かめ合って……。

途端に顔がかあっとなり、火が出るようだった。

夜の暗がりでは恥ずかしくてもごまかしようもあったが、朝になった今は昊《ヨン》の睫毛《まつげ》まではっきり見える。

まずい。

ラオンは慌てて服を探した。服はすぐそばに、脱ぎ捨てた時のまま無造作に置かれている。ラオンは昊《ヨン》を起こさないよう、息まで止めて手を伸ばした。

ところが、その時、ちょうど昊《ヨン》が寝返りを打ってきて、抱きしめられる形になってしまった。思わず声を上げそうになるのを飲み込んで、ラオンはとっさに寝たふりをした。そして昊《ヨン》の寝息を確かめて、そっと布団を抜け出した。本当はもう少し一緒に布団に包まっていたかったが、服も着ずに昊《ヨン》と顔を合わせるのはあまりに気まずい。

冬のせいか、服はまだ乾いていなかった。ほかに着替えられそうな服は新婦が初夜に着る服しかなく、ラオンは仕方なく濡れた服に袖を通した。着ているうちに乾くだろう。

着替えを済ませると、ラオンは足音を立てないよう気をつけながら部屋の戸に手をかけた。だが、いざ部屋を出ようとすると、急に名残惜しい気持ちになり、自分を好きだと言ってくれた男の顔を、じっくり見てみたくなった。

ラオンは膝歩きで布団に戻り、昊《ヨン》の寝顔をのぞき込んだ。丸みを帯びた額に、すっと通った鼻筋。目元や赤い唇は筆で描いたようだ。穏やかに眠る昊《ヨン》の顔は、障子紙から透ける朝日に照らされて一層美しく、まるで一幅の絵のようだった。

「男のくせに」

自分より美しいなんてずるいと、ラオンは手で自分の頰に触れ唇を尖らせた。その手を伸ばし、今度は昊《ヨン》の頰に触れてみた。手の平に昊《ヨン》の唇が触れ、ラオンはその妖しい感触にどきりとなった。熟れた果実のような唇は、食べて欲しいと誘っているようだ。

ラオンは思わず舌なめずりをして、人気がないのを確かめた。自分たちのほかに客がいないのは知っていたが、念には念を入れて外の気配に耳を澄ます。よし、誰もいない。

ラオンは昊《ヨン》の顔をまじまじと見つめた。時々、百回に一度くらいしてみたいと思っていたことがある。少し躊躇われたが、ラオンはゆっくりと昊《ヨン》に顔を近づけて、唇を重ねた。

それは一瞬だったが、昊《ヨン》の唇は甘く芳しい香りがした。何度も、夢にまで見た甘酸っぱいあの香り。ラオンはどうしても、もう一度だけあの香りを嗅ぎたいと思った。これで最後だと胸の中で何度もつぶやきながら、躊躇いがちに再び昊《ヨン》に顔を近づけた。

ところが、鼻先に触れようというところで、昊《ヨン》が目を覚ましてしまった。

「何をしている？」

「も、申し訳ございません！」

ラオンは逃げるように部屋を飛び出した。

「あいつ」

昊《ヨン》は小さく笑い、指先で唇に触れて再び目を閉じた。すると、ラオンが戸を開けてひょっこり顔をのぞかせた。

「ホン・ラオン」

「……はい」

しょんぼりするラオンに、昊《ヨン》は微笑んで腕を伸ばした。

「おいで」

「何です？」

ラオンは拗《す》ねたような口ぶりで昊《ヨン》のそばに寄った。昊《ヨン》は起き上がり、ラオンの額にかかった髪を後ろに流した。

「お前は断りもなく世子《セジャ》にくちづけをした」

「昨日は世子《セジャ》でも何でもないとおっしゃったくせに」

ラオンが言い返したそばから、今度は昊《ヨン》がくちづけをした。

「い、いお返しだ。それから……」

昊《ヨン》はラオンを抱き寄せた。

「これは恐れ多くも世子《セジャ》の唇を奪った罰だ」

昊《ヨン》の眼差しが変わったのを見て、ラオンはとっさに昊《ヨン》から離れようとしたが、時すでに遅し。ラオンは再び布団の中に引き込まれてしまった。

部屋の隅まで朝日が差し込んできた。ラオンは布団から出ようとしたが、後ろから昊《ヨン》に抱きしめられてしまった。

「もうひと眠りしよう」

「いけません。もう起きませんと、寝坊してしまいます。いつもはお願いしても寝てくださらないのに、今日はどうなさったのです？」

「本当だな。どうしてこんなに眠いのか、自分でもわからないや」

「残念ですが、起きていただきます。お祖父様がお待ちですよ」

「茶山《タサン》先生のところには行かない」

「どうしてです？」

「支度を終えたら、まっすぐ王宮に帰る」

「お祖父様が待っていらっしゃるのに？」

「桃は分け合えないことくらい、最初から先生もご存じだ。きっと今頃は漢陽《ハニャン》に出発されているはずだ」

「お祖父様が、漢陽《ハニャン》に？」

ラオンの表情が明るくなった。

「戻ったら、やることが山ほどあるぞ」

「何をなさるのです？」

「まずは」

「まずは？」

「お前の官服を脱がす」

「わたくしの官服を……って、何ですって？」

ラオンは飛び起きた。

「どうしたのだ？」

旲《ヨン》も驚いて起き上がった。

「今、わたくしの官服を脱がすとおっしゃいましたか？」

「ああ、言った。そうでもしないと、お前を正式に……」

僕の女人として迎え入れることができない。

「恐れながら」

ラオンは顔色を曇らせた。

「今のお話は聞かなかったことにいたします」

「なぜだ？」

「資善堂《チャソンダン》のホン・ラオンのままでいたいからです」

「どうして？」

ラオンに宦官《かんがん》を辞めさせて、正式に自分の女人として王室に迎え入れるのは、旲《ヨン》にとって何より重要なことだった。それなのに、当のラオンはそれを拒んでいる。

「嫌なのか？」

「…………」

「僕と一緒になるのが、嫌なのか？」

「まさか。その逆です。世子《セジャ》様のおそばにいるためです」

「何を言っているのかわからない。僕が理解できるように言ってくれ」

するとラオンは優しく微笑んだ。

「宦官でいれば、今まで通り、四六時中だって世子《セジャ》様のおそばにいられます。ご側室の淑儀《スギ》様のように、王様が来てくださるのをじっと待つしかないなんて嫌です。そんなの、鳥かごに閉じ込められているようなものではありませんか」

世子李旲《セジャイヨン》。本当なら手を伸ばしても届かない、雲の上の人だ。今、女人に戻れば、そばにいられなくなるばかりか、王宮を追い出されて会うことさえできなくなってしまうだろう。

ラオンを見つめる旲《ヨン》にも、その思いは痛いほど伝わっていた。本人同士がいくら好き合っていても、身分違いの二人を世間が許すはずがなかった。

旲《ヨン》は何も言わず、ただ黙ってラオンを抱きしめた。

「心配するな。誰も僕たちを引き離せやしない。僕の心はすでに決まっている。僕一人で、お前のいない人生を歩むことなどできない」

旲《ヨン》にそこまで言われても、ラオンの気持ちは変わらなかった。旲《ヨン》を信じていないのではなく、むしろ信じているからこそ、女には戻れなかった。

世子《セジャ》様は今、大きな志を遂げるため、大空へ羽ばたこうとしている。そんな大事な時に私が女に戻れば、政敵である朝廷の大臣たちにどう利用されるかわからない。世子《セジャ》様の足かせになるのがわかっていながら、自分の幸せのために世子《セジャ》様の申し出を受けるわけにはいかない。少なくとも、今はまだ、その時期じゃない。だからせめて、宦官ホン・ラオンとしてそばにいさせて欲しい。

「それに、宦官のままでいた方が、世子《セジャ》様のおそばにいやすくなります。朝から晩まで、影のように世子《セジャ》様に引っついて、四六時中でも一緒にいられます」

「ラオン……」

ラオンは旲《ヨン》の手を取った。

「お願いです。もうしばらく、今のまま、世子《セジャ》様のおそばにいさせてください」

将来、世子《セジャ》様の夢が現実のものとなり、私が自分の力で女に戻れるようになるまで、待っていてください。その時が来たら、今度は私から、女人として世子《セジャ》様のおそばにまいります。だからそれまでは、このまま、あなた様のおそばにいさせてください。

二　初心忘るべからず

夜が更け、人々が寝静まる頃、花月楼《ファウォルル》の一日は始まる。都城にほど近い花月楼《ファウォルル》は、今夜も真昼のように明るい。綺麗どころを集めたと評判の妓楼《ぎろう》を営むのは女将のヨランだ。ヨランは、その美貌はもちろんのこと、芸も達者で広く名を知られている。客の男たちは三日にあげずヨラン目当てに花月楼《ファウォルル》を訪れたが、ヨランの手すら握れずに帰されていた。

そんな花月楼《ファウォルル》に、今夜はビョンヨンも訪れていた。何も言わず、窓の外を眺める後ろ姿には、どこか抜け殻のような空虚さが漂っている。

「風が冷とうございます」

ヨランは小ぶりな膳を抱えて部屋に入ると、そう言って窓を閉めようとした。白雲会《ペグネ》の一員であるヨランにとって、ビョンヨンは会主《フェジュ》であり、ほかの客より手厚くもてなすべき相手ではあるが、ビョンヨンを見るヨランの眼差しにはそれ以上の感情が見て取れた。

「そのままにしてくれ」

だが、ビョンヨンは男なら誰もが振り向く美人のヨランには目もくれず、夜空を見上げたままそっけなく言った。重く垂れこめた空からは白い雪が降っていて、手を伸ばすと雪は手の平に溶けて消えた。

「今朝の雪が、まだ続いているのですね」

酒を注ぎながらヨランは言った。盃の中に小さな波紋が起きるのを眺めながら、ビョンヨンは府《プ》院君金祖淳《ウォングンキムジョスン》の言った言葉を思い出していた。

『誰かと思いきや、逆賊キム・イクスンの孫ではないか。やはり血は争えないものだのう。あの祖父にこの孫ありだ。お前の祖父もそうだった。こちらに頭を下げておきながら、忠誠は違うところに誓っていた。お前は自分の祖父と同じ道を歩むのか？』

府院君金祖淳《プウォングンキムジョスン》の高笑いが耳元に響いた。

自分が信じてきたものは何だったのか。ビョンヨンは自分自身に対する慙愧《ざんき》の念と祖父への失望に苛《さいな》まれた。自分の体に流れているのは、反逆者の血だった……それを思うと、絶望感で胸が押し潰されるようだった。

「友……、友か」

いつか旲《ヨン》に言われたことを思い出し、ビョンヨンは苦笑いを浮かべた。

この国を変えたいという思いで、今日まで世子《セジャ》様と共に歩んできた。自分の根源となる祖父の顔に唾を吐き、嘲弄《ちょうろう》までした罪を償うために。祖父に付けられた汚名や、謀反の烙印を押された過去を晴らすために、世子《セジャ》様を守り、新しい国を作るため力を尽くしてきた。

だが、真実は違った。祖父は逆賊に利用され、ありもしない罪を着せられた悲運の忠臣ではなかった。自ら謀反に加担し、王様や世子様《セジャ》、そしてこの国そのものを転覆させようと画策した張本人だった。王室を脅かした裏切り者の血を引く俺が、世子様《セジャ》と友情を分かち合ってきたのかと思うと、恥ずかしくてたまらなくなる。これまで守り積み重ねてきたものすべてが、跡形もなく崩れ落ちていくようだ。

ビョンヨンは現実から目を背けるように酒を呷《あお》った。だが、どれほど酒を呑んでも今夜は少しも酔えなかった。むしろ、呑めば呑むほど意識がはっきりしていく。

どれくらい呑めば酔えるのだろう。どれくらい呑み続ければ頭の中を空《から》にできるのだろう。あとどれくらい苦しめば、過去を消し去ることができるのだろう。

手酌で酒を注ごうとすると、ヨランが先に酒瓶を取った。

「会主《フェジュ》、何か心配事でも?」

ヨランは酒を注ぎながら尋ねた。

「そう見えるか」

「いつもとは様子が違うものですから」

「………」

「何かあったのですね? よろしければお聞かせください」

ビョンヨンは酒から目を離し、ヨランを見つめた。白粉《おしろい》をした顔の上に、ラオンの顔が重なる。

こんな姿を見たら、あいつはどう言うだろう。きっと、キム兄貴、どうなさったのです? 何があったのかお話しください。悩み事なら私が聞いて差し上げます……なんて言うのだろうな。

ふと、耳元に、ラオンの声が聞こえたような気がした。不思議と胸が温かくなり、気持ちが落ち着いてきた。やっと酔いが回ってきたらしい。ラオンを思うだけで、胸の中の靄が晴れ、つらい記憶が褪せて消えていくようだった。

「笑ってください」

ビョンヨンは、ラオンの口癖を真似てみた。

「会主《フェジュ》？」

隣で、ヨランは不思議そうにビョンヨンを見た。

「あいつなら、きっとそう言うだろうな。キム兄貴、笑ってくださいって……」

「…………？」

「無理やりにでも笑えと言うだろう。笑っているうちに元気になるからと」

「事情は存じ上げませんが、私も、会主《フェジュ》の笑顔を見てみとうございます。私はまだ、会主《フェジュ》が笑うところを見たことがありませんから」

言った途端、ヨランは目を見張った。ビョンヨンが笑っていた。もの悲しく、どこか影のある笑顔だが、それゆえに美しく、守りたくなり、ヨランは胸が震えた。

その笑顔はしかし、蝋燭の火のように一瞬で消えてしまった。真顔に戻ったビョンヨンを、ヨランは思いつめたような顔をして見つめた。

「ヨラン、ヨランはいるか」

すると、泥酔した客の男がいきなり二人のいる部屋に入ってきた。

「何だ、風邪で休んでいると聞いたが、ここにいるじゃねえか。来い。向こうで俺の相手をしろ」

小汚い笠を首にかけたその男は、乱暴にヨランの手を取った。

「何をなさいます！」

「うわさ通り気の強い女だ。お前が好きな金ならここにある。どうだ？　脱いでみる気になったか？」

男はヨランの裳《チマ》の上に金の包みを投げた。冷めた目で包みを見るヨランを、男は鼻で笑った。

「足りないか？　あとどれくらい欲しい？」

「誰か、お客様をお部屋にお連れして」

ヨランが声を張ると、表にいたサウォルという妓女《キニョ》が飛んで入ってきた。

「旦那、ここにいらしたのですか？　ヨラン姐さんは放っておいて、私たちと遊んでくださいな」

サウォルは鼻にかかった声を出し、男にしなだれかかった。だが、男はそれを煩わしそうに振り払って言った。

「ふんっ、偉そうに。所詮は商売女じゃねえか。俺みてえな底辺の男には酌もできねえってのか？」

「いけませんよ、旦那。ヨラン姐さんはもともと、お客さんの席には着かないことになっているのですから」

「だったらこいつは何だ？　この男はどうなんだよ！」

酔った男は、今度はビョンヨンに噛みついた。そして、何かに気づいたような顔をして、いやらしい笑みを浮かべた。

「わかったぞ！　お前、ヨランのヒモだな？　客には酒も注がねえくせに、裏じゃ男を囲ってたのか」

　男はひとしきり肩を震わせて笑うと、ビョンヨンに近づいて言った。

「お前、どこのどいつだ？」

「お言葉が過ぎますよ」

　ヨランは二人の間に割って入った。

「へぇ、ヒモでも亭主ってか？　この男の体に金でも巻いてあるのかよ。どれ、天下のヨランが囲う男がどれほどのものか、俺が品定めをしてやろう」

　男はそう言って、突然、ビョンヨンの前に置かれた膳を蹴り上げた。大きな音を立てて酒瓶や盃が床に転がる中、男は再びヨランの手をつかんだ。

「そのツラは何だ？　金なら俺にだってある。いくらでもくれてやるから、つべこべ言わずにこっちへ来い！」

「その手を放せ」

　ビョンヨンが男に言った。

「何だ、てめえ。亭主面でもしようってのか？」

　男はビョンヨンを馬鹿にしたように笑い、急に柄の悪い顔つきになった。

「俺はな、誰にも気づかれずにお前を殺すことだってできるんだ。長生きしたかったら、引っ込んでな。優男が、女みてえなツラしやがって」

「口で言っても無駄のようだな」

ビョンヨンは、無理やりヨランを連れ出そうとする男の肩をつかんだ。

「何をしやがる！」

男はとっさにビョンヨンに殴りかかったが、ビョンヨンは避けもせず、男の拳をつかんでそのまま腕をひねり上げた。

「痛い！　人殺し！」

悶える男を冷ややかに見て、ビョンヨンは低い声で言った。

「人殺しがどんなものか、教えてやろうか？」

「………！」

男は震え上がり、声も出せなかった。

そこへ、騒ぎを聞きつけた仲間の男たちがやって来た。ビョンヨンは顔色一つ変えずに男たちを見渡した。すると親玉と思しき顔にほくろのある男が、ビョンヨンの機嫌をうかがうように笑いながら言った。

「こいつは申し訳ありやせん。明日の朝が早いもんですから、その前に景気づけの一杯をと思ってやって来たんですが、仲間がとんだ失礼をしました」

ほくろの男は仲間に目配せをして、酔った男を引きずるようにして出ていった。男たちが去り、部屋の中がしんとなると、ヨランはいたたまれない気持ちになった。妓楼《ぎろう》を切り盛りしていると、こんなことは日常茶飯事だが、ビョンヨンには見られたくなかった。

だが、すぐに気を取り直し、頭を下げた。

「失礼いたしました。明日、早朝にここを発《た》つ行商の者たちです。夕方から呑み始めていたのですが、お見苦しいところをお見せしてしまいました」

「行商？」

ビョンヨンが見る限り、男たちの目つきは商売人のそれではなかった。特にあの男、親玉と思しきほくろの男の目は、どう見ても堅気のものではない。

「行商の者たちが出入りするには、妓楼《ぎろう》は敷居が高いのではないか？」

「何でも、大きな仕事が舞い込んだとかで」

ヨランは立ち上がった。

「新しいお酒をご用意いたします。それより、先に部屋のお掃除を。いえ、やっぱりここはこの有様ですから、離れの部屋にまいりましょう」

「……………」

「私の部屋にも、お酒をご用意しております」

白雲会《ペグネ》の会合では何度も顔を合わせているが、こういうことは初めてだった。ビョンヨンを見つめるヨランの目に、自ずと熱がこもった。あるいは、ビョンヨンが初めて見せた笑顔が、ヨランを大胆にさせているのかもしれない。

初めて会った時から、ビョンヨンは特別な存在だった。この人が欲しいという激しい感情が湧いて、体が火照ったほどだ。

「男の人がなぜ妓楼《ぎろう》を訪れるのか、ご存じですか？」

「………」

「安らぐためです」

家族のこと、仕事のこと、何もかもを忘れるために男たちは妓楼《ぎろう》にやって来る。たとえそれが一夜の夢だとしても、灯りに吸い寄せられる火取蛾《ひとりが》のように、男は酒と女を求めずにはいられない。

「そういうものかな」

「会主《フェジュ》を悩ませているものが何か、私にお話しください。今夜は何も考えずに、二人きりで呑むのもよろしいかと」

ヨランは静かにビョンヨンの答えを待った。しばらく沈黙が流れた後、ビョンヨンは何も言わずに席を立った。ところが、部屋を出ようとすると、軽く目が回り足元がふらついた。今夜は酔えないと思っていたが、今頃になって酒が効いてきたようだ。こんなに気持ちよく酔うのは初めてだった。あいつの存在があるからだろうか。

そんなことを思っていると、ヨランが追いかけてきた。

「お部屋はあちらです、会主《フェジュ》」

ヨランはそう言って、ビョンヨンの腕を支えたが、ビョンヨンはその手を払い、独り言のように言った。

「面倒だ」

「どうなさいました？」

門の方へ向かおうとするビョンヨンを、ヨランは慌てて呼び止めた。

「会主《フェジュ》、どうなさったのです？」

だが、ビョンヨンは振り向かなかった。頭の中は別の女人のことでいっぱいだった。

このまま、あいつのいるところに帰ろう。ホン・ラオン……今日はなんだか、あいつの顔が無性に見たい。


枝先の雪は凍って白い花のように見え、日差しが当たるところではすでに雪解けが始まっていた。陽が照り出した頃、宿を出ようとする昊《ヨン》とラオンのもとにオクソン婆さんが近づいて、大きな種を二つ、ラオンに手渡した。

「プニ、これを持っていきな」

「お婆さん」

「何年前だったかね。生臭坊主がうちに来て、宿代の代わりにって桃をくれたの。見たところ金もなさそうだったし、仕方なく受け取ったんだけど」

「…………」

「その桃が美味しいの何の。今まで食べた桃の中で一番美味しかった。息子にも食べさせてやりたかったけど、あの時はあの子、兵隊にいたからね。プニ、この種を育てて、ソクに一生、美味しい桃を食べさせてあげて」

オクソン婆さんは涙ぐんだが、その顔はどこか晴れ晴れとしていた。桃を食べさせてやれなかったことが、ずっと心残りだったのだろう。ラオンは笑顔で種を受け取った。

「いただきます」

婆さんに挨拶を終えて、昊《ヨン》とラオンは宿をあとにした。まだ誰にも踏まれていない朝の雪路に、二人の足跡が続いていく。本当なら雲の上のような存在だが、雪の山道を二人で歩いている今は、昊《ヨン》はただの男で、自分たちは普通の恋人同士のように思えた。

私の好きな人。私の大切な恋人。

そう思うとうれしくなって、ラオンは心が弾んだ。

ところが、それからいくらも経たないうちに、急に不機嫌になって昊《ヨン》を呼び止めた。

「あの」

「ん?」

「何か、お忘れではありませんか?」

「宿に忘れ物でもしたのか?」

昊《ヨン》は自分の荷物を確かめた。

「僕はないようだが」

「そうではありません」

怪訝そうな顔をする昊《ヨン》に近づいて、ラオンはつっけんどんに言った。

「世間様は騙されているのですね」

「何のことだ？」

「世間の人は、温室の花の世子《セジャ》様をこの世に二人といない俊英だと言って疑いません」

「それは、向こうが勝手に言っているだけだ」

「本当にそのようです」

ラオンはふてくされ、ぷいとそっぽを向いてしまった。あまりに唐突でわけがわからず、旲《ヨン》は困ってしまった。

「急にどうしたのだ？　何が気に入らない？」

「おわかりになりませんか？」

「わからないから聞いているのではないか。どうして怒っているのだ？」

ラオンはだが、なかなか理由《わけ》を言おうとしなかった。

「言ってくれ」

すると、ラオンは少し躊躇って、消え入るような声で言った。

「何もなさらないではありませんか」

「………？」

「どうして何もしてくださらないのです？」

いつもは隙あらば抱きしめて、くちづけをしてくる人が、宿を出てからは手も触れようとしない。

自分から求めるわけにもいかず、ラオンは悶々としていた。

それを聞いて、昊《ヨン》は吹き出してしまった。恥ずかしがって自分から言い出せず、拗《す》ねる姿まで愛らしい。昊《ヨン》はでれでれになった。

不意に、ラオンは爪先立ちで昊《ヨン》にくちづけをした。ふわっと甘い香りに鼻腔をくすぐられ、昊《ヨン》は頭が真っ白になった。そんな昊《ヨン》の耳元に顔を寄せて、ラオンはささやいた。

「忘れ物、お返ししましたよ」

「…………」

「いつもはわたくしが拒んでもお構いなしだったのに。昨日の今日で、もう釣った魚とでも思っていらっしゃるのですか?」

唇を尖らせるラオンの腰を抱き寄せて、今度は昊《ヨン》がくちづけをした。それからしばらく、昊《ヨン》とラオンは無心になって互いを求めた。地上にいるのか、天上にいるのかもわからない。時は止まり、二人は二人だけの世界の中にいた。

ふと、昊《ヨン》は怖くなった。この幸せは夢か幻かもしれないと思えて、目を開けることができなかった。

それからどれくらい経っただろう。このままずっと包まれていたいほど温かい昊《ヨン》の胸を離れ、ラオンは恥ずかしそうに言った。

「初心忘るべからずです」

「わかった」

威張って言うラオンに、昊《ヨン》はときめき、胸が締めつけられた。できることなら、今すぐにでもラオンの存在を王室に知らせ、自分の隣に堂々とラオンの居場所を作ってあげたい。

だが、ラオンは温室の花にはなりたくないと言う。温室の花は美しいが、熱い日差しに葉を焼かれ、根が乾いても、誰かが日差しを遮り、水をくれるのを待つしかない花のような人生は嫌だと言った。いつ枯れるかわからない温室の花になるくらいなら、いっそ野に咲く花になりたい。どこにでも自由に咲ける野花になって、好きなだけ世子《セジャ》様のお姿を見ていたいと。

ラオンの気持ちは痛いほどよくわかった。だが、昊《ヨン》としては、何か一つでもラオンのためにしてやりたかった。望むなら、夜空の星だって取ってやりたい。ラオンのためなら何も惜しくないのに、今の自分では何もしてやれないのがつらかった。

「世子《セジャ》様、このまま漢陽《ハニャン》に帰っていいのですか？」

「先生はもう向かわれたぞ」

「お祖父様ではなく、ほかの方たちは？」

パク・トゥヨンとハン・サンイク、それにハン・ユル率いる護衛たちは一緒ではないのだろうか。

「それなら、先に麓で待たせている」

「そうでしたか」

明るく返事をしたものの、ラオンの顔はどこか曇っていた。

「どうした？　暗い顔をして」

「いえ、何でもありません」

「みんなのことが気になるのか？」

ラオンはうつむいて、蚊の鳴くような声で言った。

「ちょっと、気になっただけです」

その目と表情を見て、昊《ヨン》は気がついた。

「うれしいか？」

「え？」

「山を下りるまで、邪魔者はいない」

「ち、違います！　そんなんじゃありません」

身振りまでして否定するラオンを見て、昊《ヨン》は大笑いした。

「むきになるのを見ると、ますます怪しいな」

ラオンは赤い顔をして下を向いてしまった。昊《ヨン》の言う通りだった。昊《ヨン》と二人で歩く雪道は楽しくて、少しもつらくはなかった。この時間がいつまでも続けばいい。そんな気持ちを見透かされたようで、ラオンは恥ずかしかった。だが、山を下りるまでは二人きりでいられる。そう思うと、うれしくて口元が緩んでしまう。

「そこのお二人さん」

だが、甘いひと時は、後ろから呼び止める男の声に突然終わりを告げ、ラオンは天を恨んだ。

せっかく二人きりでいられたのに、あんまりです。

「そこのお二人さん」

後ろから、三人の男が近づいてきた。三人はそれぞれ縦に長い荷物を背負っていて、その風貌から行商の者たちのように見えた。白い雪の上にできた二人の足跡は、いつの間にか男たちの足跡によって消されていた。歩く人が増えれば仕方のないことだが、ラオンには二人の思い出を壊されたようで悲しくなった。

するど、行商の男たちはさらに二人に近づいてきた。

「麓の村に行かれるんですかい？」

男は人がよさそうな笑顔で話しかけてきた。

「長旅の帰りのようだな」

男たちは昊《ヨン》がただ者ではないと察したようで、急に居住まいを正した。

「そうなんでさ。品物を仕入れに、北の方に行ってきやした」

男が答える間に、昊《ヨン》は男たちの身なりに素早く目を走らせた。行商の仕事が長いと見えて、三人とも雪沓を履いている。雪沓は底が広く平らにできているので、雪深い道を歩くのに適している。

「昨晩の雪では、さぞ苦労しただろう」

「あれには参りました。ちっとも降りやまなくて、凍え死ぬかと思いやしたよ」

昊《ヨン》はうなずきながら、男たちの背中の荷に目を留めた。すると、顔にほくろのある男が、聞いてもいないのに昊《ヨン》に言った。

「珍しい絹が入ったと聞いて、冬山を越えたのでございやす」

「それは苦労だったな」

昊《ヨン》はそう言うと、ラオンを連れて再び歩き出した。男たちも二人のあとに続いた。

「雪があまりにひどいんで、空に穴が開いたのかと思いやしたよ。ところで、お二人はどちらへ？　お見かけしたところ、ずいぶんと身分の高い方たちのようですが」

「…………」

「歩くのが速いですね。ここで会ったのも何かの縁。一緒に行きやしょうや」

昊《ヨン》は何も答えなかった。その後もほくろの男が何度か話しかけてきたが、昊《ヨン》は一言も返さなかった。男たちは諦めて、二人から少し離れて歩いた。

それからしばらくして、昊《ヨン》と並んで歩いていたラオンがひそひそ声で昊《ヨン》に聞いた。

「世子様《セジャ》」

「どうした？」

ほくろの男には返事もしなかった昊《ヨン》が、ラオンにはすぐに返事をする。ラオンはやはり声を潜めて尋ねた。

「どうして遠回りをなさるのです？」

「偶然かどうか、確かめたくてな」

ラオンは昊《ヨン》が何を言っているのか、わからなかった。

すると、昊《ヨン》は男たちに振り向いて言った。

「雪が積もる山を越えるということは、ずいぶん通い慣れているようだな」

「ええ、それはもう。この辺りの道なら、目をつぶってでも歩けやす」

「それにしては、今、麓の村とは別の方向に向かっているのだが、気づかなかったか？」

「な……何のことでしょう」

男は焦って辺りを見渡し、作り笑いを浮かべた。

「言われてみれば、道を間違えたようです」

「ここへ来るのは初めてなのだ。どちらへ行けばいい？」

男は辺りを見渡して、西の方を指した。

「あっちに行けばよさそうです」

「あちらは麓の村とは別の方向だ」

ほくろの男は表情を強張らせた。

「そんなはずはありやせん。旦那は初めてでしょう？　ここの土地勘はないんじゃないんですかい？」

「ここを通るのは確かに初めてだが、物覚えだけは人一倍よい方でな」

昊《ヨン》は指先をこめかみに当てて言った。

「一度見たものは、忘れない質《たち》なのだ」

「…………」

「ここに登ってくる時、この辺りの地形は大体覚えておいたのだ。麓に村は一つしかない。お前が指した方向に、村はないぞ」

すると、ほくろの男は突然、笑い出した。

「おお、そうですかい」

男の顔からみるみる笑みが消えていった。そして、やおら懐《ふところ》から匕首《あいくち》を取り出すと、男は猛然と昊《ヨン》に襲いかかった。突然のことにラオンは悲鳴も出ず、ただ胸の中で叫ぶことしかできなかった。

世子《セジャ》様！　お逃げください！

三　少しだけこのまま

ほくろの男は突然、匕首《あいくち》を抜いて旲《ヨン》の心臓をめがけて突進して来た。刃先は雪に反射して、まるで殺気を放っているようだ。

「やめて！」

我が身が襲われるような恐怖に、ラオンは叫んだ。

ところが、当の旲《ヨン》は動じるどころか、むしろはなからこうなることを予想していたかのように男の腕を軽くひねり上げ、落ちた匕首《あいくち》を蹴り上げて自ら手に取った。

「この野郎！」

男はとっさに身を翻し、旲《ヨン》の顔に回し蹴りをしたが、旲《ヨン》はそれも軽くかわして男の膝裏を蹴った。

「野郎！」

「死ね！」

ほくろの男が地面に転がると、今度は別の二人が背中の剣を抜いて襲いかかってきた。男たちが背負っていたのは絹の反物ではなく、剣だったのだ。

「動くな！」

旲《ヨン》はほくろの男の首に匕首《あいくち》を押し当て、仲間の男たちに凄んだ。

「一歩でも近づけば、この男の命はない」

男たちは身動きが取れなくなり、苦虫を噛み潰したような顔で旲《ヨン》を睨みつけた。

「一体、どうなっているのですか？」

ラオンは気が動転し、震える声で旲《ヨン》に聞いた。

「僕の命を狙う者たちだ」

ラオンは目を見張った。

「山賊ではないのですか？」

「お前が山賊なら、わざわざ雪の日に人を襲うか？」

「では、この人たちは……」

「僕の素性を知ったうえでの狼藉だ」

「そんな！」

世子《セジャ》の命を狙えば、それは謀反になる。

「いつから気づいていらしたのですか？」

「最初に声をかけられた時だ。薬や食材なら傷まないうちに運ぶのは当然だが、反物なら急ぐ必要はない。いや、急ぐこともあるだろうが、あの者たちの履物を見ろ」

「あれが、どうかしましたか？」

「昨晩は今年初めての雪だった。それも大雪だ。ところがこの者たちは、それを見越したように雪沓を用意していた」

いくら旅慣れた者たちであっても、降るかどうかもわからない雪に備えて沓まで用意しているのは確かに不自然だ。わずかの間に、そこまで見抜いていたのかと、ラオンは昊《ヨン》の物事を見抜く鋭さに改めて驚いた。そしてふと、これほどの洞察力がありながら、なぜ女人の顔が覚えられないのか不思議に思った。だが、今はそんなことを言っている場合ではない。目の前の男たちをどうするかだ。

昊《ヨン》は男たちに言った。

「誰に頼まれた？」

「ただの山賊だ」

すると、昊《ヨン》は匕首《あいくち》の峰で男の背中を突いて言った。

「次は血を見ることになるぞ」

「いっそ俺を殺せ！」

言った矢先、ほくろの男が悲鳴を上げた。昊《ヨン》が男の肩を刺したのだ。

「次は胸を刺す」

昊《ヨン》の冷酷な表情を見て、それがただの脅しではないことを察した男は、肩から血を流しながら声を荒げた。

「畜生！　こうなりゃ自棄《やけ》だ。お前たち、俺に構わず、こいつを殺せ！」

ほくろの男が言うと、仲間の二人が再び昊《ヨン》に襲いかかった。今度はラオンまで標的にされた。昊《ヨン》はとっさにほくろの男を蹴り飛ばし、ラオンに振り下ろされる剣を打ち返した。

耳をつんざくような金属音が鳴り、ラオンは恐怖で真っ青になった。昊《ヨン》の判断が一瞬でも遅ければ、自分は今、この場で死んでいたかもしれない。

「静かにことを済ませようと思ったが、聞いていた通り、勘の鋭い野郎だ」

ほくろの男は残忍な悪人の顔でそう言った。

「この方をどなたと心得ているのです！」

ラオンは男を睨みつけたが、男は鼻で笑った。

「こいつがどこの誰だろうと関係ねえ。斬られりゃ死ぬのは王も物乞いも同じことよ」

王も物乞いも……世子《セジャ》様の言う通り、やはりこの男たちは最初から世子《セジャ》様の正体を知っていたのだとラオンは思った。ラオンはさらに強く男たちを睨んだ。

「この方にもしものことがあれば、あなたはもちろん、あなた方の家族も無事では済みませんよ」

「それが怖くて、こんな大仕事を引き受けられるかよ。心配するな。俺には親も兄弟もいない。それに、俺たちのことが表沙汰になることはない。なんたってお前とそのお偉いさんは、今日ここで骨を埋めるんだからな」

ほくろの男に気を取られている隙に、仲間の男が再び襲いかかってきた。

「僕の後ろに」

昊《ヨン》はラオンをかばい、男たちに向かって走り出した。ほくろの男から奪った匕首《あいくち》を武器に、鋭い金属音を響かせ、青い火花を散らし、昊《ヨン》は男たちの剣をかわした。剣が鼻先をかすりそうになっても瞬き一つせず、脇から迫ってきた男を肩で突き飛ばし、今度は正面から来た男の腹部を蹴り上げた。ところが、二人の敵を相手に戦う旲《ヨン》の背後から、ほくろの男が迫ろうとしていた。

「だめ！」

ラオンはとっさに男の腰に飛びついた。

「邪魔だ、放せ！」

ラオンの思わぬ抵抗に、ほくろの男は大きく体を揺らしてラオンを振り落とした。

「よくも邪魔しやがったな。そんなに死にたければ、お前から殺してやる！」

男はラオンに手をかけようとした。

「誰を殺すだと？」

振り向くと、そこにはぞっとするほど冷酷無比な顔をした旲《ヨン》が立っていた。旲《ヨン》の背後では、仲間の二人が血を流して倒れている。ほくろの男は息が止まりそうになった。

この短い間に二人も片付けたというのか？　世子《セジャ》が文武両道だといううわさは本当だった。いや、むしろうわさ以上だ。

ほくろの男は心臓が縮み上がり、本能的に命の危険を感じたが、このまま引き下がるわけにはいかなかった。逃げ帰るくらいなら、最初からこんな仕事を引き受けたりしない。

男は剣を握り直した。だがその直後、旲《ヨン》の強烈な蹴りを食らい地面に転がった。旲《ヨン》の素早い動きに、避ける間もなかった。

旲《ヨン》は剣を握る手を踏みつけて、男を見下ろして言った。

「誰に頼まれた？　正直に言えば、命だけは助けてやる」

ほくろの男は不気味な笑みを浮かべた。

「俺より自分の身を心配した方がいいぜ。あんたは絶対に、この山を下りられない」

「お前に決められる筋合いはない。聞かれたことに答えろ。誰の差し金だ？」

「俺が答えると思うか？」

男は笑った。その顔は、つい先ほどまでの恐怖に引きつった笑顔ではなかった。嫌な予感がして振り向くと、山の向こうから白装束の者たちがこちらに向かってきていた。ざっと見ただけで数十人。それぞれの手に掲げた武器が、日差しを受けて光っている。刺客はこの三人だけではなかったのだ。

「言っただろう。お前たちは絶対に、この山を下りられない」

「ふざけるな」

嘲笑う男のあごを思い切り蹴り上げると、男は舌を噛んで気絶した。

昊《ヨン》はラオンに向き直った。

「ラオン」

「はい」

昊《ヨン》が腕を広げると、ラオンは躊躇いもなく飛び込んだ。力強く抱きしめられ、やっと人心地がついたが、昊《ヨン》の腕が赤黒く染まっていることに気づくと、ラオンは血相を変えた。

「世子《セジャ》様、腕から血が！」

「平気だ。かすり傷だよ」

「ひどい怪我です」

ラオンはすぐに自分の服を裂いて昊《ヨン》の腕に巻きつけた。懸命に手当てをしようとするラオンの姿に、昊《ヨン》はまた胸を打たれた。そして、倒した三人の男と迫りくる者たちを見て匕首《あいくち》を握り直し、改めて誓った。

ラオンには指一本、触れさせない。ラオンだけは、必ず守る。


白装束の集団は、すでに顔がわかるほどの距離まで迫っていた。昊《ヨン》はさらに強くラオンを抱きしめた。

「心配するな。何があっても、お前は僕が守る」

昊《ヨン》の真剣な眼差しに、ラオンも覚悟を決めた。この人とならどんなことがあっても構わない。生きる時も死ぬ時も、私はこの人と一緒にいる。

だが、そう思った矢先、昊《ヨン》が珍しく興奮気味に言った。

「ラオン、見ろ」

ラオンが顔を上げると、向こうから馬に乗った者たちが登ってくるのが見えた。敵の仲間かと思ったが、馬を繰る者たちは赤い装束をしていた。一面の銀世界に、その赤は鮮やかに翻った。

「あれは、世子翊衛司《セジャイギサ》ではありませんか！」

ラオンは幻ではないかと目をこすった。

「あいつら、命令に背いたな」

「命令？」

「麓で待てと言っておいたのに、勝手なことを」

世子《セジャ》を護衛する翊衛司《イギサ》たちの登場は、白装束の者たちにも予想外だったようで、雪を蹴散らして駆けてくる赤い男たちに気づいた途端、蜘蛛の子を散らすように逃げていった。その後ろを、翊衛《イギ》司《サ》たちが追いかけていく。

間もなくして世子《セジャ》の命を狙う者たちは一網打尽にされた。抵抗し、混乱の最中に命を落とす者も少なくなかった。

「世子様《セジャ》、これは一体……」

「さあ、僕にもわからない」

先頭で皆を率いていたハン・ユルは、二人のそばまで来ると、馬を降りて旲《ヨン》に頭を下げた。

「到着が遅れました。どんな罰もお受けいたします」

「お前たちが機転を利かせてくれなければ、取り返しのつかないことになっていた。しかし、どうしてここに来たのだ？」

翊衛司《イギサ》が来てくれたのは幸運だったが、今まで自分の言い付けに背いたことのない翊衛司《イギサ》たちが、なぜ勝手な行動に出たのかわからず、旲《ヨン》は尋ねた。

「世子様《セジャ》のご命令を受けて間もなく、白雲会《ペグネ》から火急の知らせが入りました」

「白雲会《ペグネ》から？」

「はい。会主《フェジュ》が不穏な動きを察して知らせてくれたのです」

「会主《フェジュ》が知らせを？」

「キム兄貴！」

するど、ラオンが声を上げた。ビョンヨンの姿を見つけて、張りつめていた緊張の糸が切れたのか、ラオンの目にみるみる涙が溜まった。すると笠を目深に被り、ビョンヨンはいつもと同じ、気怠そうな顔をしてラオンに言った。

「何て顔だ。妖《あやかし》でも見たような顔をして」

ラオンは目元を拭い、努めて明るく言った。

「びっくりしたではありませんか！　どうしてここがわかったのです？　もしかして、キム兄貴の姿をした妖《あやかし》？　ここは幽世《かくりよ》ですか？」

ビョンヨンはラオンの額を軽く小突いた。

「痛いっ！　よかった、私、生きていました」

「怪我はないか？」

ビョンヨンが聞くと、ラオンは両手を広げて見せた。

「この通り、ぴんぴんしています。でも……」

「どうした？」

「世子《セジャ》様がお怪我を」

ビョンヨンはそこで初めて昊《ヨン》に顔を向けた。

「やっと僕に気づいてくれたか」

実の兄妹のように仲のいい二人にのけ者にされた気がして、昊《ヨン》は手を後ろに組んで不満そうに言った。ビョンヨンは素早く昊《ヨン》の腕に目を走らせてラオンに言った。

「世子《セジャ》様も無事のようだ」

「でも、腕から血が出ています」

「案ずるな。あの程度のかすり傷、どうってことはない」

ビョンヨンはそっけなくそう言って、無傷のラオンの方を心配した。怪我をしたところはないか、頭から爪先まで確かめる姿から、ビョンヨンがどれほどラオンを心配しているのかがよくわかる。

「怪我をしたのは僕だぞ」

昊《ヨン》が訴えても、ビョンヨンは見向きもせずにラオンに言った。

「ただのかすり傷だからな」

「でも……」

「世子《セジャ》様、世子《セジャ》様！」

すると、騒々しい声とともにパク・トゥヨンが現れた。パク・トゥヨンは昊《ヨン》を見るなり、一目散に駆け寄って言った。

「世子《セジャ》様、ご無事で何よりです。お怪我は……なんと！　腕から血が出ております！」

「大事ない。それより、先生は？」

「そんなことより、世子《セジャ》様の腕から血が！」

「先生はどうしたのかと聞いているのだ」

「ハンのやつが一緒にいるので、心配はありません。それより早く止血を！　お前たち、何をしている。早く世子《セジャ》様のお手当てをしないか！」

「騒ぐほどの傷ではない」

昊《ヨン》は言ったが、周りの誰も言うことを聞こうとしなかった。パク・トゥヨンに半ば強引に馬に乗せられる時も、昊《ヨン》はラオンとビョンヨンから目を離さなかった。


「ただいま！」

夜も深くなって資善堂《チャソンダン》に戻ったラオンは、部屋に入るなり、床に大の字に寝転んだ。まるで嵐のような一日だった。資善堂《チャソンダン》に帰ってきて、今日ほどほっとしたことはない。窓の向こうに東宮殿《トングンジョン》の灯りが見え、ラオンは起き上がった。

「キム兄貴、世子《セジャ》様は手当を受けられたでしょうか？」

ラオンのあとから部屋に入り、ビョンヨンはラオンの隣に腰を下ろした。

「もう百回は答えたと思うが、心配ない。世子《セジャ》様は大丈夫だ」

「キム兄貴は、どうして私たちがあそこにいるとわかったのです？」

「お前こそ、あんなところで何をしていた？」

「何って、別に……」

昊《ヨン》と宿にいたとは言えず、ラオンは話題を変えた。

「それより聞きましたか？　世子《セジャ》様が会いに行かれた方が、実は私の祖父だったのです」

「だいたいの話は聞いた」

「人の縁って、本当にわからないものですね」

「そうだな」

「キム兄貴、もしかして風邪ですか？　顔色が優れないようですが」

「俺のことも気にかけてくれていたのか」

「当たり前ではありませんか。急にいなくなられて、どれほど心配したかわかりません。もうどこへも行きませんよね？」

「さあな」

「さあなって、またどこかへ行かれるのですか？　何のご用で？　私に言えない用事ですか？」

「聞いてどうする」

「前にも言いましたが、私は悩み相談だけは評判がいいのです。もしお悩みがあるなら、どうぞ私に話してください」

ラオンはさあ早くと催促するように床を叩き、自信満々に笑った。

「世話が焼けるやつだ」

「でもその前に、何か食べましょう。どうせろくに食べていらっしゃらないでしょうから」

夜食を用意しに部屋を出ようとするラオンを、ビョンヨンは後ろから抱きしめた。

「キム兄貴……どうしたのです?」

動揺して上ずる声にまでビョンヨンへの気遣いが滲んでいて、ビョンヨンはそっと目を閉じた。

俺は、この声を聞きたかったのだ。この顔と、自分を案ずる眼差し。だから帰ってきたくなるのだと、ビョンヨンは思った。こんな顔をするから、会いたくてたまらなくなるのだ。

「キム兄貴?」

「少しだけ……もう少しだけ、このままでいさせてくれ」

「兄貴……」

「これでやっと前を向ける。やっと、生きた心地がしてきた」

生きたいという気持ちが湧いてくる。後ろから見守るだけでもいい。俺は、お前のために生きていきたい。


しばらく静寂が続き、ビョンヨンはラオンから離れて言った。

「鶏の粥」

「はい?」

「前に作ってくれた鶏の粥が食べたくなった。作ってくれるか?」

ラオンは喜んだ。

「すぐに支度してまいります」

ラオンが台所へと出ていくと、ビョンヨンは今しがたまでラオンがいた場所を見つめ、寂しそうに微笑んだ。

「世話が焼けるやつだ」

胸と腕に、抱きしめた時のラオンの感触が残っている。


「びっくりした……」

障子に映るビョンヨンの影に、ラオンは先ほどのビョンヨンの顔を重ねた。あれは深い悩みを抱えている顔だった。後ろから抱きしめられた時も、いつものビョンヨンとは違う気がした。ひどく疲れていて、心が荒んでいるのがわかった。何があったかはわからないが、その何かが、いずれビョンヨンを連れ去ってしまいそうで、ラオンは怖くなった。

「あの様子じゃまともに食べていないだろうし……」

台所に立ち、ラオンは独り言を言いながら米櫃《こめびつ》の蓋《ふた》を開けた。ビョンヨンから食べたいと言われるのは初めてで、張り切ってしまう。だが、米を掬《すく》い、米櫃《こめびつ》に蓋《ふた》をしようとした時、背後に人の気配がした。

「キム兄貴？　すぐにできますから、部屋で待っていて……」

ところが、ラオンは突然、口をふさがれてしまった。助けを求めようにも、怖くて悲鳴も出ない。

怯えるラオンの脳裏に、山で遭遇した男たちの姿がよぎった。

四　すべてをあの方に

口を押さえる冷たい手。世子様《セジャ》のお命を狙った者たちが、宮中にまで追いかけてきたのだろうか。

ラオンは恐怖のあまり悲鳴も出なかった。

「しっ！」

背後から声が聞こえると、全身に鳥肌が立った。すると、背後の人物は、ラオンの耳元に顔を近づけてささやいた。

「驚いたか？」

この声は！

ラオンは目を見張った。温室の花の世子様《セジャ》？

振り向くと、そこには淡い月明りに照らされた旲《ヨン》の美しい顔があった。

「世子様《セジャ》！」

ラオンはほっとして、その場にしゃがみ込みそうになった。ほんのわずかな間だったが、心臓が止まりそうになるほど恐怖したのが悔しくなった。

「いらしたなら声をかけてください。急に口を押さえられたら、びっくりするではありませんか！」

「…………」

いつもなら言い返してくる昊《ヨン》が、思いつめたような顔をして押し黙っている。ラオンは心配になった。

「どうかなさったのですか？　何かあったのですか？」

「…………」

「東宮殿《トングンジョン》にお帰りにならなかったのですか？　こんな夜更けに、どうなさったのです？」

何を聞いても、昊《ヨン》は何も言おうとせず、ラオンは腕の傷が心配になった。

「もしかして、腕が痛むのですか？　話ができないくらい痛いのですか？」

ラオンは昊《ヨン》の頬に触れ、心配そうに昊《ヨン》を見つめた。すると、昊《ヨン》は表情をいくらか和らげて言った。

「心配していたのか？」

「当たり前です。心配するに決まっているではありませんか」

「どうだかな。漢陽《ハニャン》に戻ってくる間、お前は一度も僕を見ようとしなかったではないか」

「見ました！　世子《セジャ》様のお顔が見たくて、背伸びまでしたのですよ」

「二回だけな」

「二回？」

「僕を見ようとしたのはたったの二回。それも、一度目はユルの頭が邪魔で見えず、二度目はパク判内侍府事《パンネシブサ》の気忙しい身振り手振りのせいで半分しか見えなかった」

昊《ヨン》は腹立たしそうにそう言った。

「気づいていらっしゃったのですか？」

意外に細かいことを根に持つのだなと、ラオンは驚いた。

「当然だ」

「どうしてです？」

「驚くお前の方がおかしいのだ」

また拗《す》ね始めた昊《ヨン》に、ラオンは言った。

「人目があるので、わたくしが出しゃばるわけにはいかなかったのです。それに、温室の花の世子《セジャ》様のお顔を見てしまったら、胸がどきどきしてしまいそうで、見ないようにしていました」

「口がうまくなったな」

「どうしてそう、ひねくれた受け取り方をなさるのです」

「言動があべこべだからだ」

「では、これならどうです？」

ラオンは昊《ヨン》の手を握り、にこりと微笑んだ。その笑顔に不覚にも心を奪われ、昊《ヨン》は慌てて表情を引き締めた。笑顔を見せられたくらいで思春期の少年のように胸をときめかせる自分が情けない。

「笑うな」

「それは無理な相談です。だって、温室の花の世子《セジャ》様のお顔を見ているだけで、うれしくて笑いが出てしまうのですから」

ラオンはいっそう愛おしそうに笑った。

「ですから、機嫌を直してください」

「そんなふうに笑っても無駄だ」

「拗《す》ねてばかりいては、傷に障《さわ》りますよ」

ラオンはそう言って、昊《ヨン》の頬に唇を寄せた。

「お前！」

堪え切れず、昊《ヨン》はラオンを抱き寄せた。

「東宮殿《トングンジョン》にいらっしゃらなくていいのですか？　傷の手当はなさったのですか？」

「心配しなくても、手当はしてある。だがお前が言うように、東宮殿《トングンジョン》にいるべきだろうな。僕を狙った者たちを捜し出すためにも」

だが、気づいたら足が勝手にここに向かっていた。少し離れただけで、会いたくてたまらない。

「どうやら、重い病にかかってしまったようだ」

「何の病です？」

「ホン・ラオンという厄介な病だ。お前のことで頭がいっぱいで、ほかに何も考えられなくなってしまった」

「その病に効く薬はなさそうですね」

「よく言うよ。それより、お前はどうなのだ？」

「わたくしが何です？」

「お前には、そういうことがないのかと聞いているのだ。急に僕に会いたくなったり、頭がおかしくなりそうなくらい僕に会いたくなったり、死ぬほど僕に会いたくなったり」

「………」

うれしくもあり、恥ずかしくもあり、ラオンはうつむいてしまった。そんなこと、真顔で言わないで欲しい。誰かに聞かれたらどうするのだ。

「不公平だ」

「何がです?」

「僕は自分がおかしくなるほどお前を思っているのに、お前は何ともないのだからな。平気な顔をして、ほかのやつのために鶏の粥まで作っている。実に不公平だ」

「鶏の粥? どうしてそれを?」

昊《ヨン》は言葉につまった。本当は、窓の外から資善堂《チャソンダン》をのぞいて二人の会話を聞いていたのだが、それを言うわけにはいかず、咳払いでごまかした。

その様子から、ラオンは事情を察した。同時に、ビョンヨンに後ろから抱きしめられたことが思い出された。

「まさか、誤解なんてしていらっしゃいませんよね? キム兄貴はただ……」

「わかっている」

昊《ヨン》はラオンの話を遮り言った。

「あの時のあいつには、お前の肩が必要だったのだろう」

深い意味はない。ただほんの一時、寄りかかれる肩が必要だっただけだ。

昊《ヨン》はそう信じたかった。信じないわけにはいかなかった。

障子に映るビョンヨンとラオンの影を目撃した時は息が止まるかと思った。一人の男として激しく胸を揺さぶられ、生まれて初めて独占欲というものを覚えた。激しい嫉妬を抑えようと、手の平に爪がめり込むほど強く拳を握ったほどだ。

「キム兄貴、とてもつらそうでした。何か思い悩んでいるようなのですが、一体、何があったのでしょう」

「たとえ何があったとしても、これからは軽々しく肩を貸すな。必要な時は、僕の肩を貸す」

旲《ヨン》が怒ったように言うので、ラオンはおやと思った。

「世子様《セジャ》」

「何だ？」

「もしかして、やきもちですか？　まさか、違いますよね？」

「馬鹿な！　そんなことあるものか」

そうでしょうね、とラオンは胸の中で唇を尖らせた。この人は天下の世子様《セジャ》だ。よほどのことがない限り、動じることもない冷徹な世子様《セジャ》。

「とにかく、これからは誰にも、手に触れさせても、目を合わせてもだめだ。たとえ相手が女人であってもだ」

「女人でも？」

「だめだと言ったらだめだ」

天下の温室の花の世子様《セジャ》でも、やきもちを妬くんだ。

そんなラオンの視線に気づき、昊《ヨン》は赤い顔をして背を向けた。

「これはやきもちではない」

「そうですか」

「嫉妬でもないからな」

「ええ、わかっています」


鶏入りの粥の香ばしい匂いが資善堂《チャソンダン》の台所いっぱいに広がった。

「温室の花の世子様《セジャ》がやきもちだなんて」

しゃもじで粥を掻き回しながら、ラオンは何度も思い出し笑いをした。世子様《セジャ》が謎の刺客に襲われた一件で、宮中は今、大変な騒ぎになっている。そんな中、夜中に東宮殿《トングンジョン》を抜け出して世子様《セジャ》がしたことと言えば、子どもみたいなやきもち。

昊《ヨン》と嫉妬、意外な組み合わせにラオンは笑いが止まらなかった。おかげで心の中がぽかぽかする。守ってくれる人がいるって、こんなにも心強いんだ。

ふと、背後にまた人の気配を感じた。世子様《セジャ》が戻ってきたのだろう。まだ何か、不安なことが残っているのかな。

会えるのはうれしいが、状況が状況なだけに、ラオンは喜んでばかりもいられなかった。

「今度は何です？」

ラオンはあえてそっけなく言った。

「こんなことばかりなさっていては……」

「誰か、ここに来たのですか？」

ところが、返ってきたのは別の男の声だった。


ユンソンは微笑みを浮かべていたが、ラオンが振り向くとさらに目を細めた。

「礼曹参議様《イェジョチャミ》！」

「静かに。蘭皐《ナンゴ》に聞かれますよ」

ユンソンは自分の唇に人差し指を寄せ、ビョンヨンのいる部屋の方を見てささやいた。ラオンも声を低くして言った。

「いつからこちらに？　てっきり、別の方かと……それより、何かご用ですか？」

「ホン内官が会いにきてくれないので、私から会いにきました」

ユンソンはまたにこりと笑ったが、すぐに顔色を曇らせた。

「大変な目に遭ったと聞きました。怪我はありませんか？」

「おかげさまで、無事に帰ってこられました」

まさに死の山を越えたというやつだ。

「本当によかった」

ユンソンは心からそう言っていた。

「心配して来てくださったのですか？」

「ええ。山で襲われたと聞いて、どれほど驚いたかわかりません」

「世子《セジャ》様が守ってくださいました」

昊《ヨン》のことを口にするだけで、ラオンは頬が火照った。だが、ユンソンはそれが気に入らなかった。昊《ヨン》のことを話す時のラオンのはにかむ姿が、氷のように胸に突き刺さる。だが、これ以上、感情を表すことは許されない。ユンソンは大袈裟なほど笑い、笑顔の下に本心を隠して言った。

「これからも、同じようなことが続くかもしれませんよ」

「そんな……」

一国の世子《セジャ》の命を狙う者が、ほかにもいるというのだろうか。ラオンにはとても信じられなかった。一体、誰がそんな恐ろしいことをするというのだろう。

「権力とは、それほど危険なものなのです。一番高いところにいるからと、一番安全とは限りません。もしかしたら世子《セジャ》様は、この世でもっとも酷で、孤独な場所におられるのかもしれません。あの方の人生は、至るところに罠が仕掛けられた迷路のようなものです。一つ道を誤れば大怪我につながる、命さえ失いかねない茨の道です」

「そんなの、嫌です。信じたくありません」

ラオンは激しく頭を振った。昊《ヨン》がそんな恐ろしい状況に置かれているなんて考えたくなかった。数百、数千の兵が守る王宮の中心にいる昊《ヨン》の人生に、そんな危険と孤独が潜んでいるはずがないと信じたかった。だが、ユンソンはそんなラオンの思いに追い討ちをかけるように言った。

「ホン内官がそれほどまでに慕う方が進むべき道は、命がけということです」

「どうしてですか？　この国の世子《セジャ》様が進むべき道が、どうして命がけなのですか？　どうしてそのような危険にさらされなければならないのですか？」

ラオンには、ユンソンがなぜそう言い切るのか、わからなかった。

「それは、王になる方だからです」

玉座はこの世のもっとも高いところにある。野望の頂点であり、権力の中心だ。醜悪な欲望の行き着く先、誰もが崇め羨むのが玉座だ。

「あの方のそばにいれば、いつまた危険な目に遭うかわかりません」

ラオンはユンソンの発言の裏に脅迫めいたものを感じ、ユンソンを睨むように見て、きっぱりと首を振った。

「わたくしは、そう思いません」

温室の花の世子《セジャ》様が命の危険にさらされているなんて思わないし、考えたくもない。

「もし礼曹参議《イェジョチャミ》様のおっしゃる通りだとしても、わたくしはあの方のおそばを離れません」

「なぜ自ら危険の中に飛び込もうとするのです」

ユンソンは笑っていたが、その目は毒蛇のように冷たく見えた。

「わかりません」

ラオンはそう言って明るく笑った。その笑顔がラオンの答えだった。

ユンソンは嘆くように溜息を吐き、外の景色を眺めた。雪が積もっているせいか、今夜の月明りは殊《こと》のほか美しい。だが、今のユンソンにとって、その月明りは凍てついた刃物のように感じられた。まるで自分を見る旲《ヨン》の目のような。

「今夜は月が綺麗ですね」

ラオンは夜空を見上げた。

「まばらに浮かぶ雲が、月夜の味わいを増してくれているようです」

「雲か……確かに、月が一つ浮かんでいるより、雲があった方がいい。ただ、何事もほどほどが一番です。ぽつり、ぽつりと浮かぶ雲は月に似合うが、雨雲は違います。空を覆う雨雲は、時に月を飲み込んでしまいますから」

ラオンは怪訝そうにユンソンを見つめた。聞き流すには、言葉の裏にある棘が恐ろしかった。

「どういう意味ですか？」

ユンソンは静かに首を振り、それ以上は言わなかった。話すべきことはたくさんあるが、いたずらにラオンを不安にさせるようなことはしたくなかった。

「それより、考えてもらえましたか？」

「何をです？」

「私の告白です」

はっとするラオンを、ユンソンはじっと見つめて言った。

「私は、ホン内官が好きだと伝えました」

「そのことなら、もうお答えしたはずです」

「満月も時が経てば欠けるもの。人の心とて月と変わりません。満たされている時はその気持ちが永遠に続くと思いがちですが、いつの間にか色褪せて、気づいた時には初めの頃の輝きは失われているものです」

「いいえ。この気持ちは永遠に変わりません。ですから、どうかもう、わたくしのことはお忘れください」

「私とて同じです。私の気持ちも、永遠に変わることはありません」

ユンソンはそう言い残して去っていった。颯爽と立ち去る後ろ姿に、ラオンは思いをぶつけるように言った。

「人の心は変わるとおっしゃいましたね。そうかもしれません。でもわたくしは違います。心変わりなどできないところまで来てしまいましたから」

ユンソンは立ち止まり、ラオンに振り向くことなく尋ねた。

「それは、どういう意味ですか?」

それは昊《ヨン》と自分だけの大切な秘密だった。だが、ラオンは自分の胸元に両手を添えて、消え入るような声で言った。

「あの方に、わたくしのすべてを捧げました」

ユンソンはしばらく何も言わなかったが、ふと、

「……そうですか」

とつぶやいて、再び歩き出した。


ユンソンはどこまでも続く長い塀に沿って歩いていた。月光の下に照らし出されたその顔には、いつもの柔らかな笑みが浮かんでいる。資善堂《チャソンダン》でのことなどなかったかのようないつも通りの姿。だが、不意に立ち止まると、ユンソンの顔がみるみる強張っていった。仮面を被ったような笑顔はもう消えている。わずかに見える資善堂《チャソンダン》の灯りを睨むように見つめ、ユンソンは拳を塀に打ちつけた。拳から赤黒い血が出ているが、ユンソンは気づいていない。

『あの方に、わたくしのすべてを捧げました』

ラオンの声が幻聴のように耳にこだまして、ユンソンの頭と胸を締めつけている。額を塀に押し当てて、ユンソンは獣のような声を上げた。暗闇の中、ユンソンの瞳だけが怪しく光っていた。

五　このまま、二人で

「いけない！」

思わぬ客たちのせいで、せっかくの粥を焦がしてしまった。ラオンは慌てて焦げていない上の部分の米を掬《すく》った。

「そんなに慌てて、どうした？」

振り向くと、ビョンヨンが胸の前で腕を組み、いつもの愛想のない顔で土間の入口にもたれていた。ラオンは驚いて、ビョンヨンに駆け寄った。

「部屋にいらっしゃればいいのに」

「台所に出ていったきり戻ってこないから、様子を見にきたのだ」

ビョンヨンはそう言って、ラオンの肩越しにちらと粥を見て話を続けた。

「まさかとは思うが、その黒焦げのやつではないよな」

「も、もちろんです。この上の部分だけ掬《すく》えば……」

ビョンヨンに見据えられ、ラオンは観念して首を垂れた。

「少し目を逸らしている間に、焦がしてしまいました」

大事な時に邪魔が入らなければと、ラオンは昖《ヨン》とユンソンを恨んだ。

「…………」

ビョンヨンが無言でいると、ラオンは急いで準備に取りかかった。

「心配しないでください。材料はまだありますから、すぐに作り直します」

ビョンヨンは何も言わず、土間の片隅に座って甲斐甲斐しく食事の支度をするラオンの姿を眺めた。腕まくりをして、自分のために米を研ぎ、野菜を切るラオンの姿は健気で、時折こちらに見せる笑顔は天使のようだった。

ふと、こんなふうに暮らしていけたらと思った。こんなふうに、ささやかな幸せに包まれて日々を過ごせたらどんなにいいだろう。そんなことを思っている間に粥が出来上がった。ラオンは額に汗を浮かべ、最後に味見をしてうれしそうに笑った。

「ラオン」

「はい」

「このまま、二人で暮らさないか?」

ラオンは焚口に薪をくべようとして振り向いた。

「何です?　火の音で聞えませんでした」

「……いや、何でもない」

「今、何かおっしゃったのではありませんか?」

「腹が減って死にそうだと言ったのだ」

ビョンヨンはラオンの額を小突いてごまかした。

「痛い！」

「大袈裟だぞ」

「そんな言い方！　本当に痛いんですから」

ラオンは痛そうに顔を歪め、ふと真面目な顔をして言った。

「今、暮らさないかと聞こえた気がしたのですが」

「…………」

「おっしゃいませんでした？」

「前に、お前が言っていたではないか。俺のような兄貴が欲しいって」

「キム兄貴には嫌がられてしまいましたけどね」

「それも悪くないと思ってな」

「本当ですか？」

「嫌か？」

「うれしいに決まっているではありませんか！　本当にうれしいです」

聞き間違いではないかと思ったが、ラオンは喜んで、ビョンヨンにぴたりとくっついた。

「言いましたよ！　本当に、私の兄貴になってくれるのですね？　あとでやっぱりやめるなんてだめですよ」

「言うものか」

「本当に本当に、本当ですね？」

「ああ」

ラオンは、それならと、小指を差し出した。

「何だ?」

「約束です」

「俺に、指切りをしろと言うのか?」

「はい」

「断る」

ビョンヨンはラオンに背を向けた。

「キム兄貴」

「…………」

「早くしてください。言い出したのはキム兄貴なのですから。約束、できませんか?」

「世話が焼けるやつだ」

ビョンヨンは胸の前で腕を組み、くだらないという顔をしていたが、ラオンがしつこくせがむと観念したように小指を差し出した。ラオンが心からうれしそうに笑うと、ビョンヨンの心に月夜の梔子《くちなし》の花のような笑顔が咲いた。

これで十分だ。ビョンヨンは胸の中でつぶやいた。これだけで十分だ。

「うう、寒い」

明け方、東の空に朝日が顔を出す頃。資善堂《チャソンダン》を出たところで、ラオンは思わず身をすくめた。襟元を抱き寄せて東宮殿《トングンジョン》へ急ぐラオンのすぐ脇を、兵士たちが慌ただしく通り過ぎていった。

「あんなに慌てて、何かあったのかな」

「罪人の取り調べが始まったそうです」

「チャン内官様！」

いつからそこにいたのか、突然現れたチャン内官にラオンは驚いた。

「取り調べとは、何のことです？」

「世子《セジャ》様を襲った刺客ですよ。昨日、捕らえられた者たちが黒幕の名を吐いたそうです」

「誰の仕業か、わかったのですね」

「もうすぐ宮中に血の嵐が吹き荒れるでしょう。それも、狙われたのが世子《セジャ》様とあっては、凄まじい嵐になるはずです」

チャン内官は身震いした。だがすぐにラオンを見て、明るい表情を作って言った。

「馬鹿な人たちですね。あろうことか世子《セジャ》様を狙うなど、愚かにもほどがあります」

「まったくです」

「しかし、世子《セジャ》様がこれほどお強いとは驚きました。三十人の刺客をお一人で倒してしまわれるなんて」

チャン内官は瞳を輝かせ、東宮殿《トングンジョン》の方を見つめた。

「三十人?」

「ええ。宮中は今、その話で持ち切りですよ。世子《セジャ》様が三十人の敵に勝たれたという話を知らない者はいません」

「…………」

本当は三対一だったが、ラオンは言わなかった。

「ホン内官も大変なご活躍だったそうですね」

「私がですか?」

うわさの中では私も活躍したことになっているのか。

「ホン内官がいなければ、世子《セジャ》様は大変なことになっていたそうではありませんか」

「それは違います」

ラオンは否定したが、チャン内官は訳知り顔でラオンの肩を叩いた。

「そう謙遜することはありません。昨日のホン内官と世子《セジャ》様のご活躍ぶりを聞いて、勇気をもらった者は一人二人ではないのですから」

自分の知らないところで何を言われているのか、ラオンは不安になった。おしゃべり好きな女官たちと、それ以上にうわさ好きな宦官たちがうわさしているということは、話は尾ひれがついて、もはやどこまでが本当かわからなくなっているだろう。このままでは世子《セジャ》様と私が越境する侵略者を全滅させて国を救ったことにされてしまいそうだ。

そこへ、幼い小宦がやってきた。

「ホン内官様」

「あなたは、あの時の」

以前、ラオンのように立派な宦官になりたいと言った、あの丸顔の小宦だった。

「覚えていてくださったのですか？」

小宦は感激した。

「もちろんです」

名前はわからないが、顔は覚えている。すると、小宦はラオンの手を握った。

「ホン内官様は私たち小宦の希望の星、いえ、夢です！」

出し抜けにそう言われ、ラオンが戸惑っていると、小宦は懐《ふところ》から本を取り出した。

「ここに、お名前を書いていただけませんか？」

「名前って、私の？」

「家宝にして、代々子孫に残すつもりです」

「………」

宦官が子孫を残せるのだろうかと、ラオンは突っ込みそうになった。小宦が差し出す本を見ると、そこには『成功する宦官になるための近道』と書いてあった。

一体、何の本だろう？

一方、府院君金祖淳《プウォングンキムジョスン》の部屋では、漆塗りの笠を被った男が平伏していた。重苦しい空気が流れる中、府院君《プウォングン》は筆を止めて抑揚のない口調で言った。

「余計なことをしてくれたな」

「申し訳ございません」

床に額をこすりつける男を虫けらを見るような目で一瞥し、府院君《プウォングン》は筆を置いた。

「朝廷がずいぶんと騒がしくなっている」

府院君《プウォングン》の声は穏やかだが、男は顔を上げようとしない。それが気に入らないのか、府院君《プウォングン》は舌打ちをした。

「どうしてあのようなことをした」

「またとない好機を得たと思ったのでございます」

「それならなぜ仕留めなかった。こんな結果になるなら、やらない方がよかったではないか」

「申し開きのしようもございません」

「捕らえられた者が少なくないと聞いている」

「そのことでしたら、ご心配には及びません。秘密を守り抜ける、口の堅い者たちを選び抜きましたゆえ、どれほど厳しい取り調べにも口を割ることはありません」

すると、府院君《プウォングン》は机の上に置かれた巻き物を投げた。巻き物は床の上を転がり、男の手前で止まった。

「何でございますか？」

「読んでみろ」

男は平伏したまま巻き物を広げた。

「こ、これは！」

「昨夜、拷問を受けた者たちが供述した内容だ」

男の額から汗の滴が垂れた。

「もうじき、官軍がお前の家に乗り込むだろう」

男は飛び上がるように顔を上げた。

「何かの間違いです。もう一度、お確かめください。あの者たちが口を割ることは絶対にありません。私や私の家のことを言うはずがありません」

必死に否定する男を、府院君《プウォングン》は苦々しい思いで睨んだ。そのまましばらく男を見ていたが、やがて描きかけの絵に視線を戻して言った。

「宮中での取り調べがどれほど厳しいか、知っておるのか？」

男はもはや言葉を失っている。

「両足を縛り、背中に当てた棒に両腕と髪を縛りつけるのだ。これをされると一切の身動きが取れなくなる。その後、縛った両足の間に棍棒を差し入れて、骨が弓のようにしなるまでひねる。その痛みは尋常ではなく、罪人は頭皮が剥がれるほど身をよじり、中には自ら舌を噛み切る者もいる」

「………」

「それでも拷問は終わらない。脚の骨が砕けたら、次は縄を使う。苦痛は棍棒よりもむしろ縄の方が勝る」

男は震え出し、府院君《プウォングン》が拷問の話をし始めた理由を必死で考えた。

「宮中での拷問は、それほど酷いということだ。硬い口を開かせ、ない罪を認めさせる」

「………！」

「もう一度聞く。あの者たちは、お前との関係を墓場まで持っていくと言い切れるか？」

男は何度も乾いた唾を飲み込んで、床に減り込むほど額をこすりつけて叫んだ。

「お許しください、府院君《プウォングン》様！」

信じるに足らない男だ。府院君《プウォングン》は溜息を吐いた。

「私と知り合って何年になる？」

「今年で十八年になりました」

「長いつき合いだ」

「十八年のよしみで、どうか、どうかお助けください」

男は藁をもつかむ思いで府院君《プウォングン》にすがった。

「わかっておる。だが問題は、絡まった糸をどう解くかだ」

男が犯したのは明らかな謀反だった。下手をすれば安東金氏《アンドンキムシ》は根絶やしにされかねない。そのため、男は府院君《プウォングン》が何か言うたびに心臓が縮む思いだった。府院君《プウォングン》の一言一言に我が身と家族の命運がかかっていた。

「私がその方法を教えて差し上げましょう」

そこへ、ユンソンが現れると、府院君《プウォングン》は目を細めて言った。

「王宮に行っていたのか？」

「はい、お祖父様」

「あちらの様子はどうだった」

ユンソンは平伏す男をちらと見て、顔色も変えずに言った。

「まるで火事のような騒ぎでした」

府院君《プウォングン》はほう、と笑った。

「背後で糸を引く者を、徹底的に調べ上げるつもりのようです」

「無論、そうだろうな」

世子《セジャ》暗殺未遂の一件は、外戚の排除を目論む世子《セジャ》にとって、この上ない好餌になる。あの頭の切れる世子《セジャ》が、この機を逃すはずがない。一気に自分に有利な方へ進めるべく、取り調べの手を一層厳しくして刺客の口を割ろうとするだろう。もし一言でも安東金氏《アンドンキムシ》の名が出れば、血の雨が降るところの話では済まない。

二人の会話に追いつめられた男は、平伏したまま身を震わせた。

「どうなさるおつもりですか？」

ユンソンが尋ねると、府院君《プウォングン》はおもむろに髭を撫でた。

「今、考えているところだ」

　そして、ふと思いついたようにユンソンに聞いた。

「何か考えがあるのか？」

「妙案かどうかはわかりませんが、手っ取り早い解決策が一つございます」

「手っ取り早い解決策か。言ってみろ」

　ユンソンは震える男を見下ろして言った。

「この者が死ぬのです」

「…………！」

　男ははっと顔を上げた。怯える男をよそに、府院君《プウォングン》は眉一つ動かさずにユンソンに言った。

「果たして、この者一人死ぬだけで済むだろうか？」

「それで片が付きます」

「なぜそう言い切れる？」

「世子《セジャ》様の暗殺を試みたこの者は、実はもっと大きな陰謀を企てていました」

「ほう？」

「この者の狙いは世子《セジャ》様だけではありませんでした。王室と朝廷の根幹を揺るがし、この国の転覆を目論んで、お祖父様のお命も狙っていました。そして今夜、お祖父様を亡き者にしようと屋敷に忍び込み、すんでのところで護衛に見つかって、あえなく斬り捨てられた」

　男は目を見張った。

「な、何をおっしゃるのです！　そのようなこと、夢にも思ったことはございません！」

府院君《プウォングン》は男に手を振った。

「わかっておる。心配するな」

そして、ユンソンに視線を戻して話を続けるよう促した。

「世子《セジャ》様を狙う剣は、実はお祖父様にも向けられていた。これならお祖父様から疑いの目を逸らし、世子《セジャ》様にこの一件を利用されずに済みます」

「うまいことを考えたものだ。だが、果たしてあの世子《セジャ》の目をごまかせるか？」

「当然、見抜くでしょう、世子《セジャ》様なら。事件の裏に誰がいるのかまで容易に見抜かれるはずです。しかし証拠がありません。心証だけでは、それ以上のことはできないでしょう」

「なるほど。この者が死ねば、私とのつながりはなくなる。実に妙案だ」

府院君《プウォングン》はにんまりしてうなずいた。男の顔からは、もはや血の気が引いている。

「私を……殺すおつもりですか？」

青ざめた男の顔を、府院君《プウォングン》は平然と見つめて言った。

「そなたも聞いたであろう？　これが一番なのだ」

「私を見捨てるのか！」

「人聞きの悪いことを言われては困る。この件はお前が勝手に起こしたこと。お前がけじめをつけるのは当然ではないか」

「ふ、ふざけるな！　そうはさせるか！」

男は立ち上がり、部屋を飛び出した。だが、戸を開けて一歩外に出たところで振り向き、府院《プウォン》君《グン》に言い放った。

「今日のことは、よく覚えておく」

府院君《プウォングン》は男に微笑んだ。

「構わんよ。冥途の土産に、思い出の一つも持っていかせてやらんとな」

「冥途？」

次の瞬間、男は息が止まった。腹に違和感を覚え、ゆっくりと下を向くと、自分の腹から剣が突き出ていた。後ろから府院君《プウォングン》の護衛が刺した剣は、男の背中から腹まで貫通していた。

「き、貴様、最初から……」

府院君《プウォングン》は笑顔のまま言った。

「誰かは責任を取らねばならん。残念だが、お前とはここまでだ」

「何て酷いことを……！」

男は血を吐いて倒れた。血の臭いは一瞬で部屋に広がり、府院君《プウォングン》は眉をひそめた。

「場所を考えよ」

気分を害した主に、護衛は深く頭を下げて言った。

「申し訳ございません、府院君《プウォングン》様。すぐに片付けます」

「もうよい。私はこの子と折り入って話がある。この汚らわしいものを先に片付けてくれ」

「かしこまりました」

護衛は物を運ぶように男の遺体を引きずり出し、静かに部屋の戸を閉めた。遺体がなくなっても、男が吐いた血や血生臭さは消えていない。だが、府院君《プウォングン》は構わず話を進めた。

「人間、生きていれば見たくないものを見て、やりたくないことをやらなければならない時もある」

「大事のためには、時には嫌なことも引き受けませんと」

ユンソンがうなずくと、府院君《プウォングン》は満面の笑みを浮かべた。

「久しぶりにいい目をしているな」

「そうですか？」

「ここ最近で一番だ。何か気持ちの変化でもあったかな？」

「…………」

「何があったかは知らないが、その目に宿る野心は気に入った。欲も野望もない人生など何の価値もないからな」

ユンソンは床に残る血を見るともなく見ながら聞いた。

「先ほどの者とは、どういうご関係だったのですか？」

世子《セジャ》が襲撃されたと聞いた時、ユンソンの頭に真っ先に浮かんだのは祖父府院君《プウォングン》の顔だった。そこまで大胆なことができるのは、祖父のほかにはいないと思ったからだ。

「十八年前の謀反に加担した者だ」

「洪景来《ホンギョンネ》が起こした、あの乱のことですか？　あの時、生き残った者がいたのですか？」

「やつらはどぶ鼠のようなものだ。表に出てくる鼠をいくら捕まえても、見えないところに、はるかに多くの鼠が隠れている」

「そんな者たちと、どうやってお知り合いになったのです？」

「逆賊洪景来《ホンギョンネ》を支えた者たちの中でも、あの男はなかなかの切れ者だった。肝の据わったところもあってな。そういう人柄を買って、助けてやったのだ」

府院君《プウォングン》が人柄と言うのを聞いて、ユンソンは内心、失笑した。ユンソンが知る限り、祖父、府《プ》院君金祖淳《ウォングンキムジョスン》は人柄を説くような慈悲など持ち合わせていない。放っておけばいずれ殺されていたであろうあの男を助けたのは、それだけの利用価値があったからだ。使えると見込めば、たとえ逆賊だろうと構わず自分の下に置き、使い道がなくなれば容赦なく切り捨てる。まるで壊れたがらくたのように。

この人に拾われたその日から、あの男は死ぬ運命にあったのだとユンソンは思った。祖父が斬らなければ、自分が手を下していただろう。ラオンを危険な目に遭わせた罰として。

「世子《セジャ》様の襲撃は、やはりお祖父様の計画だったのですね」

孫に言われ、府院君《プウォングン》はより鮮明な笑みを浮かべた。

「そう思うか？」

その顔を見て、ユンソンは確信した。裏ですべての糸を引いていたのは、やはりこの人だった。謀反に加担した者をかくまい、密かに刃を研ぎながら、男を利用する時を待ち続けていたに違いない。折しも世子《セジャ》様がお忍びの遠路に発《た》つという知らせが舞い込んで、祖父はこの時とばかりに男を使ったのだ。男は十八年前の恨みを晴らしたい一念で仲間を募り、実行に移したのだろう。

「お祖父様は、本気であの者に世子様《セジャ》を殺させたかったのですか？」

「孫の死を望む祖父がどこにいる？　単なる警告だ」

「警告でございますか？」

「そうだ。長らく太平の世に身を置いていると、どうしても勘が鈍る。時にはこういう緊張感を持たせないといかん。ところがあの男ときたら、ことを派手に広げ過ぎてしまった」

府院君《プウォングン》は笑い声を上げた。

「そういうことでしたか。ならばこれからは、世子様《セジャ》も大人しくなさるでしょう」

「そうならなければな」

「しかし、あの世子様《セジャ》のことです。思い通りにいきますかどうか」

「賢い方だ。あれくらいしておけば、十分、おわかりになっただろう」

「お祖父様はまこと、お優しい方です。あれほどお祖父様を憎んでいる方に、警告をする程度で済ませたのですから」

「優しい祖父になろうと努めているところだ」

府院君《プウォングン》は髭を撫でて笑った。そして不意に真顔に戻って言った。

「その目だ。お前に野心を抱かせた理由が何か、実に興味深い。何があった？　何がお前を変えたのだ？」

ユンソンは笑って言った。

「欲しいものができただけです」

六　わたくしがついています

昌徳宮《チャンドックン》は仁政殿《インジョンジョン》の高い楼閣。夕日を背に赤い袞龍袍《コンリョンポ》を着た王は、手を後ろに組んでおもむろに口を開いた。

「王としては、お前に王位を継いで欲しい。だが父としては、お前にまでこの道を歩ませたくない」

黄昏色に染まる景色を見つめたまま、そんなことを言う父に、旲《ヨン》ははっきりと言った。

「僕が望んで歩む道です」

「茨の道だ。どれほどつらく苦しくとも、たった一人で歩まねばならない。孤独な道程になるぞ」

「…………」

「お前が思い描いている国は、果たせぬ夢に終わるかもしれない。それでもいいと言うのか?」

「僕が、自分で決めたことです」

「旲《ヨン》……」

王の声から、息子を案じる思いが痛いほど伝わってきた。

「一つ、うかがいたいことがございます」

「何だ?」

「このような状況になる前に、なぜ食い止めなかったのですか?」

「…………」

王は返す言葉がなかった。息子に言われるのは、百の非難よりつらい。

皆を守るための選択だった。王である自分が意志を持たなければ、すべて丸く収まると思っていた。自ら権力や執着を手放せば、皆が幸せに暮らせるのだと。すべてはなるようになるという誰かに言われた言葉を信じて。

ところが、現実は違った。水は上から下へと流れるが、人間の思いは下から上へと向かう。鮭は産卵のために川の流れに逆らうが、人間は私利私欲のために道理に逆らおうとする。王が手放した権力は、甕《かめ》の中に溜まった玉露のように人々の欲を掻き立てた。多くの者が甕《かめ》の中身を巡って競い合い、甕《かめ》の中は次第にその者たちが流した血で濁っていった。長い間、溜まり続けたその玉露は、やがて甕《かめ》そのものを腐らせてしまった。そして今、その腐った甕《かめ》を息子が引き継ごうとしている。

この不幸はすべて、自ら操り人形になることを選んだ時から始まっていたのだ。

幸い、昊《ヨン》は父の自分とは違う。この聡明な息子には、先を見通す心眼がある。そんな息子が今、父の力ではどうにもならなかった負の連鎖を断ち切ろうと、自ら血生臭い権力の中枢に身を投じようとしている。王である父に代わって、自ら険しい道を進む決心をしている。

思いつめる父の顔を、昊《ヨン》は何も言わずに見返した。まっすぐな眼差しは、しばらく王の顔の上に留まって動かなかった。鋭敏なその瞳に、強い決意が浮かんでいる。

「それでは、支度に取りかかります」

楼閣を下りていく息子を、沈みかけの夕日が照らしている。足元はすでに薄暗い。それが、これから息子が歩む道の険しさを暗示しているようで、王は不安になった。一国の王でありながら、自分の息子に何もしてやれない我が身の不甲斐なさが、王の胸を重く沈めていた。


如月の九日。王は病に倒れ、世子《セジャ》に執政を任せるというお達しが出された。世子《セジャ》をはじめ朝廷の大臣たちは、この決定を取り下げるよう訴えたが、王の決意はついに変わらなかった。

その月の十八日、仁政殿《インジョンジョン》で世子《セジャ》の摂政就任を祝う儀が執り行われ、新たな時代の幕開けが告げられた。


「いけない、遅刻だ！」

官帽を頭に引っかけて、ラオンは資善堂《チャソンダン》を飛び出した。いつもと変わらない朝の光景だが、この日のラオンの出《い》で立ちは違った。昨日までの黄緑色の小宦服ではなく、濃い緑色の官服を着ている。宦官として役職をいただいて、晴れて着ることのできる色だ。

東宮殿《トングンジョン》に向かうラオンに、小宦たちが近づいてきた。

「ホン尚烜《サンフォン》様ではありませんか？」

ラオンの呼称が変わっているのは、世子《セジャ》を守った功績が認められ、正七品尚炟《チョンチルプムサンフォン》の官職をいただいたためだが、当のラオンは穴があったら入りたい心境だった。

あの時、ラオンがしたことと言えば、悲鳴を上げ、旲《ヨン》に襲いかかる男の腰にしがみつくことくらいだった。それなのに、宮中では三十人の敵に勇敢に立ち向かい、そのうちの半分をラオンが倒したとうわさが広まっていた。初めは半信半疑だった人たちも、ラオンに尚炟《サンフォン》の官職が与えられると、いよいよあのうわさは本当だったのだと信じざるを得ない向きになった。旲《ヨン》が決めたことなので、仕方なく官職をいただいたが、そんな事情があることから、小宦たちから向けられる羨望の眼差しが、ラオンには負担でならなかった。

「ホン尚炟《サンフォン》様、新しい官服もとてもお似合いです！」

「本当に素敵です」

「あの本に書かれていた通りのお姿ではありませんか？」

「私もそう思いました。堂々としたお姿は、本に書かれているお姿そのものです」

堂々としたお姿とは一体どこを見て言っているのかとラオンは思った。今日も遅刻ぎりぎりまで寝ていて、官帽も脱げそうなほど慌てているというのに。

ふと、小宦たちが持つ本が目に留まった。ラオンに話しかけてくる小宦たちは、決まって同じ本を持っている。先日は確か『成功する宦官になるための近道』と書かれていたが、この本も同じだろうか。ラオンは小宦たちに聞いてみた。

「その本、少し見せていただいてもいいですか？」

ラオンに頼まれ、小宦は光栄なことだと喜んだ。

「お名前を書いていただけるのですか？」

本を受け取り確かめてみると、やはり『成功する宦官になるための近道』という怪しい題名が書かれていた。一体どんな近道が示されているのだろうと中身をのぞいて見ると、書き出しからいきなり『ホン内官はこうして成功した』と記されていて、ラオンは我が目を疑った。

すると、別の小宦が、自分の本をラオンに差し出した。

「よろしければこちらをご覧ください。そちらは先月のもので、こちらが新しく出たものです」

そこには『ホン内官のようにすれば、世子《セジャ》様の寵愛はこちらのものだ』と書かれていて、これにはさすがのラオンも腹を立てた。

「こんなでたらめな本を書いたのは誰ですか？」

憤るラオンに、小宦たちはある場所を指さした。そこには雪化粧をした松の木の下に集まる宦官たちの姿があった。皆、真剣な面持ちで何やら話し込んでいる。

「その通り、この本に書かれているのはすべて事実だ。一番近くで見ていた俺が言うのだから間違いない。これはここだけの話だが、ホン内官があの官職に就けたのも、半分は俺のおかげだ」

「そうなのですか？」

「当然さ。俺が、うそを言うような顔に見えるか？　ホン内官がいかにして世子《セジャ》様の寵愛を受けるに至ったのか、その答えはこの本の中にある。すなわち、この本を読めば、みんなもホン内官のようになれるというわけだ」

「一冊ください」

「私も買います！」

「十両だ。ついでに言うが、たった十両で世子《セジャ》様に寵愛される秘訣を買えるのだから、お前たちは実に運がいい。ツイているぞ」

ははははは、とト・ギはよく響く声で笑った。

「あの人でしたか」

ラオンは怒った顔でト・ギに近づいた。

「ト内官様」

「おお、ホ、ホン内官！」

ラオンの思いがけない登場に、ト・ギは飛び上がるようにして立ち上がった。

「どういうことですか？」

ラオンの笑顔が引きつっているのを見て、ト・ギは努めて明るく言った。

「よく来たな。いつぶりだ？」

「本当にお久しぶりですね。最後に会ったのがいつだったか、私も覚えていません。ところでト内官様、この本についてお尋ねしたいのですが」

ト・ギは、ははは、と笑って答えた。

「いや、大したものではないのだ」

「大したものではないわりには、宮中に妙なうわさが広まっているようです」

「妙なうわさ？　一体、何のことだ。どうせ、うわさ好きな者たちがまた勝手なことを言っているのだろう。いつものことだ、気にすることはないさ」

「それが、私に関するお話なのです」

「同じことだよ。偉くなったら、いちいち小さいことを気にしちゃいかん。偉い人には考えなくちゃいけないことがたくさんあるだろう」

「では、これは？」

ラオンが本を見せると、ト・ギは青くなった。

「それは、だって……そう、あれだ。助け合いだよ」

「助け合い？」

「思い出してくれ。つらい時、大変な時、そばには誰がいた？　そう、俺だ。ホン内官が困った時に助けたのは？　それも俺だ。そんな俺が、今度は出世したホン内官の力を借りる。これこそ助け合いの精神というものではないか」

ト・ギは開き直り、後退りをしながらそう言ったが、やがてそそくさと逃げ出した。

「ト内官様！」

自分に一言の断りもなく、勝手に名前を使われるとは夢にも思わなかった。

「呆れた方だ」

「まったくです。呆れてものも言えない」

「チャン内官様！」

いつの間に隣にいたのか、ラオンは慌てて頭を下げた。ラオンより先に正六品尚燭《チョンユップムサンチョク》に昇進していたチャン内官からは、早くも貫禄が出ている。

「チャン内官様は、明温公主《ミョンオンコンジュ》様にお付きになったのですね」

「そういうことになりました」

「公主《コンジュ》様はお変わりありませんか？」

「ええ、お元気ですよ」

「人伝《ひとづて》に、公主《コンジュ》様の信頼も厚いとうかがいました」

「そうなのです。私を知らない人は別ですが、一度私がお世話をすると、ほかの人では満足できなくなってしまわれるようです。こうなるのが嫌だから、これまで目立たないようにしていたのですが」

チャン内官は肩をすくめた。

「さすがはチャン内官様。一体、どうやってあの気難しい方の心をつかまれたのです？」

今度も掃除の腕が気に入られたのかと思ったが、チャン内官は頬を紅潮させて意外なことを口にした。

「すべて、ホン内官のおかげです」

「私の？」

「ええ。では、私はこれで」

去っていくチャン内官の腰元には、例のト・ギの本が携えられていた。

「チャン内官様まで……」

溜息を吐くラオンの耳元に、卯の下刻（午前七時）を知らせる太鼓の音が聞こえてきた。

「大変、遅刻だ！」


金色に輝く朝日が差し込む世子《セジャ》の寝所。旲《ヨン》が目を覚まし、短く咳払いをするのを合図に東宮殿《トングンジョン》の朝が始まる。

旲《ヨン》が摂政となって初めて迎える朝、旲《ヨン》の洗顔に使う水を抱えた女官たちが、列を成して東宮殿《トングンジョン》に入っていった。その後ろを、腰を屈め、金糸の刺繍がほどこされた袞龍袍《コンリョンポ》を大事そうに抱えた宦官たちが続いていく。

世子《セジャ》の寝所は近づきがたい威厳と高貴な雰囲気が漂っている。息を吸う音すらしない部屋に、真鍮のたらいの中で水が波打つ音だけが響いた。

外からの日差しがさらに深く差し込む頃には、旲《ヨン》は洗顔と整髪を終え、立ち上がって翼を広げる鳥のように両腕を広げた。すると、宦官たちは甲斐甲斐しく旲《ヨン》を袞龍袍《コンリョンポ》に着替えさせ、最後に翼《イク》善冠《ソングァン》を被せた。

身支度を整えると、旲《ヨン》はちらと周りを見て、わずかに不機嫌そうな顔をした。

「チェ内官」

昊《ヨン》が呼ぶと、チェ内官は素早く昊《ヨン》のもとへ近寄った。

「はい、世子様《セジャ》」

「ホン内官はどうした？」

するると、ちょうどそこへ、ラオンが駆け込んできた。

「申し訳ございません！　遅くなりました」

「この大事な日に、そんな挨拶をするやつがあるか」

チェ内官は声を潜めてラオンを咎め、すぐに昊《ヨン》に向き直った。

「世子様《セジャ》、あのような至らぬ者を、どうしてそばに置こうとなさるのです」

「その至らぬ者が、僕の至らぬところを補ってくれるからだ」

この完璧な方の何を補えるというのか、チェ内官は皆目見当がつかなかった。

「どうして遅れたのだ？」

先ほどまで氷のようだった昊《ヨン》の表情が、ラオンが来た途端、うそのように和らいでいる。

「申し訳ございません」

「理由はあとで聞く。その服、ようやく宦官らしくなってきたな」

「当然です。尚炟《サンフォン》の官職をいただけたのは、三十人の敵と戦ったからではありませんから」

ラオンは誇らしそうに言い、その無邪気な姿に昊《ヨン》は小さく笑った。

「口達者め」

昊《ヨン》は部屋を出た。ラオンは笑みを含み、見えない紐でつながれているように昊《ヨン》のあとに続いた。

その後ろを、数十人の宦官と女官たちが列になって従っていく。世子《セジャ》が摂政として初めて大殿《テジョン》へ行く日とあって、東宮殿《トングンジョン》はいつもとは違う緊張と高揚感に包まれていた。

ところが、大殿《テジョン》に至ると、皆、石のように固まってしまった。

「どういうことでしょうか……」

ラオンは言葉を失い、旲《ヨン》の顔色をうかがった。信じられないことに、文武百官に埋め尽くされているはずの大殿《テジョン》には、人一人いなかった。旲《ヨン》は誰もいない大殿《テジョン》の中に入った。

「大臣たちに、何かあったのでしょうか」

旲《ヨン》の様子をうかがいながらラオンが言うと、旲《ヨン》は壇上の玉座に腰を下ろして言った。

「大臣全員に同時に何かが起きる確率はどれくらいになる」

「でも、そうでなければ、なぜここにいないのです？」

「意志表示のつもりだろう」

「そんな」

「僕が父上の代わりを務めるのを、受け入れられないということだ」

ラオンは他人事のように言う旲《ヨン》を見つめた。

「世子様《セジャさま》……」

「心配しているのか？」

「…………」

「案ずるな。予想していたことだ」

「こうなることを、わかっていらっしゃったのですか？」

「いや、少しは想定外だったがな」

「……………？」

「ここまであからさまなやり方をするとは思わなかった。だが、むしろ好都合だ。おかげで、こちらに分ができた」

「ずいぶん余裕ですね。家臣のいない王様なんて、ありがたくて涙が出ます」

自分がこれほど心配しているのに、当の旲《ヨン》は少しも動じていない。ラオンは損な気分だった。

「誰が家臣のいない王様だ」

その時、腹に響くような声がした。

「お祖父様！」

赤々とした朝日を背に大殿《テジョン》に現れたのは、ほかでもない丁若鏞《チョンヤギョン》だった。ラオンは驚いたが、一方の旲《ヨン》は笑顔で丁若鏞《チョンヤギョン》を迎えた。

「丁若鏞《チョンヤギョン》、世子《セジャ》様の命を賜り、馳せ参じました」

「よく来てくれました。ほかの者たちはどうしました？」

旲《ヨン》が尋ねると、それに答えるように、官服を着た男たちが次々に大殿《テジョン》の中に入ってきた。

「キム・ロでございます。ただいま、まいりました」

「ホン・ギソプでございます」

「キム・ノギョンでございます」

「イ・インボでございます。以後、お見知りおきを」

外戚一色だった大殿《テジョン》に、新しい風が吹き始めた。昊《ヨン》は炯々《けいけい》とした瞳で平伏す者たちを見渡して言った。

「これでやっと一歩、踏み出せた」

その顔には、新たな時代への期待と決意がみなぎっていた。


南方の池より目覚めし龍が、雲を呼び出でて霧を噴く。

龍は万物を育み、その力は四海の水をも動かさん。

――孝明世子《ヒョミョンセジャ》

もうすぐ終わりを告げる冬の最後の寒さ。襖から差し込む白い月明りを見ていたラオンは、昊《ヨン》に視線を移した。時刻は子の刻（午後十一時から午前一時）を優に過ぎている。人々が寝静まる中、昊《ヨン》は積み上げられた書類に目を通すのに余念がない。

「温室の花の摂政様」

ラオンが心配そうに声をかけると、昊《ヨン》は顔を上げた。

「お疲れではありませんか？　もう子の刻を過ぎております」

「もうそんな時刻か」

「少し、お休みください。ここ数日、ろくに寝ていらっしゃいません。このままでは……死んでしまいます」

昊《ヨン》はうなずいた。

「そうだな。疲労で死にそうだ」

「早くお休みくださいませ」

「そうするよ」

昊《ヨン》は席を立ち、ラオンの目の前まで近づくと、じっと顔を見つめた。

「どうかなさいましたか？」

「いや。もう寝るよ」

「おやすみなさい」

ラオンは昊《ヨン》の背後に布団が敷かれているのを確かめて席を立った。ところが、昊《ヨン》はいきなりラオンを抱き上げて、そのまま布団の中に入ろうとした。

「何をなさるのです！」

「これでゆっくり眠れる」

「世子《セジャ》様！」

「ラオン」

昊《ヨン》の真剣な声音に、ラオンは動きを止めた。

「はい」

「これから、険しい道程になる」

「存じております」

「お前が思う以上の苦労が伴うだろう」

「覚悟のうえです」

すると、昊《ヨン》は一度、深く息を吐いて言った。

「そばに、いてくれるか？」

「何を今さら」

「こいつ」

目を閉じたまま、昊《ヨン》は微笑んだ。

「どんな道でも、世子《セジャ》様お一人で行かせはしません。世子《セジャ》様は前だけを見てお進みください。後ろには、わたくしがついています」

勇ましく言うラオンがおかしくて、昊《ヨン》は吹き出してしまった。

「頼もしいな」

昊《ヨン》はラオンを見つめ、額に唇を寄せた。そして、二人は唇を重ねた。月明りが二人の横顔を白く照らしている。それは、水の中を遊泳する片目の魚同士、互いの温もりに寄り添うような、長い長いくちづけだった。

七　蝶の夢

世子《セジャ》が摂政を預かって迎えた初日、大殿《テジョン》で世子《セジャ》を迎えるべき朝廷の大臣らが向かったのは王宮ではなく、府院君金祖淳《プウォングンキムジョスン》の屋敷だった。十の部屋の襖を取り払って設けられた宴席には、朝廷の大臣たちが二列にずらりと向かい合って座っていた。各々の前には豪勢な料理が並べられ、上機嫌で酒を酌み交わしている。その顔には、主君に逆らうことへの恐れや罪の意識など微塵も浮かんでいない。

「世子様《セジャ》はさぞ驚かれているでしょう」

「無理もない。こう何度も我々に背を向けられるとは夢にも思わなかったでしょうからな」

大臣たちはこの前にも、王の誕生日を祝う宴に欠席している。重要な行事に出席しないのは、王室を飼い慣らすために大臣たちがよく使う手だ。

「今頃は誰もいない大殿《テジョン》で、呆然自失としていらっしゃるはずです」

吏曹判書《イジョパンソ》キム・イギョが言うと、前の吏曹判書《イジョパンソ》イ・ヒガプはご満悦の表情を見せた。

「いい経験になったでしょう。政《まつりごと》は一人の力ではできないということを、身をもって思い知ったはずです」

その一言に、あちこちから笑い声が漏れた。誰も彼も、王室を敬う気持ちなど持ち合わせていない。この席にいる者たちにとって、主君は王宮の中にはいなかった。

「これから、世子《セジャ》様はどうなさるでしょうか。いろいろと考えの多い方のようですが」

皆の笑い声が鎮まるのを待って、府院《プウォングン》君は盃をかざして言った。

「あの方が考えていることには現実味がない。所詮は夢物語に過ぎん」

イ・ヒガプをはじめ、一同はうなずいた。

「世子《セジャ》様はまだお若く、世の中のことをまるでわかっていらっしゃらない。誰もが幸せに暮らせる国など聞こえはいいが、実現するとなればまた別の話だ。万人を幸福にできる国など本の中にしか存在しない」

吏曹判書《イジョパンソ》キム・イギョは大きくうなずいて言った。

「経験がない方ゆえ、頭でっかちになっているのです」

「その通り。若く未熟な者ほど、突拍子もない大それた夢を見たがるものです」

大臣たちは次々に旲《ヨン》を嘲笑った。府院《プウォングン》君は軽くうなずいて言った。

「いかにも。世子《セジャ》様は若い感性にどっぷりと浸かっておられる。だが、たとえ空想に過ぎないにしても、その思いを遂げんとする強い意志をお持ちであるのもまた事実。これから、我々はどうしたものか……」

警戒心を滲ませる府院《プウォングン》君に、前の吏曹判書《イジョパンソ》イ・ヒガプは手を振って否定した。

「府院《プウォングン》君様は心配性ですな。どうするもこうするもありません。いかに頭脳明晰な世子《セジャ》様とて、たった一人で何ができますか。とかく、政《まつりごと》とは周囲への配慮と妥協があってこそ進められるもの。

世子様《セジャ》のように意志が強いだけでは、何もできますまい」

「そうかな？」

「あの方はことあるごとに民のための政治がしたい、民が主の国を作りたいとおっしゃいますが、その民を治めているのは誰ですか？　我々両班《ヤンバン》です。民が中心の国づくりを掲げておきながら、その民を治める我々とは反目している。そんな方に、何ができると言うのです」

するると、その意見に同調する声があちこちから上がった。

「おっしゃる通りです。愚昧な民を国の主に据えるなど、正気の沙汰とは思えません。民百姓は命じられるままに、我々の役に立つよう働くのが務め。畑仕事のほかには、字の読み書きもできない者たちを、どうやって主にしようと言うのです？　いやはや、余も末だ」

「まこと、字の読み書きもできない者たちに、高邁な思想や、この世の道理が理解できるはずがありません」

「政治でものを言うのは経験です。世子様《セジャ》が聡明であられるのは確かですが、肝心な経験がありません」

「だから夢ばかり見ておられるのです」

「よく言う器用貧乏というやつですな。世子様《セジャ》は博識で、いろいろなことに精通し過ぎておられる。なまじ器用なだけに、一つのことを極めることができないのです」

「まったくです。世子様《セジャ》は黙って我々のすることを傍観していらっしゃればいいのです。下手に手出しをされたら、我々の仕事が増えるだけです。宮中行事を取り仕切るのも大変だというのに、次々に仕事を作られたら、たまったものではありません」

「大方、我々の力を見くびっていらっしゃるのでしょう。じきに音を上げて泣きついてくるはずです」

皆の声が次第に熱を帯びる中、府院君金祖淳《プウォングンキムジョスン》の腹心の一人が静かに部屋の中に入ってきて、何やら耳打ちをした。すると、府院君《プウォングン》は顔色を変え、持っていた盃を乱暴に膳の上に下ろして言った。

「たった今、宮中から知らせが入った」

その声に、宴席は水を打ったように静まり返った。

「世子《セジャ》様が清名党《チョンミョンダン》の者たちを招集したそうだ」

清名党《チョンミョンダン》と聞いて、一同は凍りついた。清名党《チョンミョンダン》とは、同じ老論《ノロン》でありながら安東金氏《アンドンキムシ》による外戚政治を排斥せんとする敵対勢力だ。そんな者たちを、世子《セジャ》は摂政として任に赴いた初日に招集したという。まるでこちらの出方を見越して先手を打ったような世子《セジャ》の対応の早さに、宴席の誰もが言葉を失った。

「世子《セジャ》様もなかなか知恵を絞られましたな」

雰囲気を変えようと誰かが冗談を言うと、皆の表情がわずかに和らいだ。

「我々をけん制するためでしょうが、なかなか面白いことをなさる。しかし、この程度では何も変わりません。我々の相手ではありませんよ」

「清名党《チョンミョンダン》とは聞いて呆れる」

次第にあちこちから笑い声が上がったが、先ほどの嘲笑とは違う響きがあった。宴席には何とも言えない重い雰囲気が垂れ込めていた。大臣たちの表情は引きつっていたが、府院君金祖淳《プウォングンキムジョスン》だけは、終始、顔色を変えなかった。

「さすがは鋭敏なお方、やはり格が違う」

言いながら、府院君《プウォングン》は一同を見渡した。

「もしや、我々に不利な方へ進んでいるのではありませんか?」

誰かが言うと、あちこちから咳払いをする声が聞こえた。

「今はそう見えても、すぐに元通りになります。世子《セジャ》様がどんな手を打たれようと、それがどうだと言うのです? この国を率いているのは我々です。清名党《チョンミョンダン》のような夢ばかり追い求める理想主義の連中に、現実を動かす力などありません。そのうち、世子《セジャ》様も我々安東金氏《アンドンキムシ》一族の力のほどを思い知ることになりましょう」

「その通りです」

「よく言ってくれた」

「所詮は胡蝶の夢、世子《セジャ》様は蝶の夢を見ているのです。初めのうちはうまく行きそうに見えても、やがては現実という巨大な壁にぶち当たり挫折するのが目に見えています。そうなれば、我々に助けを求めるしかなくなりましょう。必ず、我々の足元に跪《ひざまず》かれる日が来ます」

世子《セジャ》を蔑む発言が続いたが、それを咎める者は誰もいなかった。

辺りがすっかり暗くなった頃、大臣たちは千鳥足で府院君金祖淳《プウォングンキムジョスン》の屋敷をあとにした。客が帰ったあとの宴席で、府院君《プウォングン》は一人酒を呑んでいたが、しばらくして膳を下げさせると、真っ新な画仙紙を広げた。慣れた手つきで墨を磨り、筆先を浸して太く細く線を引いた。その線が徐々に形を成す頃、襖を開けて誰かが入ってくるのが聞こえた。

「また鯉ですか？」

現れたのはユンソンだった。ユンソンは祖父金祖淳《キムジョスン》の向かいに腰を下ろした。ここ何日かで、ユンソンの生活は人が変わったように荒んでいた。顔には喜怒哀楽はおろか、いつもの仮面を被ったような笑みさえ浮かんでいない。府院君《プウォングン》は画仙紙に目を落としたまま低い声で言った。

「ついこの間まで、どうしても満足のいく目を描くことができなかった。だが世子《セジャ》様が摂政になってからは、何もかもが気に入らない。顔も体も歪んでいて、これでは水の中を泳ぐことができない。調和が取れていないのだ」

「心が乱れていては仕方がありません。何があったのですか？　一体何が、お祖父様のお気持ちを、それほどまでに乱しているのですか？」

府院君《プウォングン》は筆を置き、ユンソンをじっと見て言った。

「世子《セジャ》様が清名党《チョンミョンダン》の者たちを朝廷に迎え入れたそうだ」

「そうですか」

ユンソンはさほど驚いていない様子だ。

「こうなることを予想していたような顔つきだな」

「世子《セジャ》様は頭のいい方です」

「確かに聡明な方だ」

「摂政として大殿《テジョン》に入る初日に彼らを招集したということは、はなからこちらの出方を見越して先手を打っていたということです」

「鋭敏な方であることは知ってはいたが、ここまで手回しがいいとは驚いた。これでは我々が欠席した意味がない。ひと泡吹かされた気分だ」

「我々の不在を清名党《チョンミョンダン》で埋めたということは、自分に従わなければ人事の交代をも辞さないという世子《セジャ》様の意思表示と言えましょう。ほかの大臣たちは何と言っていましたか?」

「特に気に留めている様子はなかった」

府院君《プウォングン》はそれが気に入らなかった。朝廷の誰も、事態の深刻さをわかっていない。

「人は、自分の知識や経験の範疇でしか物事を図ることができないものです」

「あの者たちを愚かだと言いたいのか?」

「世子《セジャ》様は、凡人の知識や経験をはるかに超越した方だと申し上げているのです」

「そうかもしれないな」

「これから、世子《セジャ》様はどう出てくるでしょうか」

府院君《プウォングン》金祖淳《キムジョスン》は画仙紙の鯉を見た。水の中で生きる鯉が、どうして龍になれようと言った旲《ヨン》の姿が思い出される。

「あの方は頑固で妥協を知らない。やり手なうえに大胆でもある。そんな世子様《セジャ》が次にどんな手を打ってくるか、私にも予想がつかないのだ」

府院君《プウォングン》はユンソンに目を移した。ここに、もう一人の逸材がいる。世の中を自分の手の平を眺めるように見渡す力は世子様《セジャ》に及ばずとも、ユンソンには人を操る才がある。人の話を聞く耳があり、我を張ることがない。必要とあらば妥協を厭わず、不義をも恐れぬ肝の据わった若者だ。生まれながらの君主とは、あるいはこういう子のことを言うのではないか。

ユンソンを見る府院君《プウォングン》の眼差しに、口惜しさが滲んだ。

「お前は、どう見る?」

「世子様《セジャ》はこちらのほころびを突いてこられるでしょう」

「ほころび?」

「あの方は安東金氏《アンドンキムシ》一族をけん制しようとなさっています。その望みを叶えるには、朝廷を自分の味方で埋める必要があります」

「となると、今の大臣たちを追い出すことが先決だ。だが、宮中には厳しい慣わしというものがある。容易なことではないぞ」

「だからこそ、ほころびを見つけようとなさると言うのです」

「どういうことだ?」

「理由は何でもよいのです。あの方に必要なのは大義名分。こちらの弱みをつかめば、追い出す口実などいくらでも作れましょう」

「そう思い通りにいくかな？」

「ええ。それも、思いのほか簡単に」

ユンソンは感情のない顔をして言った。

「叩いて埃の出ない人などいませんから」


「先生はどう思いますか？」

昊《ヨン》に問われ、丁若鏞《チョンヤギョン》は考えた。昊《ヨン》の立てた計画と意志を、もう一時と半刻ほど聞いているが、聞けば聞くほど感心させられた。

丁若鏞《チョンヤギョン》から見て、昊《ヨン》の計画は理想的でありながら無理がなかった。これまでにない新たな計画で、均衡も取れている。手順も綿密に考えられていて、こちらが指摘すべきところはほとんど見当たらなかった。

何よりも、昊《ヨン》は並々ならぬ大志を抱いていた。単なる空想ではなく、腐敗し切ったこの国を立て直すため、長い間をかけて具体的な計画を立ててきたことに丁若鏞《チョンヤギョン》は驚いていた。

「計画通り遂行できれば、世子《セジャ》様が思い描かれる時代が必ずや訪れましょう。ただ心配なのは富める者たちの抵抗です。甕《かめ》は大きいほど、その中に多くを溜めているものです。それを自ら手放す者はいないでしょう」

「手放さざるを得なくするのです。必ずそうさせるつもりです。月日が経てば、あの者たちも気づくでしょう。自分のものだと思っていたものは、本当はそうではなかったということに」

「計画を実現するには、もはや猶予がありません」

「だからこそ急ぐのです」

「水の流れが速ければ、魚は押し流されてしまうかもしれません」

「今の朝鮮は井堰に溜まった水のような状態です。それも、長きに渡り堰き止められ、腐り、悪臭を放つ水に成り果てました。まずは流れを遮る堰を壊さなくてはなりません。早瀬に押し流された魚も、水が澄めばまた戻ってくるはずです」

「井堰を壊すのは決して容易《たやす》くはありません」

「遠くを見据えて進むことは大事ですが、目先のことを優先すべき時もあります。焦らず、足元から着実に固めていけば、いずれ自ずと澄んだ水を迎えられましょう」

丁若鏞《チョンヤギョン》は笑い声を響かせた。

「お話はよくわかりました。しかし、井堰の必要性を唱える者も少なくないはずです。古い物というのは、よくも悪くもなくてはならない時があるものです。反発は避けられないでしょう」

「だからこそ、あえて掻き回すのです。底に沈んでいた汚物が浮かび上がってくれば、今は反発している者たちも、認めざるを得なくなるでしょう。水を淀ませていたのは、ほかならぬ井堰であると」

「はあ……」

　ト・ギは長い溜息を吐いてラオンの隣に腰かけた。

「最近、丸くなられたと評判だった世子《セジャ》様が、また以前の厳しい世子《セジャ》様に戻られたと聞いたが、ホン内官は大丈夫なのか？　いえ、大丈夫ですか？」

　ト・ギは慌てて言い直した。

「まったく俺ときたら。すみません。尚烜《サンフォン》様に無礼な言い方を」

「おやめください、ト内官様。そんなことをおっしゃらないでください。運よく昇進はしましたが、相変わらず至らぬところだらけです」

「しかし、宮中の礼儀作法は守りませんと。これからは気をつけますので、時々いつものくせが出ても、大目に見てください」

「お気になさらないでください」

　ラオンは笑ったが、ト・ギは盛り上がった頬を揺らしながら話を続けた。

「ホン内官様は、大丈夫なのですか？」

「世子《セジャ》様のことですか？」

　ト・ギはうなずいた。

「このところ、東宮殿《トングンジョン》に不穏な空気が漂っていると聞きました。ホン内官様が世子《セジャ》様のご寵愛を受けていらっしゃるとはいえ、心配になります」

王から摂政を仰せつかってからというもの、昊《ヨン》はまた以前の氷のような姿に戻っていた。宮中の決まり事や形式からわずかにも逸れることを許さず、何事も厳しく律した。そのせいで穏やかだった宮中に再び緊張が戻り、むしろ、ラオンが出仕した頃よりぴりぴりした空気が漂っていた。薄氷を踏んで歩くような日々の中、宮中の人々は何をするにも注意を払いながら任に当たっていた。東宮殿《トングンジョン》の外にいる者たちがその調子なので、そばに仕えるラオンの苦労はいかばかりかと、ト・ギは案じていたのである。

「すべてはこの国のためを思われてのことでしょう。私は何の問題もありません」

「それならいいのですが……ところで、相談とは何でしょう？　お悩みがおありなのですか？」

「そのことですが、実は、宮中にあるうわさを流していただきたいのです。悩み事があるなら、私に相談すればいいいと。私は悩み相談だけは得意なものですから」

ト・ギは任せろとばかりに自分の胸を叩いた。

「やはり摂政の寵愛を受ける人はひと味違いますね。私は今、心から感嘆しています。どうかご安心を。このト・ギが責任を持って、悩める宮中の者たちにホン内官様を訪ねるよう広めて差し上げます」

「よろしくお願いします」

ラオンが礼を言うと、ト・ギは妙な笑みを浮かべた。その顔から何かを察したラオンは、訝しそうな顔をしてト・ギに聞いた。

「ト内官様、もしや、よからぬことを考えていらっしゃるのではありませんよね？」

「何をおっしゃいます。そんなこと、考えてなどおりません。ただ嘆じているだけですよ」

「その言葉、信じますよ」

インチキな本を売ろうなどという邪な考えはだめですよ。

「それはそうと、ト内官様、最近、宮中の雰囲気はいかがです？」

「お話になりません。東宮殿《トングンジョン》の外も同じです。一日一日、身が縮む思いです」

「よろしければ詳しくお聞かせください。なぜ身が縮む思いをなさっているのです？」

「それがですね」

宮中の情報通で、うわさの出元でもあるト・ギは、宮中はもとより巷のうわさ話までラオンに話し始めた。


その日は子の刻（午後十一時から午前一時）を過ぎてやっと資善堂《チャソンダン》に戻ることができた。ト・ギが流したうわさは瞬く間に宮中に広がった。ト・ギと別れて間もなく、大殿《テジョン》のキム内官がラオンのもとを訪ねてきた。その後は東宮殿《トングンジョン》の若い女官や中宮殿《チュングンジョン》の灯燭係の女官がやって来て、次々に悩みを打ち明けて帰っていった。皆の悩みに答えているうちに、気づけばこの時刻になっていた。

「キム兄貴」

資善堂《チャソンダン》に着くと、ラオンはいつものようにビョンヨンを呼んだ。だが、すぐにビョンヨンがいないことを思い出した。ビョンヨンは昊《ヨン》の密命を受け、数日前から資善堂《チャソンダン》を空けている。

「そうだ。キム兄貴はいないんだった」

自分は一人なのだと思うと、それだけで気持ちが沈んだ。

ところが、誰もいないはずの部屋の中に、黒い影が座っているのが見えた。その影を見て、ラオンはふわりと胸が浮くのを感じ、部屋に入った。

「お前の口は、勝手にキム兄貴を呼ぶのだな」

「世子《セジャ》様！」

東宮殿《トングンジョン》で寝ているとばかり思っていた昊《ヨン》が、自分の帰りを待ってくれていた。思いもしない贈り物をされたような気がして、ラオンは昊《ヨン》に駆け寄った。

「どうしてこちらに？」

「どうしてだと思う？」

「わたくしの帰りを、待っていてくださったのですか？」

昊《ヨン》は少し呆れた顔をして言った。

「当たり前だろう。それ以外に、僕がここへ来る理由があるか？」

「あるかもしれないではありませんか」

「そんなものはない」

「本当ですか？」

ラオンはうれしそうに頬を赤くした。子どものように笑うラオンの顔を、昊《ヨン》はしばらく何も言わずに見つめた。今宵の月明りのように澄んだ笑顔。邪心の欠片もないその顔を見ていると、一日中、強張っていた表情が不思議と和らいでくる。

「頼んだことはどうなった？」

「世子《セジャ》様がおっしゃった通り、さっそく悩み相談を受けましたが、特に気がかりなことはありませんでした」

「些細なことでもいい。お前が聞いた通りに話してくれるか」

ラオンは袖口から小さな帳面を取り出した。

「大殿《テジョン》のキム内官は最近、食靠れ《しょくもた》れの気があり、腹に常に不快感があるそうです。東宮殿《トングンジョン》の女官、ヒャンシムさんは喉の渇きがひどくて悩んでいらっしゃるそうです。それから中宮殿《チュングンジョン》の……」

ラオンが受けた相談は、ほとんどが取り留めのない話だった。時折、権力者の話題も混じっていたが、昊《ヨン》はどんな話にも耳を傾けた。

「ところで、温室の花の世子《セジャ》様。どうしてこのようなお話をお聞きになりたいのです？」

ひと通り話を終え、ラオンは不思議そうな顔をして昊《ヨン》に尋ねた。

「重要な話は、下の者たちの間で交わされる他愛のない話に紛れているものだ」

「そういうものですか？」

「お前は、大変ではないか？」

「悩みを聞くくらい、へっちゃらです。何も大変なことはありません。こんなことでも、世子《セジャ》様のお役に立てて、感謝したいくらいです」

「感謝？　どうして？」

するると、ラオンは大きな瞳をしばたかせて言った。

「ずっと、世子《セジャ》様のお役に立ちたかったのです」

ラオンがあまりに純粋に言うので、旲《ヨン》は笑ってしまった。

「もう十分すぎるほど助けてもらっている。お前がいなければ、この険しい道程を独りで歩まなければならなかった。信じられる者もなく、心休まる暇もない、つらい思いをしていたことだろう。ラオン、まだわからないのか？　お前は、僕にとって唯一の心の拠り所だ」

旲《ヨン》はそう言って、ラオンの頬にかかる髪を耳の後ろにかけた。優しくて温かい手の平に触れられ、ラオンは頬が火照った。

「皆が心配しております。今の宮中の雰囲気はまるで……」

嵐の前の静けさのようだと。今に何か起こるのではないかと恐々としております。世子《セジャ》様は、本当に大丈夫なのですか？

聞きたいことは山ほどあったが、ラオンはそのすべてを飲み込んで旲《ヨン》を見つめた。

すると、旲《ヨン》もじっとラオンを見つめ、ラオンの額に自分の額をつけて言った。

「また余計なことを考えているのか」

「どうしてわかるのです？」

「わからないわけがないだろう。この顔に書いてあるのだから」

「わたくしの顔に、何が書いてあるとおっしゃるのです？」

からかうような昊《ヨン》の口ぶりに、ラオンは拗《す》ねた。そんなラオンを、昊《ヨン》は愛おしそうに抱き寄せた。

「せ、世子《セジャ》様……」

ラオンは何か言おうとしたが、昊《ヨン》の唇に覆われてしまった。

「これを考えていたのではないか？」

「いいえ。これっぽっちも考えていませんでした」

「ふうん」

すると、昊《ヨン》がいたずらっぽい笑みを浮かべた。ラオンははっとなって昊《ヨン》を押し退けた。

「いけません」

「何がいけないのだ？」

「世子《セジャ》様は一貫性がなさすぎます」

「一貫性？」

「昼間は冷徹で厳しい世子《セジャ》様なのに、夜になるとでれでれして。わたくしの祖父はよく言っていました。人は、言動に一貫性がなければいけないと。ですから世子《セジャ》様も……」

だが、どれほど押し退けても、昊《ヨン》は一向に離れようとしなかった。昼間はあれほど厳しい顔をしていた昊《ヨン》が、寒い冬を耐え抜いて春を迎えた花のように笑っている。それがどれほど美しい笑顔か、昊《ヨン》は気づきもせずラオンを真似て人差し指を突き立てた。

「ホン・ラオンはよく言っていました。初心忘るべからず」

雪山での約束を守るように、昊《ヨン》は再びラオンにくちづけをした。

八　お前が知る必要はない

展拝《チョンベ》を行った孝明《ヒョミョン》は、通礼院《トンネウォン》の正三品相礼《チョンサムプムサンネ》が式次を読み間違えたとして、前吏曹判書《イジョパンソ》イ・ヒガプ並びにキム・ジェチャン、現吏曹判書《イジョパンソ》キム・イギョに対し、二等級の減給を命じた。

摂政に就いて四日目。昊《ヨン》は太廟《テミョ》、景慕宮《キョンモグン》、永禧殿《ヨンヒジョン》、儲慶宮《チョギョングン》を参拝した。この時、式次を読み上げる相礼《サンネ》が式次を読み間違えたために儀式に支障が生じた。昊《ヨン》はこれに激怒し、臣僚たちを厳しく問責した。

「朝廷で政《まつりごと》を担う者が、宮廷の根幹である儀礼の手順を心得ていないとは言語道断だ」

世子《セジャ》に激しく叱責され、大臣たちは顔を上げることもできなかった。

その後も昊《ヨン》はことあるごとに礼を強調した。ちょうど儀礼の一つひとつの決まりや手順について人々の見解が分かれていた時期だった。中でも複雑な宮中の慣わしに至っては、正しく心得ている臣僚は一人もいなかった。そこで、昊《ヨン》は儀礼が行われるたびに誤りを指摘し、厳しく正していくことにした。

一部から反発の声が上がることもあったが、祖先への孝心を掲げる世子《セジャ》に逆らえる者はいなかった。

「皆がこの場にいられるのは、ひとえに祖先と親のおかげだ。祖先を敬えない者に国事を担うことはできない。また、この基本的なことさえ守れない者は、宮廷にいる資格もない」

こうして、昊《ヨン》は礼を掲げ、孝を盾に、家臣の意識改革に尽力した。大臣たちはいつどのような怒りを買うかわからず、戦々恐々としていた。下手なことを言えば祖先を軽んじる不孝者とされかねず、ただじっと下を向いて、世子《セジャ》の怒りが鎮まるのを待つしかなかった。

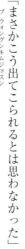

「まさかこう出てこられるとは思わなかった」

府院君金祖淳《プウォングンキムジョスン》は乾いた笑い声を漏らした。こちらの弱みを突いてくるだろうことは予想していたが、礼をもって臣下の統制に乗り出すとは思いもしなかった。府院君《プウォングン》は考えあぐねていた。足りない知識は本で埋め、不正には蓋をして隠せば済む。だが、礼は心の奥底から湧き出る思いと、長い経験が伴って初めて尽くせるものであり、一朝一夕で備えられるものではない。

府院君《プウォングン》は笑いを止め、正面を向いた。そこにはユンソンが座っている。頼もしそうに孫を見て、府院君《プウォングン》は言った。

「果たして、お前が言った通りになった。どうしてわかった?」

ユンソンは無表情のまま言った。

「世子《セジャ》様は竹を割ったような方です。ですから、意中を寸分違わず読むことができれば、次の出方を予測するのは難しいことではありません。不義と妥協を知らない方だけに、行動が一貫していて変化に乏しいのです」

「だが、こちら側の誰も、世子《セジャ》様の行動を見通した者はいなかった」

「愚鈍な者たちゆえ、世子《セジャ》様の思考についていけないのです」

「ほう。ではお前は、あの者たちとは違うということか？」

「私も予測したに過ぎません。私とて、世子《セジャ》様が礼を振りかざし、ここまで踏み込んだことをなさるとは思いませんでした」

「人の心の中をのぞく能力を持たない限り、そこまでを読み解くのは不可能だ。予測できただけで十分だろう」

府院君《プウォングン》は長い髭を撫でながら話を続けた。

「世子《セジャ》様には驚かされる。緻密で粗がない。昨日今日考えた計画では、こうはいかん」

「一見、完璧に見える計画ほど隙があるものです」

「と、言うと？」

「世子《セジャ》様の志は買いますが、性急が過ぎます。長旅では、道中の景色を楽しむ余裕も必要です。最初から走ってばかりいては、供の者は道半ばで息が切れてしまうでしょう」

「人を失うことになるということか」

府院君《プウォングン》は手で膝を打った。

「なるほど、お前の言う通りだ。小さな商売も金に欲を出せば失敗し、人に欲を出してこそ利を生むという単純なことを、世子《セジャ》様はわかっていらっしゃらない」

「聞いたところによれば、今度また、新たに人を選ぶおつもりのようです」

「その口ぶり、よもや予測していたのではあるまいな?」

「………」

祖父の問いに、ユンソンは沈黙で返した。府院君《プウォングン》は会心の笑みを浮かべた。

「さすがだ。それでこそ府院君金祖淳《プウォングンキムジョスン》の血を引く男だ!」

「古いものを大切にできない者ほど、新しいものも大切にできないものです。世子《セジャ》様は結局、ご自分にもっとも近しい外戚の信頼を失うことになるでしょう」

府院君《プウォングン》はうなずいた。

「血は水よりも濃い。困った時に助けてくれるのは肉親だ。その肉親を、世子《セジャ》様は自らお捨てになった。今後、何か起こっても、誰も手を差し伸べることはないだろう」

すると、ユンソンは訝しそうに祖父を見て言った。

「その何かが、外戚によって起こるということですか?」

府院君《プウォングン》は笑い飛ばした。

「そんなこと、あるはずがあるまい」

ユンソンは何も言わず、祖父が笑うのを見ていた。府院君《プウォングン》はひとしきり笑い、再び目を光らせて言った。

「世子《セジャ》様が次にどんな手を打ってくるか、それが問題だ」

「私はむしろ、世子様《セジャ》によからぬことが起こるのではと案じられてなりません」

「世子様《セジャ》に？　どういうことだ？」

「これまで築き上げてきたものを、世子様《セジャ》に壊された者は少なくありません。それだけ恨みを買っているということです。その中から、よからぬ企てをする者が出てきても、何らおかしくはないでしょう」

「陰謀を企む者が出るということか。いや、まさかそれはないだろう。そんなことをすれば、己はもちろん、お家お取り潰しの憂き目に遭う大罪だ。そんな無謀なことをする者が、この朝廷にいると思うか？」

　ユンソンは居住まいを正して言った。

「命より名誉を重んじる者もいます。そのような人間が名誉を踏みにじられれば、正気ではいられません。時に怒りに駆られ、常軌を逸した行動に出るものです」

「そのような者がいると言うのだな。一体、誰のことだ？」

「上りつめた者ほど、失う物も多いものです」


「な、何だと？」

にわかには信じがたい話に、平安府使《ピョンアンプサ》ソ・マンスは思わず声を荒げた。

「もう一度言ってみろ。何が起きたと言うのだ?」

「楚山《チョサン》に暮らす村人が都に押しかけて、悪い役人のせいで七人が死に、財産を奪われたと訴えたそうです」

下役が答えると、ソ・マンスは机を叩いて火を噴くように怒った。

「おのれ、百姓の分際で生意気な! 勝手なことをしおって!」

訴えを起こしたのは、ソ・マンスが府使《プサ》を務める楚山《チョサン》の農民たちだった。悪い役人とは、ほかでもない、ソ・マンス自身を指していた。

「それだけではありません」

「まだあるのか?」

訴えた内容だけでも罷免は免れない。ソ・マンスは青くなった。

「訴えを聞いた世子《セジャ》様は、直ちに承政院《スンジョンウォン》右承旨《ウスンジ》キム・ビョンジを按覈使《アネクサ》として派遣してこちらの内情を調べさせ、わずか一日のうちに報告書までまとめさせたそうです」

「もう報告書までご覧になったというのか?」

「はい。高麗人参の件も何もかも」

「そんな……」

ソ・マンスは目の前が真っ暗になった。清の商人との高麗人参の貿易を取り締まるという名目で、ソ・マンスは村人による高麗人参の取引の実態を調べるよう命じたのだが、調査を任された監官《カムグァン》たちは村人に高麗人参を差し出すよう強要し、逆らう者は容赦なく拷問にかけた。そのせいで死んだ者だけでも三人、ほかにも、家や田畑を売って高麗人参を納めた者や、工面できずにありったけの金と賂を渡す者があとを絶たなかった。

民百姓から搾り取った金品は、残らずソ・マンスの懐《ふところ》に入った。高麗人参の取引の取り締まりなど、はなから領民の財産を収奪するための口実に過ぎなかったのである。

「終わりだ……俺はもう、終わりだ」

ソ・マンスは両手で顔を覆った。今度のことは、役職を取り上げられるだけでは済まされない。最悪の場合、死罪に処されるかもしれない。ソ・マンスは震えた。賂を渡して便宜を図ってきた漢《ハ》陽《ニャン》の官吏からの連絡がぷつりと途絶えたのは、このためだったのか。

「義理も涙もないやつらめ」

その夜、ソ・マンスは布団の中で体を丸め、一睡もせずに助かる道を考えた。そして、ある考えに至ると、下役を呼んだ。

「このまま終わるわけにはいかない。どっちみち死ぬのなら、一矢報いてやろうではないか」

「どうなさるおつもりですか？」

下役が尋ねると、ソ・マンスは視界を狭めるように目を細め、怪しく光らせた。

「人を集めるのだ」

「府使《プサ》様、まさか……」

「世子《セジャ》様はよくお忍びで市井に出られると聞く。その時を狙うのだ。お世継ぎの世子《セジャ》様が、お忍びで訪れた先で亡くなったとあれば、国中は大騒ぎになり、地方役人の汚職など気にかけていられなくなるだろう」

「し、しかし、そのような恐ろしいこと……」

下役が震えると、ソ・マンスは割れんばかりに机を叩いて言った。

「俺がお咎めを受ければ、お前も無事ではいられないぞ。このままでは二人とも助からない。ならば少しでも生き残る道に賭けてみようではないか」

「私は、府使《プサ》様のご命令に従います」

「ちょうど今年は、日照り続きで餓死する者が相次いでいる。どうせ死ぬなら、飢え死にするのをただ待っているより、積もり積もった鬱憤を晴らしたいと思う者は少なくないはず。雨乞いも虚しく民が苦しみに喘ぐ間、王が何をしてくれた？　もしかしたらこれは、無能な王を挿げ替えろという天の思し召しかもしれないぞ」


終わりのないように思えた寒さも和らぎ始め、白い雪に覆われた麓にも早春の気配が漂うようになった。雪の中からちらほらとのぞく小さな芽は、新たな季節の息吹を伝えている。

旲《ヨン》とラオンはお忍びで市井を歩いていた。この日の街は、いつにも増して人が多かったが、旲《ヨン》は手を後ろに組んで悠々と通りを進み、時々立ち止まっては品を見たり、店の者に値段を聞いたりしていた。傍から見れば、裕福な家の子息が庶民の暮らしぶりを見物しているように見えるが、その傍《かたわ》らで、ラオンは厳しい顔つきで周囲を警戒していた。

「そわそわして、どうした？」

「どうしたではありません。このような時に、護衛も伴わずにお忍びに出られたのですから、こちらは気が気ではありません」

つい先日も命を狙われたばかりだというのに、昊《ヨン》は身の危険などまるで感じていないようで、ラオンはその呑気さに腹が立った。

「そんなことを気にしていたのか」

「そんなこととは何ですか！　笑っていないで、ちゃんと考えてください。近頃は目に見えて宮中に不穏な空気が流れています」

昊《ヨン》の強引なやり方に、朝廷は一触即発の状況だった。寒い冬に凍え死ぬ者が増えるように、宦官や女官たちは日に日に畏縮し、後言を交わすことが増えた。皆、深刻そうな顔をして『今に窮鼠猫を噛むという事態が起こるのではないか』と口々に言っていた。

ラオンには、その言葉が何より怖かった。

ところが、当の昊《ヨン》は信じられないほどあっけらかんとしている。

「このところ、市井の雰囲気が荒んでいるという話があちこちから聞こえてきます。そのような時にお忍びなどなさって、何か起きたらどうなさるのですか」

「こんな時だからこそ来たのだ。巷が荒んでいるのなら、その理由を知る必要がある」

「調べるだけなら、人にさせれば済むではありませんか。わざわざ世子《セジャ》様がお出ましになることはないと思いますが」

「話というのは、人の口が入れば入るほど尾ひれがつくものだ。民の本当の声を聞きたければ、直接聞くのが一番だ」

「おっしゃる通りですが、そういうことならなおさら、世子翊衛司《セジャイギサ》に護衛させるべきです」

「腰元に剣を携えた者たちを左右に従えた世子《セジャ》に、誰が本音を話せると思う？　みんな、心にもないことを言って終わりだ」

旲《ヨン》の言うことにも一理ある。ラオンは、ただ長い溜息を吐くしかなかった。

「温室の花の世子様《セジャ》のおかげで、わたくしの寿命は日に日に短くなっている気がいたします」

「心配性が過ぎるぞ」

自分のことを我が身のように案ずるラオンが愛おしくて、旲《ヨン》はつい笑ってしまった。

そこへ、一人の男が店に駆け込んできて、旲《ヨン》の左側に並んだ。客のようだが、明らかに挙動がおかしかった。

「世子様《セジャ》、隣に……」

身の危険を感じ、ラオンが言いかけた、その時だった。店主に品の値段を尋ねていた男が、突然、懐《ふところ》から鎌を抜いて旲《ヨン》に襲いかかった。

「危ない！」

ラオンはとっさに旲《ヨン》をかばった。男の振り上げた刃は、青く光ってラオンの心臓を目がけて振り下ろされた。ラオンは目を強くつぶり、覚悟を決めた。

だが、しばらくしても痛みを感じず、ラオンは恐る恐る目を開け、息が止まるほど驚いた。

いつの間に四方から剣が伸びて、男の首を取り囲んでいた。男を囲んでいたのは、荷物を背負った行商の者や、杖を突く老人、露店の店主たち。旲《ヨン》が立ち寄った店の店主まで男に剣を向けている。

「武器を捨てろ」

男は鎌を地面に落とした。男が現れ、鎌を振りかざし、それを見越していたように市井の人々が剣を抜いて男を捕らえるまで、まさに一瞬の出来事だった。

「ど、どういうことですか？」

ラオンは声を震わせていた。だが、当の旲《ヨン》は何事もなかったように品物を選び、指輪を一つ手に取ってラオンに見せた。

「これはどうだ？」

さすがのラオンも、これには怒った。

「呑気に品物など選んでいる場合ですか？　目の前で何が起こったのか、ご覧にならなかったのですか？　命を狙われたのです。世子《セジャ》様は殺されかけたのですよ！」

「そうだったかな」

「この方たちがいらっしゃらなければ、今頃、世子《セジャ》様は大変なことに……。それより、この方たちはどなたですか？」

自分が宮中にいる間、巷では剣を持ち歩くのが男の作法にでもなったのだろうか？

「いくらだ？」

昊《ヨン》はラオンには答えず、店主に指輪の値段を尋ねた。店主の男は、昊《ヨン》を襲った男に剣を向けたまま笑って答えた。

「二十両に負けておきます」

「それは法外だな」

互いに馴染みのあるようなやり取りに違和感を覚え、何気なく店主の顔を確かめて、ラオンは目を見張った。店主と思っていたのは、世子翊衛司《セジャイギサ》ハン・ユルだった。ユルだけではなく、周りの男たちの顔にも見覚えがあった。変装していてすぐにはわからなかったが、皆、世子《セジャ》の護衛を務める翊衛司《イギサ》たちだった。

「これが一番似合いそうだが、どうかな」

昊《ヨン》はラオンの指に指輪をはめてみた。だが、ラオンはそれに気づかないほど、この状況に呆然としていた。

「世子《セジャ》様、この方たちは皆、翊衛司《イギサ》の方たちではありませんか。どうして変装などしていらっしゃるのです？」

「父上の代わりに政務を任されてから、僕を狙う者はさらに増えた。もしもの時のために、備えておいたのだ」

言いながら、ラオンの指にはめた玉の指輪を見て、昊《ヨン》は満足そうに笑った。

「そういうことだったのですか？」

温室の花の世子《セジャ》様は、最初から何もかもわかっていたのだ。それならそうと言ってくれればよかったのにと思ったが、ふとあることに気がついた。

「そういえば、以前より護衛の方の数が増えたような気がいたします」

「ここだけではない」

昊《ヨン》は向かいの二階建ての酒処をあごで指した。そこには狩人と思しき男たちが一時ほど酒の肴ばかりつまんでいたが、鎌を持った男が昊《ヨン》に襲いかかろうとした途端、一斉に弓を構えた。すると、隣で酒を酌み交わしていた客の男たちが、間髪入れずに弓を構える男たちを取り押さえた。酒に酔っているように見えた男たちも、実は世子翊衛司《セジャイギサ》だったのだ。一体どれほどの人を配置していたのだろうと、ラオンは茫然となった。

「護衛の数を増やしたのだ」

それをさらりと言う昊《ヨン》に、ラオンはまた驚いた。

「蠅が入るぞ」

昊《ヨン》に言われて慌てて口をつぐんだが、今はまだ冬で蠅が飛ぶ時期ではない。ラオンは憎からぬ目で昊《ヨン》を睨んだ。

「冬に蠅が飛んでいるわけがないではありませんか。毎回、よくそんな冗談が思いつきますね」

「毎回毎回、飽きもせず真に受けてくれるからな」

昊《ヨン》はそう言って、楽しそうに笑った。男というものは、地位や立場にかかわらず、子どもみたいなところがある。一番高いところに君臨する世子《セジャ》様からして大人になり切れていないのだから仕方ないかと、ラオンは半ば諦めの心境で昊《ヨン》のあとに続いた。それからしばらく歩き続けていると、親しみのある声がして、ラオンは立ち止まった。

「お姉……お兄ちゃん」

両頬を桜色に染めた少女が手を振っている。どうりで見覚えのある通りだと思ったら、ク爺さんの煙草屋の前だった。妹のダニが匂い袋を売り、以前はラオンが悩み相談をしていた店でもある。

「元気だった、ダニ？」

「私は元気よ。今日はどうしたの？」

それはラオンにもわからなかった。昊《ヨン》のあとについて歩いていたら、いつの間にかここに辿り着いていた。

「これを渡しに来たのだ」

すると、昊《ヨン》が二人の会話に口を挟み、ダニに赤紫色の包みを差し出した。先ほど街で買った反物と装身具だ。

「春らしい色だと思ってな」

「ありがとうございます」

「これなら、そなたとお母上の春服を作るのに足りるだろう」

「春服って……」

ダニは慌てて中身を見て、瞳を輝かせた。

「私と母の二人分にしては多すぎます」

「それなら、ついでにもう一つ、作ってあげてくれないか」

昊《ヨン》がラオンの分を言っているのがわかり、ダニは動揺した。もらった絹は、男が着る色ではない。不安がるダニの気持ちを察して、昊《ヨン》は微笑んだ。

「よく似合うように頼む」

「似合うように？」

「春になったら、姉上と花見に行こうと思っている。その時に着ていけるよう、仕立ててやってくれ」

「…………！」

ダニの目に、涙が込み上げた。昊《ヨン》の言葉の意味が、ダニにはすぐにわかった。この人は、姉が男でないことを知っているのだ。

「お任せください。一番、綺麗に仕立ててもらいます」

「頼んだぞ」

「新しい服を着た姉を見て、惚れ直しても知りませんよ」

「そういうことなら、何度でも歓迎だ」

ダニはうれしそうにうなずいた。

「二人とも、何をひそひそ話しているのです？」

ラオンが聞くと、昊《ヨン》とダニは同時に振り向いて言った。

「こちらの話だ」

「こっちの話よ」

摂政を務めて七日目、兵曹《ピョンジョ》からの要請で、外出の際の世子《セジャ》親衛兵の数を八十人から百人に増員した。


午後の日差しが照らす府院君《プウォングン》金祖淳《キムジョスン》の部屋では、祖父と孫の秘密めいた会話が交わされていた。

「とうとう平安府使《ピョンアンプサ》がことを起こした。一体、どうしたものか」

ユンソンの予想通り、陰謀を企てる者が出たことで、状況はかえって苦しくなった。

「此度の一件を機に、世子《セジャ》様は我が一族への圧力をさらに強めてくるに違いない」

「私もそう思います」

一族の危機にも、ユンソンは少しも動じる気配がなかった。

「これから、どうすればよいのか」

「まずは揚げ足を取られることのないように気をつけることです」

「隙を見せるなということか。しかし、あちらがその気になれば、隙などいくらでも突けるだろう」

「ならば、世子《セジャ》様の人柄を逆手に取るのです」

「どういうことだ?」

「あの方は度が過ぎるほど公正な方です。言い換えれば、こちらに過ちがない限り、手出しはしないということです。たとえ政敵であったとしても、功績は認め、分け隔てなく評価する。世子《セジャ》様は、そういう方です」

「確かに、お前の言う通りだ」

「ですから、当分は大人しく、息を殺して過ごすのです。過ちや不正は徹底して隠すこと。そうすれば世子《セジャ》様も、我々を攻撃することはできないはずです」

「そうしよう。だが、その後はどうする？　まさか世子《セジャ》様の意のままに従い続けようというわけではあるまい？」

ユンソンの顔に一瞬だが初めて表情と呼べるものが浮かんだ。だがそれは、あまりに冷たく、ぞっとするほど無慈悲な表情だった。

「虎がいなくなれば、狼や狐が闊歩し始めます。我々は、その時を待つのです」

九　春の日の午後

　春の気配を感じ、気の早い花たちはもう花びらを開いている。后苑《フウォン》へと向かう道の途中、槐《えんじゅ》の木に囲まれた小さな楼閣に、人目を忍んで一人の男が入った。静寂に包まれた楼閣の中、男の咳払いが響いた。

「今日はどうなさいました？」

　ラオンは男に、爽やかにそう声をかけた。昊《ヨン》の頼みで、宮中でよろず相談を受け始めてから早二ヵ月が過ぎた。この間、うわさを聞きつけて訪ねてくる女官は増え続け、今では官職に就く者たちまでラオンを頼るようになっていた。女官はもちろんのこと、もともと両班《ヤンバン》の彼らは、自分より身分の低い宦官に悩みを打ち明けていることを人に知られたくないという思いが強かった。そんな相談者の話す内容のほとんどが色恋に関するもので、隠したくなるのも当然に思えた。

　体裁を重んじる両班《ヤンバン》が、それにもかかわらずラオンを頼った理由は一つ、雲従街《ウンジョンガ》のサムノムの評判を聞き及んでいるためだ。男女の間のことなら、どんな悩みも解決してしまうという評判が評判を呼び、半分は好奇心をそそられてラオンを訪ねていた。ただ、身分の高い者ほど顔を見られるのも、人に話を聞かれるのも嫌がったので、そういう時はよく長い簾《すだれ》で顔を隠してやり取りができるこの楼閣を相談場所に選んだ。

「ここでよろず相談をしていると聞いてきたのだが」

「どんなお悩みでございましょう」

ラオンは聞いたが、男は咳払いをしてばかりで、なかなか口を開こうとしない。そこで、ラオンはこちらから話を聞き出すことにした。

「失礼ですが、どなたか、お気に召した女人がおいでですか？」

「そうなのだ」

「最近になって、お相手の方の態度に変化が見られた」

「その通りだ。どうしてわかった？」

多くの人の相談を受けてきたので、今では半ば占い師のように、相手の咳払いを聞くだけでどんな悩みか大体の察しがつくようになっていた。

「心変わりしたとしか思えないのだ」

男はたいそう胸を痛めているようだった。

「なぜそう思われるのです？」

「態度や口調が、なんとなく以前とは違うのだ。妙な距離を感じるというか」

「距離を感じる？」

「仕事の合間を縫って会いにいっても、いつも忙しいと言って相手にしてもらえない」

「本当にお忙しいのかもしれませんね」

「昨晩は久しぶりに夕食を共にしようと誘ったのだが、やはり忙しいと言ってそそくさと帰られてしまった」

「よほど急ぎのご用事があったのでしょう」

「こちらには初心を忘れるなと言っておいて、自分はどんどん態度を変えていくのだ」

「…………」

「どうしたらいい？」

「…………」

ラオンは無言で簾《すだれ》を持ち上げ、下から顔をのぞかせて言った。

「温室の花の世子《セジャ》様、ここで何をなさっているのです？」

「そういうお前こそ、何をしているのだ」

「何って、宮中の方々のお悩みに答えています」

自分がよろず相談を受けるよう頼んだことを忘れたのだろうか。

「僕も悩みを相談しにきた。だから……」

ラオンは簾《すだれ》を下ろした。

「僕の悩みも解決してくれ」

「…………」

「早く」

ラオンは仕方なく応じることにした。

「つまり、お相手の方が、なぜそのような態度を取るのかをお知りになりたいということですね？」

「それも悩みの一つだ」

「ほかに、何かあるのですか？」

「このところ、また眠れなくなった」

「眠れないのですか？」

寝なくなったの間違いではないかとラオンは思った。毎晩、チェ内官様が早く就寝なさるようにと、半分泣きそうになりながら懇願しても耳を貸さない方が何をおっしゃいますか。

「そうなのだ、まったく眠れないのだ」

昊《ヨン》はそこでしばし考えて、突然、手で膝を打った。

「そうだ、きっとそのせいだ」

「思い当たる節がおありですか？」

「その女人のせいだ」

「………！」

「最近、あの人がおかしな行動ばかりするから気になって仕方がない。そのせいで眠れなくなってしまったのだ」

「たかだか女人一人のために、何日も眠れずにいるということですか？」

「あの人がいなければ眠れないのに、こう離れていては落ち着いていられない。言ってくれ。なぜあの人は変わったのだ？　なぜ僕から離れようとする？　やはり心変わりをしたということか？」

まったくのわからず屋だ。ラオンは小さく溜息を吐いた。

「心変わりをしたのではありません」

「どうだかな。心変わりをしたのでないなら、なぜ僕から離れようとする？」

「あなた様を気遣っているのではないでしょうか」

「僕を気遣う？」

「少しでも休んでいただきたいと思っているのでしょう」

「どういうことだ？」

「仕事に追われ、何日も寝ていらっしゃらないのを知っているので、わずかでも暇ができた時には、せめて仮眠だけでも取っていただきたい。そう思って邪魔にならないようにしているのではないでしょうか」

「僕はその人がいないと眠ることができない。それなのに、どうしてわかってくれないのだ」

「隣でちょっと動いただけで寝息が変わるあなた様です。その方が隣にいて、よく眠れますか？」

すると、今度は昊《ヨン》が簾《すだれ》を上げ、下から顔をのぞかせた。

「僕の寝息が変わる？」

「はい」

「それなら、ひと晩中、僕の腕の中で動かなければいい」

毅然とした態度を取るラオンに、昊《ヨン》は物欲しそうな顔をして続けた。

「三日目だ」

「何がです？」

「一時もろくに眠れなくなって、もう三日目だと言ったのだ」

「存じております」

いつもそばにいて気づかないはずがない。だからこそ、ラオンは昊《ヨン》の身を案じていた。昼夜を問わず仕事に没頭する昊《ヨン》を見るにつけ、夜更けまで書類をめくる音を聞くにつけ、心配せずにはいられなかった。おかげで、ラオンの顔から憂いが消えることはない。そんなラオンに、昊《ヨン》は手を差し伸べた。

「ラオン」

「世子様《セジャ》」

「少し、休みたいのだ」

昊《ヨン》はさらうようにラオンを抱き寄せた。腕の中に沁みる体温。昊《ヨン》は表情も緩んで、やっと指先まで血が通う気がした。

「人目がございます」

「構うものか。こうしなければ、僕は死んでしまう」

「ですが……」

「ユルに見張らせている。ここから百歩以内に蟻一匹入れやしない。だから安心しろ」

昊《ヨン》は甘えた子どものようにラオンの膝の上に転がった。

「世子様《セジャ》」

「言った通りだ。お前のせいで三日も眠れなかった。少しの間、ここで眠らせてもらう」

「いけません」

昊《ヨン》はラオンの膝をとんとんと撫でて言った。

「これは罰だ」

「だから、少しくらい痺れても我慢してくれ」

昊《ヨン》は冗談ぽく言ったが、その本心をわからないはずがない。ラオンは膝の上の昊《ヨン》の頬を優しく撫でた。ラオンの手の平に触れられて、昊《ヨン》は幸せそうに微笑んでいる。

「おつらかったですか？」

「ああ」

「わたくしなりに、気を遣ったつもりでした」

「そんな気遣い、もうするなよ」

本当に、死ぬほどつらかった。最後の一言は溜息にして、昊《ヨン》は目を閉じた。ラオンの匂いがはっきりと鼻先に感じられ、呼吸が深くなる。朝廷の大臣たちをはじめ、宮中の人々に恐れられる世子《セジャ》が、ラオンの前ではその鎧を脱ぐことができた。

「わたくしの考えが至りませんでした」

ラオンは胸がつらくなり、昊《ヨン》を見つめた。ろくに寝ていないせいか、頬がやつれている。笑うたびにできていた頬のえくぼも見えなくなるほどに。

「わかったらもう、二度と……馬鹿なことは……」

言いながら、昊《ヨン》は眠りに落ちた。この三日、張りつめていた緊張が解けたのだろう。広い宮中で、旲《ヨン》が休めるのはラオンのそばだけだ。眠りながら、旲《ヨン》は問い続けた。

　ラオン、お前にはわからないのか？　お前はこの国の世子《セジャ》の命綱と言ってもいい。お前がいなければ、僕は一瞬も生きていられない。それが、お前にはわからないのか？

　その心の声を汲んだように、ラオンは言った。

「わかりました。わたくしはどこにも行きません。安心してお休みください」

　旲《ヨン》の耳元に、穏やかで優しい声が聞こえ、額に温かなものが触れた。柔らかな感触。ラオンがくちづけをすると、眠っている旲《ヨン》の口元に微笑みが浮かんだ。

　雲はゆったりと空に浮き、鬢を撫でる風も穏やかだ。槐《えんじゅ》の木に覆われた王宮の春の日の午後は、静かに流れていった。


「今までどこに行っていたのだ！」

　夕方過ぎに東宮殿《トングンジョン》に戻ると、ラオンを見るなり、チェ内官が駆け寄った。

「何かご用でしたか？」

「捜したぞ。やることが山積みだ」

　チェ内官は後ろの、堆く積み上げられた書類を指した。

「あれは何です？」

「吏曹《イジョ》へ届ける書類だ。こちらは兵曹《ピョンジョ》、そちらは礼曹《イェジョ》に届けてくれ」

世子《セジャ》が摂政となってから、東宮殿《トングンジョン》は輪をかけて忙しくなった。東宮殿《トングンジョン》から出される文書のほとんどは、チェ内官とラオンが六曹《ユクチョ》に届けている。一日にいくつも命令が下されるため、ラオンとチェ内官の仕事は増える一方だ。

書類の山を見て、ラオンは表情を雲らせた。

「また一波乱ありそうですね」

六曹《ユクチョ》に下される文書の大半は、外戚による弊害と、その処遇に関するものだった。府院君《プウォングン》ら外戚は備辺司《ピビョンサ》を盾に対抗したが、昊《ヨン》はそのたびに相手が予想もつかない方法で自分の意志を貫いた。

そんな昊《ヨン》に、安東金氏《アンドンキムシ》一族は無視と傍観で応じた。

安東金氏《アンドンキムシ》と言えば、権力の中枢から末端まで牛耳る一大勢力である。彼らは皆一様に世子《セジャ》の命令に従おうとしなかった。世子《セジャ》が進める行事や指示に沿うふりはしても、忠実に臨む者は誰一人いなかったのである。すると、昊はそれを理由に大臣たちを懲治し、空いた席に自ら選んだ者を据えた。

こうして、宮中は独り立ちを始めた昊《ヨン》と、そうはさせじと抗う安東金氏《アンドンキムシ》一族との対立によって嵐の前夜のような一触即発の状況に陥っていた。

「今度は全羅道《チョルラド》の観察使《クアンチャルサ》が島流しになるそうだ。先日、王様にお目通りする際の言動に問題があったというのがその理由らしい」

「しばらく騒がしくなりそうですね」

王室の規律を正そうと奮闘する昊《ヨン》だったが、王に対する大臣衆の態度は依然として変わらなかった。大臣たちにとって、王は幼くして王位を継承し、府院君《プウォングン》に頼るしかなかった当時の軟弱な君主のままだった。そのため、王が民の暮らしぶりについて尋ねても、彼らはすべて順調と繰り返すばかりだった。昊《ヨン》はそれを咎め、王を欺瞞し、その所業を傍観したとして朝廷の大臣たちを罷免するに至った。

こうして、宮中の人々の世子《セジャ》に対する畏怖の念は、今や恐れに変容していた。朝廷の大臣たちは次第に外戚ではなく王室を気にかけるようになり、毎日のように世子《セジャ》の機嫌をうかがうのが日課になっていた。昊《ヨン》の目は鋭く不正を見抜き、決して看過しなかった。そんな昊《ヨン》の雷がいつ我が身に落とされるかわからず、大臣たちは戦々恐々としていた。

一方、昊《ヨン》の周囲の人々は世子《セジャ》の健康を案じていた。一日も早く朝廷を落ち着かせなければ民の暮らしをよくすることに集中できないという思いから、昊《ヨン》が毎日恐ろしい量の業務をこなしていたためだ。

「これをすべて、世子《セジャ》様お一人でなさるのですか？」

「今は助けてくれる方が増えて、これでも楽になった方だ」

ラオンが心配しないよう、チェ内官は言った。

「それより、この書類を礼曹《イエジョ》に届けてくれ」

「行ってまいります」

ラオンは山のように積まれた書類を抱えて、礼曹《イエジョ》へと急いだ。

「ああっ！」

ちょうど礼曹《イエジョ》に着いた時、突然、大きな声を上げて誰かが前庭に転がった。

「ソン内官様！」

「ホン内官！」

ラオンが驚いて声をかけると、ソン内官は何事もなかったように慌てて立ち上がった。その顔にはうっすらとあざができていた。

「どうなさったのです？」

「ああ、いや、何でもないのだ。では、私は急ぐのでこれで」

ソン内官の丁寧な態度。足早に去っていくソン内官の後ろ姿を見て、ラオンは不審に思った。以前ほどではないが、ソン内官の内侍府《ネシブ》における影響力は依然として絶大だ。宮中の宦官の上に立つソン内官の顔に、誰があざを作ったのだろうか。

怪訝に思いながら振り向くと、執務室の奥にユンソンが見えた。

まさか、礼曹参議《イエジョチャミ》様が？

ラオンはすぐに疑惑を打ち消した。礼曹参議《イエジョチャミ》様に限って、そんなはずがない。では、一体誰がと思いながら、ラオンは礼曹《イエジョ》の執務室に入った。

中に入ると、ユンソンはいつものように広い執務室の机に座っていた。いつもと変わらない光景。

本と書類が山のように積み重なり、窓から差し込む穏やかな午後の日差しもいつも通りだ。だが、ユンソンは違った。下を向いたまま仕事に集中しているのはいつも通りだが、醸し出される雰囲気はラオンの知るユンソンのそれではなかった。

「東宮殿《トングンジョン》からまいりました」

ラオンが声をかけると、ユンソンは顔を上げた。その顔を見て、ラオンは言葉を失った。たった数日見ないだけで、ユンソンは別人のようになっていた。いつも穏やかな微笑みを湛えていたその顔には何の表情も浮かんでいない。空虚な顔をして、無言のままラオンを見ている。

「礼曹参議《イエジョチャミ》様……」

いつもの温和な笑顔を思い浮かべ、ラオンは戸惑いを隠せなかった。目の前にいるユンソンは、無表情というより、まるで魂の抜け殻のようだ。

「何か、あったのですか？」

思わずラオンが尋ねると、ユンソンは再び書類に目を戻し、机の空いたところを指して言った。

「書類はそこに置いてください」

「礼曹参議《イエジョチャミ》様……」

「最近、とても忙しいようですね」

「……はい」

会話はそれだけだった。歓迎して欲しいわけではなかったが、これまでとはまるで違う対応に、ラオンは寂しさを感じた。すると、追い打ちをかけるように、ユンソンは抑揚のない声で言った。

「まだ何か？」

「い、いいえ、何も……」

「では、もういいですか？」

　ラオンは慌てて頭を下げた。

「失礼いたします」

　だが、執務室を出ようとしたところで、ユンソンに引き留められた。

「ところで」

「はい」

「大丈夫ですか？」

「はい？」

「大丈夫かと聞いたのです」

　やはり書類を見たまま、ユンソンが言った。

「はい……特に変わったことはありませんが……」

　何のことか聞き返したかったが、今日のユンソンにはどこか話しかけづらい雰囲気があった。立ちすくむラオンに、再びユンソンが言った。

「そうですか」

「…………」

「話はそれだけです」

情のない声。ラオンは押し出されるようにして執務室をあとにした。

ラオンがいなくなると、執務室の中に再び静寂が訪れた。閉められた戸の隙間から風が吹いて、ユンソンは顔を上げた。細筆を握る手がわずかに震えている。自分の意思とは関係なく震えるその手を、ユンソンはじっと見つめた。

その震えは、ラオンが部屋に入ってきた時から始まっていた。ラオンの匂いがした時から、懐かしい体温を感じたその瞬間から、体の奥底がひび割れ、そこから湧き上がる渇望が全身を巡った。だが、今はまだだめだと自分に言い聞かせた。

ユンソンはラオンが閉めた戸をじっと見つめた。そして、ラオンが戻ってくるかもしれないと期待している自分に気づき、一瞬だが笑いが出た。無駄な望みだと、虚しい妄想に過ぎないと知りつつも、未練を持たずにはいられない。

だが、その日、再び戸が開くことはなかった。乾いた砂に飲み込まれる雨露のようにユンソンの顔から表情が消え、瞳は泥のように暗く沈んでいった。


夕方を過ぎると、空には一つ二つと星が瞬き始めた。風にも湿り気があり、ほのかに花の香りも漂っている。

「雨が降ってきそう」

湿っぽい空気を指先に感じながら、ラオンは昊《ヨン》の待つ東宮殿《トングンジョン》へと急いだ。

しばらくすると、尚宮《サングン》たちの行列がラオンの前を通ったので、ラオンは邪魔にならないよう端に避けた。尚宮《サングン》の人数から、身分の高い者の行列らしかった。中殿《チュンジョン》様だろうか？

ラオンは頭を下げ、上目遣いで確かめた。行列の主は、豪華な十二枚はぎの、裾に金箔をあしらった薄桃色の裳《チマ》に、紅い梅の花が刺繍された白い唐衣《タンウィ》を着た眩いほど美しい若い女人だった。女人に対する尚宮《サングン》たちの態度が極めて丁寧なことから、高貴な身分であることがわかる。宮中では見たことのない女人だった。

十　僕が欲しいのは……

朝方の愛蓮池《エリョンジ》に霧が立ち込めている。池のほとりにある愛蓮亭《エリョンジョン》から目を凝らし、旲《ヨン》は霧の中の蓮の葉を探した。そんな姿が、王の目には微笑ましく映った。

「旲《ヨン》」

王に呼ばれ、旲《ヨン》は振り向いた。名前を呼ぶ声にも愛情がこもっている。

「そう焦ることはない。もうすぐ日が昇れば、自ずと霧が晴れて見えてくるさ」

王は、あまりことを急がないようにと、暗に伝えていた。このところ、世子《セジャ》が強引に改革を進めようとしているという話が王の耳にも届いていた。王室が力を失って久しく、失ったものを取り戻すには、失われた歳月の倍はかかる。だが、夜が長ければ見る夢も増えるもの。旲《ヨン》としては、今ここで外戚に猶予を与えるわけにはいかなかった。失墜した王室の権威を一日も早く取り戻すためにも、今は死力を尽くすべき時だと考えていたが、そんな息子の姿が、王の目には危なっかしく映るのだろう。

「焦っているように見えますか？」

「先を急ぎたい気持ちは私にもわかる。だがな、旲《ヨン》。馬も鞭を打ってばかりいては、途中で力尽きてしまう」

「気をつけます」

王は池を見下ろした。いつもは水が透き通っていて、水面の下にいろいろなものが見えるのだが、今日の霧はやけに濃く立ち込めて何も見えない。

「いかに優れた人間も、一人の力では限りがある」

「幸い、信頼できる味方がいます」

昊《ヨン》はラオンとビョンヨンの顔を思い浮かべた。あの二人なら、どんなことがあっても味方でいてくれるはずだ。

だが、王は静かに首を振った。

「生涯を共にする相手ならそれでいいだろう。だが、政治は別だ」

「どういう意味ですか?」

「外戚をけん制し得る、もう一つの力を持つのだ」

「そういうことでしたら、志を共にする方たちを朝廷に迎え入れました」

「それだけではまだ弱い。人間は変わりやすい生き物だ。貪官汚吏《たんかんおり》とて、初めから不正を犯し、金と権力を手に入れるために官職を目指したわけではない。初めは民のため、国のために偉くなろうと思っていたはず。だが、その志をもってしても、目の前の誘惑に抗い切れないのが人間というものだ」

「僕は、どうすればよいのですか?」

「利害で結ばれた関係は、それがなくなれば切れるもの。この世の中、利害を超えられるのは血で結ばれた関係しかない」

昊《ヨン》は、その意味をすぐに理解した。

「外戚のせいで国はこの有様です。ですから今、朝廷から外戚を一掃しようと死力を尽くしています。それなのに、新たな外戚を作れとおっしゃるのですか？」

王を見つめる昊《ヨン》の目に、力がこもった。

「まずは力の均衡を取ることを覚える必要がある。私の父、崩御なさった先代の王は、その力の使い方を知る方だった。お前は父上によく似ている。あの方が生き返ったのではないかと思うほど、お前のやり方は父上にそっくりだ。だからこそ、大臣たちはお前を恐れるのかもしれない。だが、よいか、昊《ヨン》。恐れられるということは、それだけ反発も強くなることを忘れるな。あちらはすでに一度、負かされた経験がある。どうすれば負けずに済むか、心得ているということだ」

王は昊《ヨン》の肩に手を置いた。

「すまない。お前に重い荷を背負わせてしまった」

その荷を背負わせたのが、ほかでもない自分自身であることを知るだけに、王は胸が裂かれる思いだった。

「父上」

「昊《ヨン》よ、この苦難の道を、どうか独りきりで歩まないでくれ。お前を慕い、常に味方する者たちと共に歩むのだ。よいな？」

昊《ヨン》を見つめるその目は、もはや王ではなく、息子を思う父の目だった。その思いを感じても、昊《ヨン》の心はすでに決まっていた。僕が共に歩みたいのは、政治的な力になるよりも、気持ちを分かち合える人たちだ。どんな時も味方でいてくれて、ありのままの自分を受け止めてくれる。僕には、そんな仲間がいればいい。


「先生が必要なのです」

「すでに多くの者が世子《セジャ》様と志を共にしております」

「それは共に歩んでくれる人たちであって、導いてくれる人ではありません。先生には、その役目をお願いしたいのです」

白髪の丁若鏞《チョンヤギョン》は静かに首を振った。

「新たな時代を興すには、新たな波が必要です。私の時代はとうに過ぎました」

「そうは思いません」

「身に余る光栄にございます。しかし、どうか今のお話は、聞かなかったことにさせてくださいませ」

「先生」

「世子《セジャ》様のお志を実現させるために、この老いぼれの乏しい経験が役立つこともあるかもしれません。しかし、私は歳を取り過ぎました。老兵がいつまでも消えずにいれば、いずれ世子《セジャ》様の足かせとなりましょう」

「先生……」

「必要な時は、いつでもお呼びください。世子《セジャ》様のお呼びとあらば、いつでも、どこへでも馳せ参じます。ですからどうか、官職のお話は、お取り下げくださいませ」

旲《ヨン》の再三の要請にも、丁若鏞《チョンヤギョン》の意志は変わらなかった。一時は朝廷に身を置いていた丁若鏞《チョンヤギョン》である。今、再び官職を預かれば、当時関わりのあった者たちがやって来て、新しいやり方にいろいろと口を出してくるだろう。歳を取ると情にもろくなると言うが、それが本当なら、気づかぬうちに今度は自分が旲《ヨン》を邪魔することになりかねない。丁若鏞《チョンヤギョン》はそれを恐れていた。力の限り旲《ヨン》を支えるつもりだが、官職に就くことだけは避けたかった。

「先生のご意志がそれほどまでに固いのなら、これ以上は申しません。しかし、何かあれば、先生のご高見を遠慮せずにお聞かせください」

「そこまで言っていただけるのなら、恐れながら、一つ申し上げてもよろしいですか？」

「お聞かせください」

「王様のおっしゃる通りになさいませ」

それは、思いもしない一言だった。

「先生まで……どうしてそのようなことをおっしゃるのです？　すでに心に決めた人がいると知りながら、ほかでもない先生が、どうして……」

旲《ヨン》は部屋の外を見やった。障子紙に映るラオンの影。ふと、旲《ヨン》を見守る丁若鏞《チョンヤギョン》の目に悲しみが浮かんだ。今、旲《ヨン》の視線がどこに向けられているか、丁若鏞《チョンヤギョン》にもわかっていた。旲《ヨン》の心の中に誰がいるかも、痛いほどわかっている。しかし――。

「世子《セジャ》様はこの国の世子《セジャ》です。ゆくゆくは国王になられる方であり、民百姓の父になる方であらせられます」

「わかっています」

「君主には、どこか一つに心を寄せることは許されません。大志を実現するためには、揺るがぬ拠り所が必要になるものです。どうか、先々のことまでお考えくださいませ」

昊《ヨン》はまっすぐに丁若鏞《チョンヤギョン》を見つめて言った。

「大切な人も守れない男に、民を守ることができるとお思いですか？」

たった一人、好きな女《ひと》さえ守れない男に、どうやって一国の民を守れるというのだ。

昊《ヨン》は改めてラオンを守りたいと思った。誰に何を言われても、ラオンだけは放したくなかった。


丁若鏞《チョンヤギョン》が去り、一人になった昊《ヨン》の部屋に、ラオンが入ってきた。

「どうした？」

「今日は食欲がなく、朝からあまり召し上がっていらっしゃらなかったので」

ラオンは夜食を載せた膳を昊《ヨン》の前に下ろした。

「本当に食欲がないのだ」

「いけません。食べ物に対して失礼ですよ」

「何だ、それ」

「祖父はよく申しておりました。何事にも、守るべき決まりと礼儀があると。特に食べ物は、食欲があってもなくても、出されたら美味しくいただく。それが礼儀だそうです」

「そんな礼儀、聞いたことがないぞ。本当に、先生がそうおっしゃったのか？」

「ええ、申しておりました」

ラオンは少しむきになった。

「そうか。では、今すぐ先生に聞いてみよう。物事に対する礼儀なら、僕もお聞きしたい。誰か、茶山《タサン》先生を……」

「お待ちください！」

ラオンは慌てて旲《ヨン》の口を手でふさいだ。

「何をする！」

旲《ヨン》が見つめると、ラオンは宙に目を泳がせた。

「もう夜なのですよ？　お祖父様のお歳を考えていただきませんと」

「必要な時はいつでも呼んでよいと言ってくださった」

「世子《セジャ》様はそこがいけないのです。食べ物に対する礼儀だけでなく、お年寄りへの思いやりをお持ちください。朝廷の大臣たちにはあれほど礼に厳しいのに、ご自分が守れないのではお話になりません」

「一つ、大事なことが抜けているぞ」

「大事なこと？」

昊《ヨン》はラオンの腰に手を回し、不意打ちのようなくちづけをした。

「ホン・ラオンに対する礼もだ」

ラオンはたちまち赤くなり、照れ隠しに頬を膨らませた。

「ホン・ラオンに対する礼だけでなく、すべての女人への礼がなっていない、の間違いではありませんか？」

昊《ヨン》は吹き出した。

「そんなふうに見えるのか？　ではどうしたらいい？　どうすれば女人に対する礼が身につく？」

「まずは夜食に対する礼をお守りください」

昊《ヨン》はラオンに言われるままに膳の前に座った。淹れたての茶と、膳の上いっぱいに置かれた草餅や花煎《ファジョン》。

「美しい」

昊《ヨン》は喜んだ。だが、やはり食欲は湧いてこなかった。

「見た目だけでなく、味も美味しゅうございます。冷めないうちにどうぞ」

「お前が食べるといい」

「わたくしは結構です」

だが、目は夜食を追っている。昊《ヨン》は笑いを噛み殺した。

「よだれが出ているぞ」

「え？　よだれ？」

ラオンは慌てて袖で口元を拭いて、昊《ヨン》につられて笑った。ラオンといるだけで、肩の重荷がうそのように軽くなる。煮つまった頭の中に爽やかな風が吹き、力が湧いてくる。

「よもぎの、いい香りがする」

「花のいい香りもします。さあ、どうぞ」

「香りはいいが、僕はあまり強い香りが得意ではないのだ」

「まあ、そうでしたか」

ラオンは申し訳なさそうに言った。

「では、ほかのものを用意いたします。何か、召し上がりたいものはありますか？　何でもおっしゃってください。世子《セジャ》様が召し上がれそうなものなら、何でもお持ちいたします」

「本当に、何でもいいのか？」

「はい」

ラオンがうなずくと、昊《ヨン》はにじり寄って名前を呼んだ。

「ラオン」

二人の視線が、宙に絡む。

「はい」

「僕は、ラオンがいい」

「はい？」

「もう一度言う。僕は、ラオンが……」

ラオンはとっさに旲《ヨン》から離れた。どうも目つきが怪しいと思ったが、気を緩めるとすぐこれだ。

ラオンは睨むように旲《ヨン》を見据え、首を振った。

「その餅と花煎《ファジョン》を召し上がっていただくまでは、指一本触れさせません」

「そうか」

いつの間に、よもぎ餅と花煎《ファジョン》を食みながら旲《ヨン》が言った。

「これを全部食べたら、僕が欲しいものをくれるのだな？」

ラオンを見る目が、きらりと光った。

「世子《セジャ》様……もう……」

ラオンは泣き出しそうな顔で旲《ヨン》を見た。


「いけません！」

皿の上はすでに空になっていた。最後の花煎《ファジョン》を食べ終え、旲《ヨン》は後退りするラオンの両肩をつかんだ。

「全部食べたら、欲しいものをくれると約束したではないか」

「そういう意味ではありません！」

「しっ！　声が大きい」

昊《ヨン》は慌てて手でラオンの口を押さえた。ラオンもとっさに外の気配に耳を澄ませた。表に控えるチェ内官に聞こえたのではと一瞬、青くなったが、特に反応がないのを確かめて、ラオンはほっと胸を撫で下ろした。

ところが、それもつかの間、胸元の紐を解こうとする昊《ヨン》の手を思い切り振り払い、ラオンは昊《ヨン》から離れた。

「無礼者！」

昊《ヨン》が怒ったように言うので、ラオンは石のように固まった。本当に怒らせてしまったのだろうか。するとそんなラオンの姿に堪え切れず、昊《ヨン》は笑い出した。まただ。いつもこの顔に騙される。

昊《ヨン》はその隙に、両手を広げてラオンを囲った。逃げ道を探すラオンの隙を突いてくちづけをしようとしたが、とっさに顔を背けられてしまった。

「僕を拒むのか？」

先ほどのように怒った顔をして見せたが、ラオンは今度は騙されなかった。

「やるではないか」

ラオンの額に自分の額を押し当てて、昊《ヨン》は再びくちづけを試みた。だが、ラオンはまたも顔を背けてしまった。

「そうくると思った」

昊《ヨン》はラオンのうなじに手を回し、強引にこちらを向かせた。

「いけませ……」

抵抗も虚しく、ラオンは昊《ヨン》に唇を奪われてしまった。包み込むような甘い温もり。春のように香る昊《ヨン》の吐息が、ゆっくりとラオンの口の中を辿っていく。甘い柑橘の果物のような香りに満たされて、ラオンは朦朧としてきた。そして、爛熟を迎えた春の花びらを食むように、ラオンは少し苦しそうに吐息を漏らした。それは抑えていた昊《ヨン》の欲情を煽り、指先や爪先に痺れに似た感覚をもたらした。体の奥底から熱いものが込み上げて、ラオンを押さえる手にも力が入る。昊《ヨン》は貪るようにラオンの唇を求めた。か細い体を抱きしめ、きつく、掻き抱くように。

「世子様《セジャ》」

外からチェ内官が様子をうかがったが、昊《ヨン》はそれに答えもせず、ラオンを求め続けた。

返事がないので不安になったのだろう。チェ内官の影が動くのがわかった。

「世子様《セジャ》」

昊《ヨン》は仕方なくラオンから離れた。

「何だ？」

「お夜食はお済みでしょうか？」

「まだだ」

「かしこまりました」

チェ内官の影が、再びもとの位置に戻った。

昊《ヨン》は改めてラオンに視線を戻した。ラオンを見つめる眼差しは熱を帯びている。自分の腕の中で息を弾ませるラオンに、昊《ヨン》はゆっくりと唇を寄せた。額から鼻先へ、昊《ヨン》の唇が滑り落ちていく。先ほどの激しい渇きが、波のように押し寄せてきた。乾いた唇を舐めて潤し、昊《ヨン》はラオンを見つめた。そして、いよいよ唇に触れようとした時、再びチェ内官の声がした。

「世子様《セジャ》」

「世子様《セジャ》」

「……………」

「何だ？」

「就寝の時刻でございます」

「わかっている」

「すぐに布団のご用意をいたします」

「その必要はない」

「世子様《セジャ》、ですが……」

「その必要はないと言ったのだ」

昊《ヨン》がチェ内官とやり取りをしているうちに、ラオンは昊《ヨン》から離れてしまった。昊《ヨン》は甘い菓子を取り上げられた子どものように悔しそうに唇を噛み、表に控えるチェ内官の影を睨むと、机に座り直して筆を執った。

「何をなさるのです？」

「勅令を記すのだ」

「急にどうなさったのですか？」

ラオンは紙をのぞき込んだ。

『東宮殿《トングンジョン》の薛里《ソルリ》チェ何某は、今からいいと言うまで東宮殿《トングンジョン》の周りを走るよう……』

「いけません、世子《セジャ》様。おやめください！」

先ほどとは別の理由で二人の揉み合いが始まった。外で様子をうかがっていたチェ内官は、静かに首を振った。

「長い夜になりそうだ」

世子《セジャ》の寝所の番に立つ老年の内官は、主の身分違いの恋が人目にさらされないことを祈るばかりだった。


遠くから、ミミズクの鳴き声が聞こえてきた。夜食にしては量の多かった膳を下げさせ、昊《ヨン》は再び書類を見始めた。ラオンは込み上げるあくびをしきりに噛み殺し、机に向かう昊《ヨン》の後ろ姿を見つめた。その視線に気がついて、昊《ヨン》は振り向くことなく言った。

「最近、宮中の雰囲気はどうだ？」

「相変わらずです」

「そうか。不穏な空気は変わっていないということだな」

昊《ヨン》が摂政を預かってからというもの、宮中はもとより、巷の雰囲気まで殺伐としていた。昊《ヨン》と安《アン》東金氏《ドンキムシ》一族の鋭い対立に、人々は息がつまるような毎日を過ごしていた。

「間もなく開かれる宴を案ずる声も多くございます」

世子《セジャ》が摂政として初めて開く宴。王や臣僚たちが一堂に会する祝宴である。そこで何か起きるのではと、宮中の人々は不安がった。前回の王の誕生祝いの時のように、朝廷の大臣が一人も参加しない事態になるのではないかという憶測まで飛び交っている。

昊《ヨン》の尽力も空しく、王に対する大臣たちの態度はさして変わらなかった。長年染みついた悪癖を変えるのは難しいが、以前とは違って今は世子昊《セジャヨン》がそれを許さない。あからさまな無礼を働けば、宮中に再び血の嵐が吹くというささやき声が方々から聞こえている。

「心配か？」

「当たり前です。それに、腹も立ちます」

「どうして？」

「だって、家臣が取るべき態度とはとても思えません」

王宮に召し抱えられる前、市井にいた頃は、王はこの世でもっとも貴い存在と思っていた。それは宦官になった今も変わらず、王や王室の人々は天のような存在で、臣下は皆、同じ思いでいるとばかり思っていた。

だが、現実はそうではなかった。王はもっとも高いところにいるが、もっとも大きな権威を持っているわけではなく、臣下だからと必ずしも忠臣というわけではなかった。忠臣一人に対し、奸臣は十にも二十にもなった。大臣は多くいても、忠臣は片方の手で数えられるほどしかいない。王室の規律が砂上の楼閣のように揺らいでいては、国がまともに回るはずがない。

「お前もそう思うか?」

ラオンの思いが手に取るようにわかり、旲《ヨン》は虚しい笑いを浮かべた。

「世子《セジャ》様……」

ラオンは堪らず視線を逸らした。すると、そんなラオンを見るともなく見て、旲《ヨン》は立ち上がった。

「行こう」

「どちらへ?」

「行きたいところがあるのだ」

「この夜更けに、どこへ行くとおっしゃるのです?」

「今宵、僕の秘密兵器をお前に見せようと思う」

「秘密兵器でございますか?」

「ああ。奸臣の鼻を折るためのな」

ラオンは顔を紅潮させて立ち上がった。

「本当ですか? 本当に、そんな手立てがあるのですか?」

その夜、二人は変装をして敦化門《トンファムン》を出た。

「一体どこへ行かれるのです？」

ラオンが尋ねると、旲《ヨン》はにこりと笑って言った。

「言った通りだ。僕の秘密兵器がある場所だよ」

二人は足を急がせた。しばらくすると、大きな額が掲げられた赤い門が現れた。

「ここは、掌楽院《チャンアグォン》ではありませんか」

二人が訪れた先は、意外にも王宮の外にある掌楽院《チャンアグォン》だった。

「この夜中に、どうしてです？　まさか、大臣たちをぎゃふんと言わせる秘密兵器が、ここにあるのですか？」

「そのまさかだ」

旲《ヨン》はあっさりそう答えると、掌楽院《チャンアグォン》の中に入っていった。その直後、掌楽院《チャンアグォン》は大変な騒ぎになった。突然の世子《セジャ》の訪問に、別提《ピョルチェ》は飛び起きて履物も履かずに表に出てきた。広い板の間に慌ただしく旲《ヨン》の席が用意され、ラオンは何が何だかわからないまま、茫然と旲《ヨン》の傍《かたわ》らに立った。

「皆さん、何をしていらっしゃるのです？」

「見ていればわかる」

旲《ヨン》はそう言って別提《ピョルチェ》にうなずいた。それを受け、別提《ピョルチェ》が両手を打ち鳴らすと、掌楽院《チャンアグォン》の中門が開いてかがり火に照らされた庭に美しい女人たちが入ってきた。別提《ピョルチェ》は恭しく旲《ヨン》に告げた。

「忠清道《チュンチョンド》からまいりました、エランでございます」

大きく広がる赤い裳《チマ》と上衣《チョゴリ》をまとい、煌びやかな簪《かんざし》を何本も挿した加髢《カチェ》を頭に乗せた美しい女人は、忠清道《チュンチョンド》は忠州《チュンジュ》の官衙《クァナ》にいる官妓《クァンギ》のエランだった。ラオンはますますわけがわからなくなり、疑問は次々に現れる妓女《キニョ》の分だけ増えていった。エラン、ヨシル、トゲ、ヨンシム……現れた妓女《キニョ》は総勢五十人を超えていた。ラオンは旲《ヨン》と庭先に並ぶ妓女《キニョ》たちを代わる代わる見ながら、旲《ヨン》の思惑を一生懸命に考えた。すると、旲《ヨン》がラオンを振り向いて言った。

「朝鮮八道から集めた選りすぐりの妓女《キニョ》たちだ」

それは、ラオンにもわかった。選び抜かれただけあって、誰もが美しい女たちだ。だが、この妓《キ》女《ニョ》たちと、大臣たちを従わせる手立てがどうもつながらない。

あれこれ考えていると、ある考えが浮かんだ。

「世子《セジャ》様……」

もしかして、大臣たちを相手に色仕掛けに出るおつもりですか？

十一　綺麗だ、月明りの下で歩く姿が

皐月の一日、日を追うごとに新緑が山河を覆い、風吹けば宮中は花の香りに満たされる。そんな薄桃色の花吹雪が舞う朝の大殿《テジョン》の前に集まって、大臣たちが何やら話し込んでいた。

「聞きましたか？　このところ、世子《セジャ》様は掌楽院《チャンアグォン》に頻繁に出入りなさっているそうです」

「朝鮮八道から選りすぐりの妓女《キニョ》を集めるよう命じられたらしい」

「宴で披露する呈才《チョンジェ》という宮中舞踊のためと聞きましたが、それがどうかしましたか？」

「宴のためとは聞いて呆れる。世子《セジャ》様は色事に溺れているともっぱらのうわさですぞ」

「宴を口実に妓女《キニョ》たちとお楽しみに興じていると、皆そう言っています」

「これは参りましたな。お若い方だけあって、政《まつりごと》より色事がお好きなようで」

「そういうお年頃なのでしょう」

「世子《セジャ》様はこの状況をわかっていらっしゃらないのです。今年はひどい日照りが続き、民百姓は苦しみ喘いでいます。妓女《キニョ》を相手に戯れている場合ではありませんぞ」

「その通りです。このような時に、歌だの踊りだの、お気楽なものですな」

大臣たちは口々に世子《セジャ》を批判した。そこへ、ユンソンがやって来て声をかけた。

「今、何とおっしゃいました？」

ユンソンは硬い表情で大臣たちを見渡して、もう一度聞いた。

「世子《セジャ》様が、妓女《キニョ》たちと何をなさっているとおっしゃいました？」

「もうすぐ行われる宴で、呈才《チョンジェ》を披露するそうです」

「礼曹参議《イエジョチャミ》も知らなかったのか？」

「ええ、私は何も聞いていません」

「礼曹参議《イエジョチャミ》がご存じでないとしたら、宴の準備と称して女遊びに興じているといううわさは、本当だったということですか？」

「そのようですな」

いかに厳しい世子《セジャ》様も、所詮は男なのだと大臣たちは嘲笑った。年が若いほど、女に溺れれば仕事も立場もそっちのけになりやすい。これで当分は大人しくなるだろうと年配の大臣たちが安堵する中、ただ一人、ユンソンだけは表情を強張らせていた。摂政に就いてから、以前にも増して隙を見せなくなった世子《セジャ》様が色事に興じている。あの聡明な世子《セジャ》様が。

喩《たと》えようのない不吉な予感がユンソンを襲った。大臣たちは気づいていないが、世子《セジャ》様は今、何か重大なことを準備しているに違いない。こちらが知らない何かを……。


「一体どういうおつもりなのですか？」

ラオンは気が気でなかった。ここ数日、昊《ヨン》は夜になると決まって掌楽院《チャンアグォン》を訪れ、いつも同じ席に座って頬杖をつきながら楽師《アッサ》の演奏を聴き、妓女《キニョ》たちの踊りを見ている。そればかりか時折、演奏を止めて楽師《アッサ》と妓女《キニョ》たちを集め、何やら指示を出している。おかげで演奏は途切れ途切れになり、通しで踊りを見られたのは数えるほどしかなかった。

ラオンには昊《ヨン》の考えがまるで読めなかった。あの夜、昊《ヨン》は確かに秘密兵器と言った。ところが、その秘密兵器を見ている昊《ヨン》は、ただの金持ちの道楽をしているようにしか見えない。そんな堕落した昊《ヨン》の姿を見るのは初めてで、ラオンは心配で気がおかしくなりそうだった。だが、当の昊《ヨン》は呑気なもので、そんなラオンの方がおかしいという目で見ている。

「素晴らしい演奏と踊りが目の前で繰り広げられているのに、何をせかせかしているのだ。お前もこちらへ来て見るといい」

「呑気に踊りを見ている場合ですか?」

「何が言いたい?」

「すでにうわさになっております」

「うわさ?」

「はい。世子《セジャ》様が、女遊びに溺れていると」

「そうか」

少し間を置いて、昊《ヨン》は低く笑った。

「あながち間違いではないな」

「世子様《セジャ》」

「僕が女に溺れているのは事実ではないか」

昊《ヨン》はそう言って、じっとラオンを見つめた。

「会っていても会いたくなって、一日でも顔を見ないとどうにかなりそうで。この分では当分は溺れ続けるのだろうな」

「…………」

ラオンは赤くなった。そんなこと、恥ずかしげもなく言わないでください。

照れ隠しに爪先で地面を蹴るラオンに、昊《ヨン》は言った。

「見ないなら、少し眠るといい」

「今夜もですか？」

「ああ、今夜もだ」

そう言うと、昊《ヨン》は再び妓女《キニョ》たちの踊りを見始めた。ラオンは昊《ヨン》の肩越しに女人たちが踊るのを見て、溜息を吐いた。この分ではもう二時《ふたとき》はこのままだろう。ここ数日の感じから予想がついた。

「今日は早く帰りたかったのに」

ラオンはそうつぶやいて、ふと皆がいないことに気がついた。

「あれ？　みんな、どこへ行ったのだろう？」

昊《ヨン》はラオンの小宦仲間を集め、先の清の使節団が来訪した時と同様に、掌楽院《チャンアグォン》の楽師《アッサ》たちが使う楽器の種類や、その楽器に使われた材料をはじめ、妓女《キニョ》たちの衣装の名称や色の種類、踊りの名前から振りつけに至るまで、掌楽院《チャンアグォン》で起きていることを一つ残らず詳細に記録するよう命じていた。小宦たちはその命に忠実に従い、庭先の草一本まで残らず記録していたのだが、つい先ほどまで妓《キ》女《ニョ》たちが踊る姿を描いていた小宦たちの姿が見当たらない。そこへ、ちょうど水瓶を頭に乗せて掌《チャン》楽院《アグォン》の下女がやって来たので、ラオンは声をかけた。

「すみません。一緒に来た宦官の方たちを見ませんでしたか？」

「あの方たちなら、裏の離れにいらっしゃいましたよ」

「離れに？」

「ええ」

下女は裏の方を見ると、なぜか笑いを漏らした。下女がなぜ笑うのかラオンにはわからなかった。

離れに向かう途中にある中門をくぐると、目の前に小さな池が現れた。その池を挟んで左に進むと、妓女《キニョ》たちが休んだり身支度を整えたりするための建物がある。白粉《おしろい》の濃厚な匂いが漂い、絹がすり合う音やひそひそ話、甲高い笑い声で賑やかなそこは、男子禁制の女の園だ。だが、今日はそこに、宮中から来た小宦たちが訪れていた。

「私の故郷、忠清道《チュンチョンド》にしかない有名な赤い泥よ。これを、こうして頬に塗ってあげると」

忠州《チュンジュ》から来たという官妓《クァンギ》のエランは、小さな壺に入った赤い泥を顔に塗る素振りを見せた。小宦たちは片方に顔を傾け、見よう見真似で自分の頬を撫でてみた。興味津々な様子でエランの話を聞いていたト・ギは、思わず息を呑んだ。

「それを塗ったら、どうなるのです？」

「どうなるって、決まってるじゃない。塗ったそばからあら不思議、艶々の赤ちゃんのような肌になれるわ。見て、私の肌が綺麗なのは、この赤い泥のおかげよ」

「おお！　それはすごい」

小宦たちは、まるで魔法を見ているようだった。すると、エランの横からトゲという妓女《キニョ》が顔を出し、何となく小馬鹿にするように笑いながら懐《ふところ》から何かを取り出した。

「さぁて、これは何でしょう」

「何です？」

ト・ギの傍《かたわ》らに座るサンヨルが尋ねた。

「私の故郷の村に咲く白粉《おしろい》花から作った香粉よ」

誇らしげに言うトゲを、エランはキッと睨んで言った。

「ふんっ、香粉なんてどれも同じでしょ？　白粉《おしろい》花なんて故郷の村のじゃなくても、どこにでも咲いているわ」

「あら、私の言うことがおかしいとでも言いたいの？」

「だってそうでしょ？　白粉《おしろい》花なんて、その辺の道端にだって咲いているもの」

「そういうあなただって、忠清道《チュンチョンド》にしかない有名な赤い泥だなんてよく言えたわね。泥なんてどこで取っても一緒よ。あなたの故郷の泥には金粉でも混ざっているのかしら？」

「何ですって？」

火花を散らす二人の間に、ト・ギが割って入った。

「まあ、まあ、二人とも落ち着いて。その香粉、塗ってみてもいいですか？」

ト・ギが興味を示すと、トゲは勝ち誇った顔をしてエランに向かってあごを突き上げた。自分の香粉が選ばれたことを見せつけたいのだろう。

赤い顔を手で扇いで怒りを抑えるエランをよそに、トゲはト・ギの顔に香粉を塗り始めた。すると、ト・ギはその顔をサンヨルに向けて見せた。

「おい、サンヨル、どうだ？」

「宮中にある白粉《おしろい》より綺麗だ」

「そうか？」

褒められて気をよくしたト・ギは、手鏡をのぞき込んで満足そうに微笑み、妓女《キニョ》たちに尋ねた。

「ほかには何かありませんか？」

妓女《キニョ》たちは各地から持参した化粧品や香辛料を次々に見せながら、自分の郷里のものが一番だと口々に言った。そして、それを証明するように、ト・ギの丸く張りのある頬に白粉《おしろい》を塗り、唇には紅を引いた。ひと通り化粧が終わると、ト・ギは手鏡をのぞき込んで再びサンヨルに顔を向けた。

「どうだ？」

「そうだな……似合って……いるのかな？」

子豚に化粧をしたらこんな感じだろうかと思いながら、サンヨルは目を泳がせた。それを聞いて、ト・ギは今度は妓女《キニョ》たちに顔を向けた。すると、妓女《キニョ》たちはト・ギと目を合わせないよう、慌てて視線を逸らした。

「そうねえ、いいような気もするし……」

「まあ、綺麗と言えなくもないかしら」

ほかの妓女《キニョ》たちは咳払いをしてごまかした。その微妙な反応を見て、またト・ギが言った。

「ちょっと、白すぎるかな？」

ト・ギは化粧をした顔のおかしさを白粉《おしろい》のせいにしようとした。

「皆さん、何をしていらっしゃるのです？」

そこへ、ラオンが現れて、小宦や妓女《キニョ》たちが一斉に振り向いた。

「ホン尚烜《サンフォン》様！」

ト・ギは恭しい態度でラオンを迎えた。

「いいところへ来てくださいました」

「ト内官様……」

「ホン内官様はどう思います？」

「何をです？」

「この香粉です」

ト・ギは香粉を分厚く塗られた自分の顔を突き出した。

「そうですね……」

ラオンもまた、とっさに目を泳がせた。これではまるでつきたての白い餅……。

答えに窮し、ラオンは話題を変えることにした。

「それより、ト内官様、ここで何をしていらっしゃるのです？」

「何って、見てください。さすが全国から選び抜かれただけあって、皆、花のように美しいではありませんか。きっと特別な美の秘訣があるのだろうと思い、話を聞いていたのでございます」

「その秘訣を聞いて、どうするのです？」

「そりゃあ」

ト・ギは咳払いをして、遠くを眺めるような目をした。

「女官たちにも教えてやるのです」

ラオンは怪しそうに目を細めてト・ギを見つめた。

「本当に、教えるだけですか？」

時々、女人よりも化粧に関心を寄せる宦官がいるという。中には麝香《じゃこう》や香粉を買うために禄のほとんどを費やす者もいると聞く。ト・ギもまた、普段から白くハリのある肌を保つための手入れを欠かさないことを知っていたので、本当は自分のためではないのかと疑ったのだ。

すると、ト・ギが自分の赤い泥より、トゲの香粉を選んだことを快く思っていなかったエランが、鼻で笑って言った。

「何が特別な香粉よ。聞いて呆れるわ」

これにはトゲも言い返した。

「違うわ！　こ、これは……もともとの顔のせいよ」

「顔のせい？　下手な職人ほど、道具のせいにするのよね」

「だって、もとが悪いのはどうしようも……」

トゲはそう言って、ふとラオンの腕を引っ張った。

「この方で試してみればわかるわ」

「何をなさるのです！」

「ちょっとだけですから」

「私は結構です」

「じっとして、動かないでくださいよ」

トゲはラオンの顔にいきなり香粉を叩き出した。すると、香粉を塗ったトゲはもちろん、妓女《キニョ》たちの口から次々に溜息が漏れた。

「まあ……」

「宦官の方だからかしら。殿方のお顔がこんなに綺麗だなんて」

「私にもやらせて」

トゲが香粉を塗り終えると、横から別の妓女《キニョ》が化粧筆を握った。

「ちょっと、おやめください！」

「動かないで。妓女《キニョ》になって十年、ホン内官様ほど美しい男は初めてです」

「放して、もうやめてください」

ラオンが慌てて立ち上がると、女たちは皆でラオンの腕を押さえた。

「おやめくださいったら！」

だが、どれほど身をよじってみても、妓女《キニョ》たちの手を振りほどくことはできなかった。皆、力自慢で選ばれたのではないかと思うほどだ。ラオンは今にも泣き出しそうになったが、妓女《キニョ》たちは構わず筆でラオンの顔に色を足していく。

それからどれくらい経っただろうか。化粧を終えたラオンの顔を見て、妓女《キニョ》たちは息を呑んだ。

「まあ！」

「あらやだ」

「信じられない」

そんな妓女《キニョ》たちの声に混ざって、咎めるような男の声が響いた。

「ここで何をしている？」

一同は慌てて頭を下げた。ラオンを捜して、昊《ヨン》が現れたのだ。

驚く皆を見渡して、昊《ヨン》はラオンの前に進み出た。そして、頭を下げたままのラオンに言った。

「ホン・ラオン、面を上げよ」

「……できません」

妓女《キニョ》たちにどんな顔にされたかわからず、ラオンは顔を上げることができなかった。

そんな事情など知る由《よし》もなく、もう一度、昊《ヨン》は言った。

「面を上げろと言ったのだ」

「それが……」

「命令だ。面を上げよ」

「……」

渋々顔を上げたラオンに、昊《ヨン》はたちまち目を奪われた。白粉《おしろい》を塗った肌は白く輝き、頬と唇には紅花で作った紅を塗って……。

「ぷっ！」

昊《ヨン》は思い切り吹き出してしまった。きょとんとするラオンに、昊《ヨン》は手鏡を差し出した。その鏡をのぞき込み、ラオンは叫んだ。

「これは……どういうことですか！」

ラオンは振り向いて、うつむく妓女《キニョ》たちを睨んだ。妓女《キニョ》たちが競うように故郷自慢をした結果、目は全羅道《チョルラド》に、頬は別の地域に……という具合に化粧が施され、ラオンは大道芸人のお面さながらの顔にされていた。エランは頭を下げたまま、ぼそりと言った。

「やっぱり、香粉が悪かったのよ」

すると、傍《かたわ》らのト・ギが大きくうなずいた。

笑いを噛み殺す昊《ヨン》と妓女《キニョ》たちを代わる代わる見て、ラオンはまた下を向いてしまった。何と言われても断ればよかったと後悔しても、あとの祭りだ。

時刻は子の刻（午後十一時から午前一時）を優に過ぎていたが、四月八日の灯籠が長く連なる街角は真昼のような明るさだった。色とりどりの明りが灯るその道を、昊《ヨン》とラオンは二人きりで歩いていた。風はささやくように耳元の後れ毛を揺らしていく。もうすぐ夏を迎える季節とあって、追いつ追われつ歩みを進める二人の足元には、わずかに湿った冷気が漂っている。

「疲れていないか？」

不意に、昊《ヨン》が振り向いて言った。

「平気です」

そう答えたラオンの顔の上に、先ほどの化粧をした顔が重なった。愛らしい顔が思い出され、昊《ヨン》は口元が緩んだ。危うく笑いそうになり、昊《ヨン》は慌てて前を向いた。

するとと、ラオンはそれに気がついて、唇を尖らせて言った。

「笑わないでください」

「笑ってなどいない」

「うそ！　笑ったではありませんか」

「うそではない」

「肩が震えています」

昊《ヨン》は観念してラオンに向き直った。

「どうしてそんな顔をしているのだ」

「悲しいからです」

「何が？」

「せっかくお化粧をするなら、綺麗な顔を見て欲しかったです」

「…………！」

「温室の花の世子《セジャ》様に、綺麗な姿を見せたかったのです。だから、嫌だと思いながらも、妓女《キニョ》たちの化粧を受けたのかもしれません。いくら男として生きていても、わたくしは女です。ほかの人ならまだしも、世子《セジャ》様の前では綺麗でいたいのです。それなのに……」

あんな、お面のような顔を見られてしまった。思い出したら悲しくなって、ラオンは下を向いた。

そんなラオンの頬を、昊《ヨン》は両手で包んだ。

「大丈夫だ」

そんなに悲しい顔をしないでくれ。僕には、どんな姿も美しいのだから。傷つくことなどない。

「お前がどんな姿をしていても、どんなことをしていても、僕にはいつだって綺麗に見える」

「慰めているつもりですか？」

「そうではない。本当にそう思うから言っているのだ」

「そこまでお気遣いいただかなくても……」

だが、ラオンの声は、昊《ヨン》のくちづけに遮られた。

「一日中、我慢していたのだぞ」

「世子様《セジャ》……」

「さっき、紅を引いたお前を見た時には、思わずくちづけをしたくなって焦ったくらいだ」

「うそばっかり」

「僕は世子《セジャ》だ。うそはつかない」

「うそでないなら、世子様《セジャ》の目がおかしいのです」

「僕をおかしな男にしたのは誰だったかな？」

「すぐ人のせいにして。よくないですよ」

「世子《セジャ》に説教をするのか？」

旲《ヨン》はラオンの額に自分の額を押し当ててささやいた。

「おかしいと言うなら、遠慮なくおかしなことをさせてもらう」

そう言って、旲《ヨン》は優しく唇を重ねた。温かな吐息が伝わってくる。互いの瞳が、手が、心が、一つに溶け合っていく。

一瞬のような永遠が、永遠のような一瞬が過ぎ、ラオンは恥ずかしくて旲《ヨン》より先に歩き始めた。旲《ヨン》はその場に佇んでラオンの後ろ姿を見つめた。月明りを浴びて歩くその姿は、切なくなるほど美しく、いつまでも見ていられる気がした。

その視線に気がついて、ラオンが振り向いた。

「どうかなさいました？」

「綺麗だ、月明りの下で歩く姿が」

ラオンを見つめる昊《ヨン》の眼差しには、愛しさがあふれている。長く連なる灯籠と白い月明りが、二人の足元に優しい影を作っていた。

それから七日が過ぎ、宴の日を迎えた景福宮《キョンボックン》に、赤い官服に身を包んだ府院君《プウォングン》金祖淳《キムジョスン》とユンソンが現れた。

「本当によろしいのですか?」

ユンソンが尋ねると、府院君《プウォングン》はうなずいて言った。

「世子《セジャ》様が初めて主宰なさる宴に、この祖父が出ないわけにはいくまい」

「何か企みがあるはずです」

「それならなおのこと、腹の中を見て差し上げねば」

長い髭を撫でながら、府院君《プウォングン》は慈慶殿《チャギョンジョン》に向かった。その顔には余裕と貫禄が浮かんでいる。酸いも甘いも噛み分けた古強者。政治と謀《はかりごと》に関しては、朝廷で右に出る者はいないと言われる。宮中で起こることはすべて府院君《プウォングン》の手の平の中にあり、府院君《プウォングン》の予期せぬことはまず起こらない。そう信じられていた。

王と中殿《チュンジョン》、世子《セジャ》を始め、王族や文武百官が見守る中、宴の幕開けを知らせる演奏と踊りが始まった。それは、府院君《プウォングン》がこれまで見たこともない光景だった。

十二　何か後ろめたいことでも？

その日、宮中には鶏の鳴き声より早く宦官たちの足音が響いた。その音は怠惰な夜を追い払い、宮中に一日の始まりを告げた。やがて日が昇る頃になると、宦官たちの足音で幕を開けた朝は、いつにも増して目が回るほど忙しくなった。

慈慶殿《チャギョンジョン》には大きな日除けが張られ、王の席が整えられると、長く短い号令と共に現れた侍衛軍官たちがその周りの警護に当たった。宴が催される慈慶殿《チャギョンジョン》やその周辺には、すでに一時ほど前から厳重な警備が敷かれている。宴は準備の段階から異様な緊張感が漂っていたが、無理もなかった。これほど大規模な宴が開かれるのは初めてのことで、招かれた大臣たちでさえ目を見張っている。

「いやはや、世子《セジャ》様も大変なお力の入れようだ」

領議政《ヨンイジョン》が言うと、左議政《チャイジョン》キム・ソンハクはうなずいた。

「まこと、卑しい田舎妓女《キニョ》たちを宮中に呼び寄せて、わざわざ予行練習までさせたそうです。今日の宴のためだそうですが、どれほど立派な舞台になるか、見物ですな」

宴のために、昊《ヨン》は掌楽院《チャンアグォン》に集めた妓女《キニョ》たちを宮中に呼び寄せ、宴で披露する歌や踊りの練習をさせていたが、左議政《チャイジョン》の口調にはそれを嘲笑する感じが滲んでいた。そこで領議政《ヨンイジョン》は左議政《チャイジョン》に言った。

「お言葉が過ぎますぞ。何が問題なのです」

「言い方を云々している場合ですか。神聖なる宮中に、あろうことか妓女《キニョ》を連れ込んだのですぞ」

「今日の宴のためではありませんか」

「私はそれがおかしいと言っているのです。今、この国がどういう状況かご存じないのですか？　長引く旱魃《かんばつ》で民の苦しみは限界に達しています。飢え死にする者はあとを絶たず、朝廷が一丸となって対策を練り、手立てを講じても、乗り越えられるか否かの瀬戸際に来ているというのに、宴を開き踊りを楽しめという方がどうかしています。そればかりか、宴のために卑しい者たちに宮中を出入りさせるなど、正気の沙汰とは思えません。常識外れもいいところです」

「声が大きいですぞ」

領議政《ヨンイジョン》は慌てて左議政《チャイジョン》キム・ソンハクを宥《なだ》めた。

「つい先日、司饔院《サオンウォン》の提調《チェジョ》が同様の批判をして、全羅道《チョルラド》に島流しにされたのを忘れたのですか？」

左議政《チャイジョン》キム・ソンハクは決まり悪そうに咳払いをして口をつぐんだ。仲間内では世子《セジャ》の批判をしていても、今や世子旲《セジャヨン》を恐れぬ者はなかった。今しがたの会話を聞かれてはいないか、左議政《チャイジョン》は周りを確かめて急いで席に着いた。


「大臣の方々も、相当、不満が溜まっているな」

ラオンは酒や料理を運びながら、領議政《ヨンイジョン》と左議政《チャイジョン》のやり取りを聞いていた。独り言のつもりだったが、それを聞いて、チャン内官が口を挟んだ。

「当然です」

「どうしてです?」

「この国には厳しい身分というものがあります。両班《ヤンバン》と常民が同じ場所で暮らすことさえ許されません。あの方たちは、両班《ヤンバン》という自負心の塊のような方たちです。それなのに、その大事な自負心が蔑ろにされてしまったのですから、不満に思うのも無理はありません」

「宴の準備のために、ほんの少しの間、踊り子たちを出入りさせただけです。たったそれだけのことが、あの方たちの自負心を傷つけることになるのでしょうか?」

「それが宮中なのです。選ばれた者だけが出入りを許された神聖な場所。たとえ宴のためであっても、卑しい身分の、それも妓女《キニョ》を入れたのですから、威信を傷つけられたと受け取っても不思議はありません」

チャン内官はそう言って、明るく笑った。

「と、偉い方々がおっしゃっていました」

「そういうものなのですね」

どうりで、どの大臣も不機嫌そうに咳払いばかりしているわけだ。地位と権威、しきたりや規律に厳しい宮中に身分の低い妓女《キニョ》たちの出入りが許されたことに、大臣たちはひどく腹を立てていた。骨の髄まで士大夫《サデブ》である朝廷の大臣たちにとって、それは決して受け入れることのできない侮辱にほかならなかった。それを、世子《セジャ》様は有無を言わさず強行してしまわれたのだから、大臣たちははらわたが煮えくり返る思いだろう。

でも、もしかしたら、本当の不満はほかにあるのかもしれない。卑しい妓女《キニョ》の出入りを許せば、宮中の風紀を乱すことになるという不満も、王宮をくだらない歌と踊りで汚すのかという批判も、飢えに苦しむ民には目もくれず女色に溺れているという悪意に満ちたうわさも本当はどうでもよくて、この人たちは単に、世子《セジャ》様と、世子《セジャ》様のやり方が気に入らないだけなのかもしれない。民が民がと言いながら、自分たちが守るべき民である妓女《キニョ》たちを心の底から卑しんでいるのがその証拠だ。それに、大臣たちの蔵には今も米俵が積み上げられている。あの人たちが案じている民とは、自分自身のことなのだろう。

大臣たちは皆、一様に宴の粗探しをしている。少しでもほころびを見つけたら、直ちに噛みついてやろうという算段なのだろう。そういう大臣たちを相手に、日々政務に励む昊《ヨン》を思うと、ラオンは胸がつらくなった。

「私の祖父はよく、人の上に人はない、人の下に人はないと言っていましたが……」

「それは実に正しいお言葉ですが」

チャン内官は無意識に感情を込めて言った。

「あの方たちの目には、動物にも劣って見える人間がいるのでしょう」

「そんなの、間違っています。この世に、そんな扱いを受けていい人などいません。ただの一人も」

チャン内官は毅然と言うラオンを、じっと見つめた。その口辺には、見たことのない柔らかな笑みが浮かんでいる。

「ホン内官」

「はい」

「私は、だからホン内官が好きなのです」

その時、ラオンにはチャン内官が初めて会う人のように感じられた。まるでチャン内官の顔をした別人を見ているような。

ラオンは呆然とその顔を見返したが、チャン内官はすぐにいつもの顔つきに戻ると、あちこちを回って手を出し口を出ししながら、進み具合を確かめていった。そしてひと通り状況を確認し終えると、チャン内官は満面に笑みを浮かべ、ラオンに手招きをした。

「準備が終わったようなので、私は明温公主様《ミョンオンコンジュ》のお迎えに行ってまいります。では、黄金の手を持つ私は、これにて失礼します」

手を揉み合わせ、尻をゆさゆさと揺らして歩く姿もいつも通りだ。腰元に挟んだ本もいつもと同じ。ただ、表紙が以前のものと違った。あれほど釘を刺したのに、ト・ギはまた新しい本を書いて売っているのだろう。それ以外に特に変わった様子はないが、ラオンにはどこか違う感じがした。

首を傾げるラオンに、旲《ヨン》が近づいて声をかけた。

「何を見ているのだ？」

旲《ヨン》は濃い紺碧色の袞龍《コンリョン》袍《ポ》を着て、翼善冠《イクソングァン》を被っている。その後ろには、数十人の宦官たちがずらりと列をなしていて、一度は席に着いた大臣たちも立ち上がって頭を下げた。旲《ヨン》はその様子を上から見下ろすように眺めた。命を宿した時から万民の上に君臨することを約束された者。それが、ラオンが恋い慕う男の姿だった。

祖父は人の上に人はなく、人の下に人はないと言ったが、ラオンはその言葉に初めて疑問を抱いた。今、目の前にいるこの方は、誰より気高く尊い。自分はそんな人を好きになったのだと、今さらながら震えてきた。

「どうした？」

そんなラオンの様子を案じ、昊《ヨン》が尋ねた。ラオンのこととなると、些細な変化にもよく気がつく。

「いえ、何も」

「どうしてそんな顔をしているのだ？」

「大したことでは……」

「では何だ？」

「みんな、胸の中では色んなことを考えているのだと思っただけです。誰一人、何でもない人なんていないのだと」

いつもにこにこしているチャン内官がふと見せた胸の内。口に出さないだけで、チャン内官もいろいろな思いを抱えて生きているのだろう。そこに考えが至った時、それまでは大きな王宮の中の小さな存在だった宦官や女官たちが、一人ひとり形を成した存在に感じられた。

「この小さな頭の中で、色んなことを考えているのだな」

昊《ヨン》はラオンの頭を撫で、耳元に顔を寄せてささやいた。

「人は、相手の存在を意識した時から、その人を大切に思い始める。ラオン」

「はい」

「お前はずいぶん前から、ここにいる」

昊《ヨン》はそう言って、親指で自分の胸を指した。

「世子《セジャ》様……」

「僕にとって、お前は一番大切な人だということを、忘れないでくれ」

緊張漂う宴席の雰囲気には似つかない甘い告白に、ラオンは赤くなった。昊《ヨン》は何事もなかったように歩き始めた。宴の始まりを告げる太鼓の音が響き渡る中、世子《セジャ》と世子《セジャ》に仕える者たちの長い列が続いた。


太鼓が鳴り、掌楽院《チャンアグォン》の楽師《アッサ》や踊り子たちが慈慶殿《チャギョンジョン》の庭に現れた。宴はかつてないほど厳かな雰囲気の中で進められた。大臣たちは気後れして、しきりに周囲の様子を気にしている。

間もなくして妓女《キニョ》たちの舞いが始まった。貴い方を迎えるための優雅な舞いに、大臣たちはたちまちのうちに心を奪われた。妓女《キニョ》たちが宮中に出入りするのは気に入らなくても、美しく舞う女人たちを見るのは別なのだろう。中には世子《セジャ》がやっと政治をわかってきたと言う者や、臣下を労《ねぎら》う気持ちを持っていてくださると喜ぶ者もいた。

そこへ、王を乗せた神輿が到着すると、大臣たちは一斉に立ち上がった。翼善冠《イクソングァン》と赤い袞龍袍《コンリョンポ》に身を包んだ王が玉座に着くと、王を讃える惟天之曲《ユチョンジゴク》の演奏が始まった。世子《セジャ》が王のもとへ行って酒を注ぎ、傍《かたわ》らには代致詞官《テチサグァン》が現れて、昊《ヨン》がしたためた王への頌徳表《しょうとくひょう》を代読し始めた。

「この喜ばしい日を迎え……」

王の功徳と君臣の礼を説き、やがて忠誠を誓うくだりになった。代致詞官《テチサグァン》の声に耳を傾けていた大臣たちは、にわかに耳を疑った。

楽師《アッサ》たちが奏でる調べに舞いを添え、世子《セジャ》が王に酒を注ぐのはいつもの通りだ。王の功徳を称える頌徳表《しょうとくひょう》の代読もお決まりの流れだった。だが、問題はそのあとの忠誠の誓いだった。

代致詞官《テチサグァン》の口からその言葉が出ると、府院君金祖淳《プウォングンキムジョスン》は眉をひそめ、ユンソンは膝の上で拳を握った。世子《セジャ》が入念に準備していたのはこのためだったのかと気づき、皆、気づかぬうちに泥濘《でいねい》にはめられたような気分だった。

頌徳表《しょうとくひょう》の代読が続く中、玉座の下では宦官たちが大臣一人ひとりに小さな本を配り始めた。本を受取り、領議政《ヨンイジョン》はチェ内官に尋ねた。

「これは何だ?」

「笏記《ホルギ》でございます」

「笏記《ホルギ》だと?」

「宴の式次第を記したものにございます。目を通すようにという世子《セジャ》様のお言い付けでございます」

「世子《セジャ》様が我々に?　何のために?」

「世子《セジャ》様のお酌が済みましたら、次は左右命婦《チャウミョンブ》の長であられる領議政《ヨンイジョン》様と左議政《チャイジョン》様にお酒を注いでいただきますので、滞りのないようお目通しいただきますように」

領議政《ヨンイジョン》は目を丸くして府院君《プウォングン》の方を向いた。チェ内官は府院君《プウォングン》にも同じ笏記《ホルギ》を手渡した。

「領議政《ヨンイジョン》様と左議政《チャイジョン》様が終わりましたら、次は府院君《プウォングン》様の番でございます」

「世子《セジャ》様もなかなか味なことをなさる」

恭しく笏記《ホルギ》を差し出され、府院君《プウォングン》は渋い顔つきで白い髭を震わせた。隣に座るユンソンは悔しそうに息を吐いた。

「見事にしてやられました」

華やかな踊りや楽師《アッサ》の調べ。穏やかに見える宴の裏には冷たい剣が潜んでいた。現王が玉座に就いて二十八年。政治も統治も、朝廷の大臣や外戚の者たちに渡って久しく、その力のほとんどが府《プ》院《ウォングンキムジョスン》君金祖淳に集約されていた。

ところが、そんな府院君《プウォングン》に、世子《セジャ》は王への忠誠を誓うよう命じた。王への礼を守っていると見せかけて、腹の中では王を見下してきた府院君金祖淳《プウォングンキムジョスン》。権力の頂点にいる府院君《プウォングン》には、王に仕える理由も、その必要もなかった。

この宴は、そんな府院君《プウォングン》にとって針の筵だった。こうなることをわかっていれば、病気を理由に欠席しただろう。だが、世子《セジャ》が妓女《キニョ》を宮中に出入りさせ、色事に耽っているといううわさを真に受け、油断したせいで、宴の場で忠誠を誓わせるという世子《セジャ》の底意に気づきもしなかった。

府院君《プウォングン》は静かに目を閉じた。

私の負けだ。

できれば直ちに席を立ちたいところだが、見ている者が多すぎる。

王が世子《セジャ》に注がれた酒を呑み干すと、楽師《アッサ》の調べは一層大きくなった。妓女《キニョ》たちの舞いにもますます力が入る。軽妙ながらうるさくなく品良く強弱のはっきりした妓女《キニョ》たちの舞いは、天女の舞いを彷彿とさせる美しさだった。小さな手の動き一つ、足の向き一つに深い意味が込められている。

「千歳、千歳、千々歳」

最後に三唱で締めて、旲《ヨン》は自分の席に戻った。すると、領議政《ヨンイジョン》と左議政《チャイジョン》が重い足取りで王の前に進み出た。府院君金祖淳《プウォングンキムジョスン》の顔色をしきりにうかがう二人のそばに、頭に花を挿した二人の宦官が近づいて、空《から》の盃を手渡した。領議政《ヨンイジョン》はその盃と府院君《プウォングン》の顔を代わる代わる見るばかりだったが、宦官たちや妓女《キニョ》たちまで王に頭を下げると、領議政《ヨンイジョン》は観念したように頭を下げた。代致詞官《テチサグァン》の代読と、楽師《アッサ》の調べ、妓女《キニョ》たちの舞いに、領議政《ヨンイジョン》は上から頭を押さえつけられているような気分だった。

王が盃を呑み干すと、今度は左議政《チャイジョン》が前に進み出て酒を注ぎ、王に忠誠を誓った。盃は宴に出席したすべての大臣にあまねく渡された。


「一杯食わされましたな」

宴が終わり、大臣たちは口々に怒りを露わにした。

「あのような形で忠誠を誓わせられるとは思ってもみませんでした」

「君主に礼を尽くすのは、臣下として当然のことです」

憤慨する大臣たちにユンソンが言うと、左議政《チャイジョン》は口角泡を飛ばして声を荒げた。

「そんなことは百も承知です。私は、やり方が違うと言っているのです、やり方が」

「そうでしょうか」

「では、礼曹参議《イエジョチャミ》は異論はないと言うのですか？」

「儀礼として理に適《かな》っているだけです」

ユンソンはそう言って左議政《チャイジョン》を黙らせた。儀礼に従って見れば、今日の宴には何一つおかしな点はなかった。それどころか、これまでその時々の都合で変えられてきた宮中の礼法を見直す手本になるような宴だった。

「あの方はあるべき形を取り戻そうとなさったのです」

礼を武器に我々を手懐けようとしているのだとは言わなかった。

ユンソンの話を聞いても、大臣たちの気持ちは収まらなかった。今の朝廷で、世子《セジャ》ほど礼法に該博な人はなく、そのため世子《セジャ》に対抗し得る手立てを立てられない。世子《セジャ》のやり方に異を唱えれば、宮中の礼法に逆らうことになり、両班《ヤンバン》が守るべき道を説き続けた自分たちをも否定することになる。

「いっそ民がためと荒唐無稽な政策を打ち出される方が、まだ対抗のしようがあるというもの」

誰かが言うと、一同はうなずいた。世子《セジャ》が政治と政策を盾にすれば、批判の余地はいくらでもある。だが、礼を盾にされてはなす術がない。

「だから礼を盾になさるのです。政治を論ずれば粗が生じることを、よくわかっていらっしゃるのでしょう」

聡明な方だと思っていたが、ここまで並外れた方だったとは。摂政に就いて間もないというのに、野生の馬を飼い慣らすように、もう大臣たちを手懐け始めている。轡《くつわ》を噛ませ、無理矢理鞍《くら》をつけた野生馬は、初めは激しく抵抗するが、やがて背に人が乗ることを当然のように受け入れる。そんな野生馬のように、大臣たちも気づけば世子《セジャ》の思うままに服従させられるのだろう。

それに、今日の宴で、世子《セジャ》は大臣たちに自らの立場を改めて自覚させた。王を支え、民に仕えるのが臣下の務めであり、それ以上でも以下でもない立場にあるのだと、無言で釘を刺された形だ。

「この事態を、どう乗り越えればよいのか」

大臣たちは一斉にユンソンを見た。

「方法はありません。礼を武器に、孝を盾にする方を抑える術など、あるはずがありません」

両班《ヤンバン》の権威と利益を守るために礼をかざしてきたが、これでは自縄自縛だとユンソンは思った。

「礼曹参議《イエジョチャミ》にも案がないというのか？」

「両手両足を縛られたまま、冬が過ぎるのを待つしかありません」

ユンソンは冷静に話し続けた。

「季節は巡るのが世の習い。いずれ春が来るでしょう」

「なかなか目ぼしい人物が見つかりません」

山のように積まれた書類に目を通しながら、男が言った。徹夜明けの目は赤く充血している。男の向かいに座り、ユンソンは何食わぬ顔で立ち上がって男が見ていた書類に素早く目を通した。

「何度見ても無駄です。世子《セジャ》様は我々より徹底した方です。あの方が選んだ者たちなら、どれほど叩いても埃一つ出てこないでしょう。皆が皆、清廉潔白な者たちです」

「そうでしょうね」

ユンソンはうなずいた。

「緻密な方です。あの方が自ら選んだのですから、粗を探すのは至難の業でしょう。しかし、その周囲まで清廉潔白かどうかは保証できません。たとえば、この人のように」

ユンソンは一枚の書類を男の前に投げた。

「これは……」

少し前に不正が発覚し、罷免された全羅《チョルラ》道《ド》観察使《クァンチャルサ》の後任としてその役に就いたソン・スンユン。三年前、科挙の大科に及第した後、これといって職責がなかったが、今回、世子《セジャ》の特命で観察使《クァンチャルサ》を拝命した男だ。実直を絵に描いたような男で、これほど真面目で清廉な人物に弱みなどあるのだろうか？　男は書面を注意深く読み進めたが、これといった記述は見当たらなかった。ただ一つ、気になる記述があった。つい先日、突然母親を亡くし、村で子どもたちを教えていた父親は、それ以来、酒浸りの日々を送っているらしい。ユンソンは男に言った。

「いつの時代も、悲しみと酒は、いろいろと問題を引き起こすものです」

十三　攻防

うらびれた草庵に、一人の老人が座っている。老人は憔悴しきった顔をして、机の上には読みかけの本が開いたまま、まるでここだけ時が止まってしまったようだった。

縁側の先を照らしていた日差しが廊下の奥まで伸びる頃、老人は深い溜息を吐いた。老人の名はソンと言い、暮らし向きは裕福ではなかったが、村では先生と呼ばれ、人々に尊敬される存在だった。先日は一人息子が、摂政を務める世子《セジャ》から全羅《チョルラ》道《ド》の観察《クァンチャル》使《サ》を拝命されたばかりだ。それは安《アン》東金《ドンキム》氏《シ》一族に牛耳られた世の中で、どれほど努力しても出世は夢のまた夢と諦めていたソンにとって、新たな時代の幕開けを予感させる出来事だった。希望で胸が膨らみ、生きていてよかったと、どれほど喜んだかわからない。

そんな矢先、思わぬ不幸がソンの家族を襲った。長年連れ添った妻イ氏が、突然この世を去ったのである。急すぎる妻との別れ。ソンはしばらくの間、妻の死を受け止めることができなかった。二人は村でも評判のおしどり夫婦で、妻は家族が過ごす家をとても大切にしていた。だが今、家はがらんとしている。居心地がよく、家族の温もりにあふれていた家は妻の死によって失われてしまった。まるで世界が半分、なくなってしまったようだった。

妻亡きあと、ソンは失意のどん底に突き落とされ、生きているのか死んでいるのかもわからない毎日を過ごしていた。日に日に酒の量が増え、やがて酒浸りになった。目は窪み、頬は痩せこけ、ついには子どもたちを教えることもなくなって、今ではこの家を訪ねる者もいなくなった。

ソンは虚ろな目で家の中を見渡した。よく片付けられた家の中は、最後に妻が掃除をした日のまだ。丁寧に磨かれた家具や床を見ているうちに、妻への恋しさが込み上げてきた。どうしようもなく胸が締めつけられ、ソンはまた酒を呷《あお》った。喉が焼かれる感覚に、胸の苦しみが幾分和らぐ。

自分には妻の死を乗り越えることも、この先、一人で生きていくこともできそうにない。深い溜息を吐くと、酒の臭いがつんと鼻を突き、ソンは涙を浮かべた。

すると、庭先から見知らぬ男が現れた。

「失礼します」

「どちら様ですか？」

ソンが返事をすると、男は人のよさそうな笑みを浮かべてソンに近づいた。

「ここで子どもたちを教えていらっしゃるとうかがいました。字を覚え始めた子がいるので、こちらに通わせたいと思い訪ねました」

そう言うと、男は断りもなくソンの隣に腰かけた。

「それは困りましたな」

ソンは困惑して言った。

「何か？」

「家に不幸があり、しばらく子どもたちを教えることができないのです」

「お祭しします。奥様を亡くされたばかりだそうですね」

「ご存じなら話は早い。悪いが、お引き取りください」

ソンはそう言って、席を立った。

「先生」

すると、男は部屋に入ろうとするソンを呼び止めた。

「何です？」

「このような時こそ、お気を確かにお持ちください」

ソンは虚しく笑った。

「言うは易しで、このつらさは経験した者にしかわかりません。そっとしておいてください」

「実は私も、大事な人を亡くしたばかりなのです」

ソンは振り向き、男の顔を見た。

「あなたも？」

「はい。ですから先生の悲しみがどれほどか、我がことのようにわかるのです」

同病相憐れむと言うが、男が自分と同じ悲しみを抱えていると知り、ソンは崩れるようにその場にしゃがみ込んだ。そして、手で自分の胸を打ちながら言った。

「あなたには、わかるでしょう。ここに……胸に釘を刺されたようです。寝ていても急に心臓が苦しくなって目を覚ますことが一度や二度ではありません。できることなら妻のもとへ行ってしまいたい。私一人で、これからどう生きていけばいいのか……」

「わかります。それも自然な感情でしょう。しかし先生、いつまでも悲しみに暮れてばかりいるわけにはいかないではありませんか」

「そうかもしれませんが、自分でもどうしようもないのです。胸の中に数百、数千の針が刺さっているようです。この痛みと悲しみをどうすれば乗り越えられるのか、わからないのです」

打ちひしがれるソンの姿に胸を痛め、男は再び口を開いた。

「人によってできた傷は、人で癒すしかありません」

「どういうことですか?」

「新しい人を迎えるのです」

「何を言うのです。そんな話、聞きたくありません」

「今はそうおっしゃる気持ちも、痛いほどよくわかります。しかし、仕方のないことです。残された者は、これからも生きていかなければならないのですから」

「自分の手で妻のもとへ行くことはあっても、そんなことはしません」

「では、こうなさってはいかがです」

「まだ何か?」

「奥様を忘れることはできなくとも、つらい気持ちをほんの一時、忘れる方法があるのです」

「借金とは、どういうことですか？」

全羅道観察使《チョルラドクァンチャルサ》ソン・スンユンは、青ざめた顔で父を見つめた。父のソンは肩を落とし、うなだれている。

「すまない。お前に合わせる顔がない」

「真面目に生きてこられた父上が、なぜこのような無謀なことに手を出してしまわれたのです」

「ほんの一時でもいいから、お前の母のことを忘れたかったのだ。あいつが死んでから、一日として悲しまない日はなかった。それで、少しでも気が楽になればと……」

「父上」

「恥を忍んで言うが、賭場に行けば気が楽になる、ほんの一時でも悲しみを忘れられるという言葉に乗せられて、私は我を見失ってしまった」

「………」

「最初の頃は、勝って大金を手にした日もあった。だが、気づいた時には、賭けで得た儲けはもちろん、持ち金もすべて失っていた。それでも、次に勝てば負けた分を取り返せる気がして、もう少し、あと一回と続けていくうちに、ついには隣の客にまで金を借りるようになっていたのだ」

父の悲痛な告白に、息子のスンユンは胸が潰れ、仕事の忙しさにかまけて父のことをないがしろにしていた自分を責めた。思えば母の死から百日と経たず、まだ喪が明けてもいないうちに世子《セジャ》様の辞令を受け、父を一人残して故郷を発《た》った。母の突然の死も、父の賭博の借金も、すべて自分の不孝が原因のように感じられ、スンユンは涙が込み上げた。だが、すぐにそれを拭い、父に言った。

「借金は、どれくらいあるのですか」

「それが、五、五……」

「五十両も？」

スンユンは目をむき、思わず父の言葉に被せるように言ったが、父のソンは黙り込んで、何も言おうとしなかった。スンユンは嫌な予感がして、一度大きく深呼吸をして父に迫った。

「父上」

「五百両だ」

「五百両……」

スンユンは目の前が真っ暗になった。とても返せる額ではない。スンユンはただ呆然と父の顔を見た。五百両といえば、毎月いただく禄を丸々借金の返済に充てたとしても、返し終えるまでに数年はかかる。息子の青くなった顔を見て、ソンは席を立った。

「お前にまで余計な心配をさせてしまった」

「どこへ行かれるのです？」

「お前は何も心配するな。私が解決する」

「父上」

「お前に迷惑はかけない。私さえいなくなれば済むことだ」

ソンは独り言のようにそう言って、部屋を出ていった。

一人になり、スンユンは次第に我に返った。やがて冷や水を浴びたように意識がはっきりすると、履物も履かずに父のあとを追って表に飛び出した。

「父上！　父上！」

父がよからぬことを考えている気がして、必死で父にしがみついた。母を失ったうえに、こんなことで父まで失うわけにはいかない。スンユンは骨と皮だけになった父の手をつかんで言った。

「私が何とかいたします」

「お前が？」

「私が、何とか……」

スンユンは月夜の空を仰ぎ、胸の中で世子《セジャ》に詫びた。

世子《セジャ》様、どうかお許しください。一度だけ……この一度だけでございます。

●

「魚が餌に食いつきました」

外から聞こえてきた声に、礼曹参議《イェジョチャミ》キム・ユンソンは本を閉じ、窓の方に顔を向けた。無表情のユンソンに、黒い影が頭を下げる。

「これから、どうするおつもりですか？」

「餌に食いついたのなら、あとは釣り上げるだけです」

その声が鳴りやむと同時に、影は音もなく消えた。ユンソンは無表情のまま影が消えるのを見届けて、再び本に向き直った。その虚ろな目に、一瞬、ひやりとする光が差して消えた。


「どういうことだ？　誰が何をしたと言うのだ？」

昊《ヨン》は耳を疑い、平伏すパク・マンチュンに聞き直した。火急の知らせを受け、昊《ヨン》は今、白雲会《ペグネ》のもとを訪れている。

「全羅道《チョルラド》の情報筋から、全羅道観察使《チョルラドクァンチャルサ》ソン・スンユンが、税の一部を横領したという報告がございました」

だが、昊《ヨン》はきっぱりと首を振った。

「ソン・スンユンは、そのような不正を働く男ではない」

「なんでも、父親が博打に手を出し、多額の借金を負ったそうでございます」

「親の借金？　ソン・スンユンの父はもともと博打好きだったのか？」

「いえ、それが、そうではないようです」

「そうではなかった父親が、ここへ来て賭博に手を？」

昊《ヨン》が考え込む素振りを見せると、パク・マンチュンは顔を上げて訴えた。

「事情はさておき、今は一刻も早く手を打つべきです。このことが安東金氏《アンドンキムシ》一派に知られれば、時流に影響を及ぼすのは避けられません」

「その通りだ。急ごう」

昊《ヨン》はすぐさま立ち上がり、部屋を出ようと戸に手を伸ばしかけたところで、パク・マンチュンの手下の二人が血相を変えて部屋に入ってきた。

「大変でございます」

「何事だ？」

ただごとではない様子に、パク・マンチュンはすぐに聞き返した。

「安東金氏《アンドンキムシ》側が動き出しました」

「何だと？」

「どうやら、全羅道観察使《チョルラドクァンチャルサ》の横領の件を聞きつけたようです」

「これほど早く？」

二人のやり取りを聞いて、昊《ヨン》は訝しそうに目を細めた。


「何卒、お聞き届けのほどを！」

まだ日も上る前から、大殿《テジョン》には府院君金祖淳《プウォングンキムジョスン》をはじめ安東金氏《アンドンキムシ》からなる朝廷の大臣衆が昊《ヨン》を待ち構えていた。そして昊《ヨン》が現れると、まだ席に着いてもいないうちから不満を訴えた。だが、昊《ヨン》は平然と席に着き、府院君金祖淳《プウォングンキムジョスン》は改めて、正面から玉座の昊《ヨン》を見据えて言った。

「出自が卑しい者たちゆえに、目先の欲に負けるのです」

そう声を張る府院君《プウォングン》の傍《かたわ》らには、感情のない顔をしたユンソンが立っている。

「政治とは、崇高な志があればできるというものではありません。深く根を張った木はどんな風にも揺るがないように、政治をする者には強い垣が必要なのです」

すると、左議政《チャイジョン》キム・イクスがごろごろと喉を鳴らせながら言った。

「新たに官職に就いた者たちの不正が、すでにあちこちから報告されています。人が変わっても、官吏の腐敗はなくならないという批判が鳴りやみません。むしろ新たな官吏たちが就いてから、民への締めつけが強まったという声も届いております」

「それだけはありません」

そこで、ユンソンが口を挟んだ。

「直提学《チッチェハク》キム・ロが、王様の私財を管理する内帑《ないど》に出入りしているという話も出ています。キム・ロが内帑《ないど》に出入りするたびに物がなくなり、しばらくするとまた戻されるということが繰り返されているそうです」

それを聞いて、昊《ヨン》はわずかに表情を変えた。この男は、直提学《チッチェハク》キム・ロに政治資金を任せていることに気づいたのだろう。人伝《ひとづて》に聞いたという話しぶりを見る限り、まだ物証をつかめていないようだが、あえてこの件をちらつかせ、暗にこちらにゆさぶりをかけているに違いない。

昊《ヨン》はユンソンを睨んだ。だが、ユンソンも昊《ヨン》を見据えたまま話を続けた。

「王室はもちろんのこと、この国の根本が揺るがされています」

「皆の言う通りだ。此度のことは、こちらの考えが浅かったようだ」

昊《ヨン》が自らの過ちを認めると、大殿《テジョン》に無言の嘲笑が広がった。勝ち誇った顔で互いに視線を交わす大臣たちに、昊《ヨン》は言った。

「全羅道《チョルラド》観察使《クァンチャルサ》ソン・スンユンを罷免する」

「恐悦至極にございます」

望みが叶い、安東金氏《アンドンキムシ》一族は満悦の笑みを浮かべた。ところが。

「なお、此度の不正の裏にどのような事情があるのかを探るため、暗行御史《アメンオサ》を派遣する」

昊《ヨン》が思いもしないことを言うので、府院君《プウォングン》は堪らず聞き返した。

「暗行御史《アメンオサ》とはどういうことでしょう。なぜその必要があるのです？」

「ソン・スンユンの不正には、おかしな点が一つ二つではありません。村の子どもたちを教えることに生涯を捧げてきた父親が、突然、賭博に身を落としたというのも解せません」

「しかし世子《セジャ》様、そのようなこと、何も珍しいことではございません」

「ソン・スンユンの父を賭場に引き入れた者がいるという情報があります。今、その者の裏を探るよう命じているところです」

「この年寄りには、まったくおかしなことに思えませんが」

「よくある話でしょう。しかし、そのあとが妙なのです。問題の父を賭場に引き入れた人物は、最近村に現れて、観察使《クァンチャルサ》ソン・スンユンが不正を働いた直後に煙のように姿を消しています。よくある話と言うには、不審な点が多すぎます」

「つまり世子《セジャ》様は、此度の不正は何者かが仕組んだことだとおっしゃりたいのですか？」

「今はまだわかりません。だからこそ調べるのです。不審な点はすべて洗い出し、ソン・スンユンはもちろん、すべての官吏の身辺を改めて調査するつもりです」

すると、それまで威勢のよかった大臣たちの顔色が一変した。要するに、世子《セジャ》は改めて人を仕分けるつもりでいるのだ。得失を考えれば、世子《セジャ》側より安東金氏《アンドンキムシ》一族が失うものの方がはるかに多い。思わぬ逆襲を受け、大臣たちに動揺が走った。昊《ヨン》は玉座の上からその姿を見渡して、声高に言った。

「また、王様の誕生日を記念して、科挙試験を執り行う」

「科挙でございますか？」

「そうです」

「しかし世子《セジャ》様、今年は科挙を行う年ではございません」

「王様の誕生日に合わせ、特別に実施するのです。今、この国には優れた人材が必要です」

「…………」

「今回の科挙試験では、身分を問わずに人材を迎えるつもりです」

「身分を問わずとおっしゃいましたか？」

大臣たちは血相を変えて反対した。だが昊《ヨン》はその訴えには取り合わず、静かに席を立って大殿《テジョン》をあとにした。世子《セジャ》が去った大殿《テジョン》に、重々しい沈黙が流れた。

早すぎる。世子《セジャ》の対応は予想以上に早かった。

ユンソンは人差し指で自分の太腿を突きながら考えた。

白雲会《ペグネ》の動きはすべて把握し、巧妙に策を練ったつもりでいた。だが、世子《セジャ》はこちらが思っていた以上に、いや、想像を超える早さで手を打ってきた。敵はこちらが思うより、はるかに手強いということか？　だとしても、このまま引き下がるわけにはいかない。

ユンソンはしばらく険しい表情で考えに耽っていたが、ふと視線を感じて顔を上げると、大臣たちが怯えた目でこちらをうかがっていた。

大殿《テジョン》を出た大臣たちは、誰が言うともなく府院君金祖淳《プウォングンキムジョスン》の家に集まった。皆、これまで築いてきた富を奪われるのではないかと気が気でない。ユンソンの目には軽蔑の色が浮かんでいたが、それにも気づかず、大臣たちは藁をもつかむ思いでユンソンにすがった。

「我々はこれから、どうすればいいのだ？」

「世子《セジャ》様が急に科挙を行うと言い出されたのは、一向にあとを絶たない汚職を根絶するために、新たに人を据えるおつもりなのでしょう」

「死んでも安東金氏《アンドンキムシ》一族に権力を渡さないという意志を示されたのです」

「世子《セジャ》様も困ったものだ。いつまで悪足掻きを続けるおつもりなのか」

「朝廷が刷新されたら、新たな者たちが不正を働くまで、手をこまねいて傍観しているしかないということですか？」

「こうしてはいられません。このままでは一族の立場は弱まる一方です」

戦々恐々とする大臣たちに、ユンソンが言った。

「むしろこれでよかったのです」

「礼曹参議《イェジョチャミ》、何がよかったと言うのだ？」

「世子《セジャ》様は確かに自ら選んだ人材を朝廷の各所に据えました。しかし、朝廷の根本を支えているのは我々です。そのことを、まさかお忘れではありますまい」

「それはそうだが」

「朝廷の官吏のほとんどが安東金氏《アンドンキムシ》か、または我々一族の息のかかった者たちです。科挙試験を執り行う者たちとて、我々と無縁の者はおりません」

「と、言うと？」

「今回の科挙試験で選ばれる者も、結局は我々の側の人間になるということです」

それを聞いて、大臣たちは胸を撫で下ろし、笑いを漏らした。

「いかにも。世子《セジャ》様も詰めが甘い」

「まったくです」

「いやはや、いらぬ心配をいたしました」

葬式のようだった部屋の中が、にわかに騒がしくなった。すると、ユンソンが手を挙げ、大臣たちは一斉にユンソンを見て発言を待った。

「安心するには早いと思われます。世子《セジャ》様は我々が思うより、いえ、我々の想像をはるかに超える、頭の切れる方です」

「では、我々はどうすれば？」

「一気に追い込むのです。ほかのことに目を向けられないように」

「何か策がおありか？」

「咸鏡道《ハムギョンド》一帯では、昨年からひどい日照りが続いているそうです」

「そのことなら、昨日今日始まったことではない」

「左議政《チャイジョン》様」

ユンソンに呼ばれ、左議政《チャイジョン》キム・イクスは顔を向けた。

「左議政《チャイジョン》様が率いる商団に、行商の者が多く属していると聞きました」

「いかにも」

「その者たちの力が必要です」

「どういうことだ？」

「この世でもっとも恐ろしいものが何か、わかりますか？　人の口です。これを行商の者たちに渡して、行く先々でうわさを流すようお伝えください」

ユンソンは『亡惑有口一茨土』と書かれた紙を左議政《チャイジョン》に渡した。王が国を亡ぼすという意味の破字で、世子《セジャ》が王として君臨する限り、この国は亡びることになるという意味が込められていた。

「白蟻ですよ」

「白蟻？」

「この破字と人の口が、我々の力になるということです」

「ますますわからんな」

ユンソンは微笑み、話を続けた。

「丈夫な瓦屋根の家は千年もつと言われますが、小さな虫が柱に巣を作れば十年ももちません。太い柱も中から食われて、穴だらけにされてしまうからです。この破字と人の口が、丈夫な柱を食い尽くす白蟻となり、やがては家を崩してくれるでしょう」

「なるほど。さすがは礼曹参議《イェジョチャミ》だ」

一同は羨望の眼差しでユンソンを見つめた。


「遅れる！」

ラオンは資善堂《チャソンダン》を飛び出した。このところ仕事が増えて疲れが溜まっていた。それで昨日、何気なく独り言を漏らしたのだが、それを旲《ヨン》が聞きつけて、小さな丸薬を持ってきた。ラオンはもちろんいただけないと断ったが、旲《ヨン》はいつかのように、今度もラオンの口に無理やり丸薬を含ませた。

丸薬の効能か、昨晩はぐっすり眠れたが、目を覚ました時にはすでに起きる時刻を過ぎていた。おかげで体は羽のように軽くなったが、気持ちは焦りと申し訳なさで重く沈んでいた。それもあって、息が弾み、足がもつれても、ラオンはとにかく走り続けた。ところが、大殿《テジョン》に差しかかったところで、そんなラオンの前を黒い影がふさいだ。

「そんなに急いでどこへ行くのです？」

「礼曹参議《イェジョチャミ》様！」

ラオンは驚いて、目を丸くした。

「元気でしたか？」

「はい……おかげさまで」

先日の後味の悪い別れが思い出され、ラオンは無意識に声が小さくなった。すると、ユンソンはさらにラオンに近づいて言った。

「うわさは聞きましたか？」

「宮中が騒がしいことは知っています」

「世子《セジャ》様は今、窮地に追いやられています」

酷なことを言っていても、ラオンを見るユンソンの眼差しは優しい。だが、ラオンは二度と顔を合わせたくないというように、頑なに下を向いている。途端に、自分には顔も見せたくないのかという怒りが込み上げて、ユンソンは無表情に戻った。その目にはもう、先ほどの優しさは浮かんでいない。

「これから、さらに追い込まれることになるでしょう」

すると、ラオンは顔を上げ、睨むようにユンソンを見つめた。だが、その目に浮かぶのはユンソンへの怒りではなく、旲《ヨン》への強い信頼だった。

「世子《セジャ》様は、必ずやり遂げられます」

「朝廷の大臣全員を敵に回しました。いかに世子《セジャ》様ほどの方でも、自分の両手だけで十の手を防ぐことはできません。王宮の中と外から攻め込まれて、世子《セジャ》様お一人で堪えられると思いますか？

結局、世子《セジャ》様は負けます」

「なぜそう言い切れるのですか？」

「この辺で、世子《セジャ》様とは縁を切るのです。あの方のそばにいたら、あなたは絶対に幸せになれない」

「わたくしの心の中には、あの方しかいません。どんなに状況が変わっても、わたくしの気持ちは変わりません」

「あの方と一緒にいる限り、あなただけではなく、世子《セジャ》様も不幸になるとしてもですか？」

「はい」

「あなたと世子《セジャ》様が結ばれることは、永遠にないとしてもですか！」

ユンソンは声を荒げた。受け入れることができなかった。昊《ヨン》に対するラオンの信頼も、どんな状況でも昊《ヨン》を見捨てることはないと言い切るラオンも。

ユンソンは堪え切れず、乱暴にラオンの肩をつかんだ。

「礼曹参議《イエジョチャミ》様……」

ラオンは身をすくめた。これほど感情を露わにするユンソンの姿を見るのは初めてだった。怖かったが、ラオンは怯みもせず、突きつけるように言った。

「だとしても、仕方ありません。あの方を思うわたくしの気持ちは変わりません」

「私なら、あなたを幸せにすることができる。それが、どうしてわからないのですか！」

「礼曹参議様《イエジョチャミ》こそ、どうしてわたくしの気持ちをわかってくださらないのです？　礼曹参議様《イエジョチャミ》が何をおっしゃっても、世の中がどれほど変わっても、わたくしの気持ちは引き返すことができないところまで来てしまったのです。ですからもう、何もおっしゃらないでください。礼曹参議様《イエジョチャミ》が何をおっしゃられても、それは……わたくしを傷つけるだけです」

ラオンの両目にみるみる涙が溜まり、ついには頬を伝った。

「………」

その涙を見て、ユンソンは力なくラオンの肩から手を離した。ラオンの涙は、槍より強くユンソンの胸に突き刺さった。好きな人の悲しむ姿をとても見ていられず、ユンソンは背を向けた。

「失礼しました」

大殿《テジョン》に向かって歩き出したユンソンの背中に、ラオンは言った。

「わたくしは世子《セジャ》様を信じています。あの方はどんな荒波にも屈しません。あの方は、強い方です」

だから諦めてください。もう私のことを思うのはやめてください。

ユンソンは振り返らなかった。振り返ることができなかった。

「また会いしましょう」

そう独りごちるのが精一杯だった。

大殿《テジョン》に着いた吏曹判書《イジョパンソ》は、大臣たちが集まっているのを見て声をかけた。

「皆さんおそろいで、どうなさったのです？」

すると、左議政《チャイジョン》キム・イクスが不快そうに壁に貼り出された紙を指さした。

「あれを見なさい」

「何です？」

「例の科挙試験に関する世子《セジャ》様の特命です」

「特命？」

「今回の科挙では、答案用紙に書かれた受験者の名前を隠して提出するようにと書いてある」

「何ですと？」

大臣たちは頬を紅潮させた。

「次から次に、やりたい放題ではありませんか」

皆の後ろから貼り紙を見ていたユンソンも、表情を強張らせていた。

「やはり、一筋縄ではいかないお方だ」

そうつぶやいた時、ふと、ラオンの声が鳴り響いた。

『わたくしは世子《セジャ》様を信じています。あの方はどんな荒波にも屈しません。あの方は、強い方です』

ユンソンの顔に、久しぶりに笑みが浮かんだ。それはいつもの仮面を被ったような微笑みではなく、悲しみと虚しさが滲む、何とも言えない笑みだった。

十四　今、何とおっしゃったのですか？

久しぶりに暇ができ、昊《ヨン》はラオンと連れ立って后苑《フウォン》を散策することにした。しばらく人が近づくこともなかった砭愚榭《ピョムサ》も、この日は二人がいるだけで華やいで見えた。

「おつらくありませんか？」

「お前こそ、どうなのだ？」

「わたくしは平気です。でも、どうやってあのような方法を思いついたのです？」

礼をもって臣下を屈服させるということは、言い換えれば無血で戦いに勝つということだ。武力ではなく、知恵で目的を遂げるこれまでにない戦い方だ。

「お見事でした」

「褒めるのはまだ早い。心を改めさせるには時間がかかるから、まずは行動を改めさせることにした。それだけのことだ」

「今回のことで、あちらも心を入れ替えたのではありませんか？」

「相手は何十年もの間、王室を牛耳ってきた者たちだ。忠誠心を持てと言ったところで、素直に従うはずがないだろう」

「これから、どうなさるおつもりですか？」

「礼もしきたりも、すべては習慣のようなものだ。忠義を尽くすのも同じこと。王への忠誠を守ることが、あの者たちの習慣になるまで待つしかない。本意ではないにしろ、あの者たちが承服せざるを得なくなっただけでも、今はよしとしなければ」

「じきに、世子《セジャ》様の望み通りになるはずです」

「ああ、きっとそうさせるつもりだ」

昊《ヨン》は久しぶりに笑った。大臣たちの苦虫を噛み潰したような顔が目に焼きついて気がふさいでいたが、ラオンと話しているうちに胸にかかったもやが晴れていく気がした。一方で、これはまだ始まりに過ぎないと自分を戒めてもいた。強大な敵から力を奪わなければ、新しい国の基盤を整えることはできない。濁った水を入れ替えなければ、この国を新しく生まれ変わらせることはできないのだと、昊《ヨン》は自ら肝に銘じた。

心地よい気怠さが訪れ、昊《ヨン》は壁にもたれてまどろみに身を委ねた。すると、茶を淹れていたラオンが、鼻歌を歌い始めた。その姿はいつにも増して美しく、昊《ヨン》はしばし見惚れた。だが、美しいと思えば思うほど、胸がつらくなった。ラオンが浮かべる淡い微笑みに目頭が熱くなり、濃い緑色の官服に囚われた一人の女人が不憫でたまらなくなる。

天界の桃の色に似た柔らかな微笑み。鼻歌はいつまでも聴いていたいほど優しい。昊《ヨン》はラオンの邪魔をしないよう、そっと立ち上がり、隅に立てかけられた玄琴《コムンゴ》を膝に乗せて弦を弾き始めた。弦を弾くたび、重みのあるその響きに、空気の波紋が起こるようだった。明るく柔らかな鼻歌に、そっと寄り添うように流れる玄琴《コムンゴ》の音色。ラオンは照れ笑いを浮かべた。恥ずかしそうにはにかむ鼻歌と深みのある調べが、暮れゆく砭愚樹《ピョムサ》を彩るように鳴り響く。

名残惜しいほど短い歌が終わり、ラオンは旲《ヨン》の玄琴《コムンゴ》に気がついた。

「その玄琴《コムンゴ》は、ソヤン姫様からいただいたものではありませんか？」

「そうだ」

「ソヤン姫様からあれほど頼まれても弾いて差し上げなかったのに、今日はどうなさったのです？」

「お前の鼻歌があまりに聴き心地がよくて、つい弾きたくなってしまってな」

思いもしない褒め言葉に、ラオンは頬を赤くしてうつむき、ふと何か思い出したようにまた顔を上げた。

「ご存じですか？」

「何が？」

「わたくしの歌より、世子《セジャ》様の玄琴《コムンゴ》の音色の方が素敵でした」

「そうか？」

「はい」

「それなら、もう一曲どうだ？」

「弾いてくださるのですか？」

「お前が望むなら、僕にできないことはない」

普通なら喜びそうなものだが、ラオンはなぜか顔色を曇らせた。

「どうした？　僕の顔に何かついているのか？　どうしてそんな顔をする？」

「何か、悪いことでもなさったのですか？」

「唐突に、何を言い出すのだ」

「だって……男の人は、後ろめたいことがあると急に優しくなると聞いていたので」

「僕がお前に隠れて悪いことをするように見えるか？」

「いいえ。ですからうかがってみたのです」

「お前というやつは、本当に突拍子もないことばかり考えるのだな」

「でも、本当に後ろめたいことがないなら……どうしてなのです？」

「何が？」

「だって、優しすぎますもの。まるで……まるで……」

「まるで、何だ？」

「世子《セジャ》様ではなく、一人の男の人といるみたいです」

ラオンには夢のような甘いひと時だった。目の前にいるのは世子《セジャ》ではなく、ただの男で、自分も平凡な一人の女。心のままに互いを愛し愛される、そんな幸せな夢を見ている気がした。

「ラオン」

「はい」

「お前といる時、僕はいつだってただの男だった。お前の前にいる時は、僕は世子《セジャ》でも何でもなく、ただお前に愛されたいと願う愚かな男でしかない」

それが昊《ヨン》の本心であることが伝わり、ラオンは涙ぐんだ。誰かにこれほど思われ、愛される日が来るとは考えてもみなかった。ありがたいと思う一方で、自分には過分な気がして不安にもなる。これは夢で、手放しにこの幸せに身を委ねてしまったら、その瞬間、すべて飛んでいってしまう気がする。

でも、もう怖がらなくていいのかもしれない。この幸せを、素直に幸せと喜べる強さを持ちたい。この人のために。

ラオンは何かを決意したように、晴れ晴れとした瞳で昊《ヨン》を見つめて言った。

「聴かせてください」

あなたの玄琴《コムンゴ》の音色を。今だけは、宦官でも家臣でもない、ただの恋人でいさせてください。あなたの恋人として、あなたの心からの愛を、思い切り感じたいのです。

昊《ヨン》はラオンの思いを受け取るようにうなずいて、長く滑らかな指を弦の上に置いた。

玄琴《コムンゴ》の音が、静かな波紋を起こしていく。長く余韻の残る旋律に、ラオンは鳥肌が立った。柔らかい羽を束ねたような音色に、うなじをくすぐられるようだった。昊《ヨン》が二番目の弦を弾くと、指先や首筋から痺れにも似た感動が全身に放たれて、ラオンは無意識に目と口を開いた。

昊《ヨン》の指は、大道芸人が綱渡りをするように弦の上を自由に舞い、左手は右手を支えるように琴柱を押さえて拍子を取る。ラオンは思わず溜息を漏らした。背中がぞくぞくしてきて、爪先から頭の先まで、稲妻に貫かれたようだった。昊《ヨン》が弦を弾くたびに、目の前に新しい風景が広がる。一面に咲いた赤や黄色の花々が波のように揺れ、どこからか押し寄せる温かい風に耳をくすぐられる。目を閉じると、晩春の熟れた香りがした。その香りを深く吸い込むと、それは胸の奥深くに染み渡り、真っ赤な実を豊かにつけていく。

不意に、昊《ヨン》の手の動きが早くなった。音が宙に波紋を起こすたび、ラオンは強く弱く、その音を感じた。昊《ヨン》の奏でる玄琴《コムンゴ》の音は、昊《ヨン》の指先となってラオンの肌の上を撫で、時に優しく、時に激しく、体に絡みつく。調べに乗せて伝わる昊《ヨン》の思いは、ラオンの唇に触れ、鼻先をくすぐった。ただ淡々と伝えられる愛の告白と燃えるような情熱。ラオンは胸が熱くなった。

目の前に静かに流れる川が現れ、川のほとりに並んで腰かけて、二人は愛をささやき合う。頭を撫で、抱き寄せられて、未来をささやく声に耳が赤くなる。その声に心を奪われ、気づけばラオンはうなずいていた。

すると、突然、景色が変わった。静かに流れていた音が、上に下に揺れ始めた。川の流れは波となって春を流し去り、満開の花を散らせる風が吹いて、森の木々が豊かに色づく秋が訪れ、寒い冬が来た。雪が降り、真っ白な雪の花が咲いて、打ち寄せる調べと共にラオンを深い冬の渓谷へ誘った。芯まで凍える寒さに、ラオンは身を縮めた。

別れは突然訪れた。永遠に続くと思われた愛の音色は、別人のように冷たい顔をしてラオンのもとを去っていた。長い長い別れの時が訪れ、一人残された寂しさに胸が押し潰されるようだった。恋しさはラオンの身も心もむしばんで、じっと動かずにいると息まで苦しくなってきて、ラオンは川をさかのぼり、恋が始まった場所を目指した。

だが、雪は激しさを増し、赤く冷え切った足は感覚もない。ラオンはとうとう動けなくなり、泣きながら願った。心から祈った。だが、その声は虚しくこだまするばかり。次第に心の底を覆うように砂嵐が吹き荒れて、やがて涙が枯れる頃、永遠のような冬が終わった。

干上がった地に恵みの雨が降り注ぎ、小さな水流は小川となり、川を作った。そして薄桃色の花びらが舞う季節に愛は戻った。旲《ヨン》はすでに木になっていたラオンを優しく撫で、耳元で愛をささやいた。ラオンはもう口を利くことができないが、それでも、何とかその想いに応えたくて、懸命に枝を揺らし、木の葉のさざ波を起こして思いを伝えた。旲《ヨン》の頭や肩の上に、木の葉が優しく舞い落ちる。そして、愛は再び始まった。失われたはずの愛が、再びラオンのもとへ帰ってきた。

演奏は終わったが、重厚な弦の余韻はいつまでも心の中に響いていた。夢のような語らいは終わり、永遠に続くことを願ったおとぎ話は幕を閉じた。

ラオンは目を開いた。次第に焦点が定まり、一人の人の姿が見えてきた。そばにいても恋しい人、思い浮かべるだけで涙があふれる人。

「どうした?」

ラオンの涙に驚いて、旲《ヨン》は玄琴《コムンゴ》を横に置き、ラオンの涙を拭った。

「世子《セジャ》様……」

「悲しくなったのか?」

ラオンは子どものようにうなずいて、すぐに首を振った。

「悲しくなんてありません」

悲しかった。残り香のような痛みに胸が苦しくなるほどに。

悲しくなかった。旲《ヨン》の玄琴《コムンゴ》が告げた新たな始まりが、今、この胸を温めている。

「僕の玄琴《コムンゴ》の音を、気に入ってくれたか？」

ラオンは力強くうなずいた。気に入らないはずがない。うれしかった。これほど美しい弦の音を特別に聴かせてくれたのだと思うと、感動すら覚える。それに……。

「幸せでした」

「喜んでくれたなら、よかった」

旲《ヨン》は大切なものに触れるようにラオンを抱き寄せた。ラオンもまた、旲《ヨン》の胸に小さな顔を埋めた。

だが、すぐに離れると、旲《ヨン》は大切なものを取り上げられたような顔をして言った。

「どうした？」

「お代がまだでした」

「お代？」

ラオンは人差し指を突き指した。

「祖父はよく申しておりました。贈り物をもらったら、それに見合ったお返しをしなさいと」

「それで？」

「素晴らしい演奏を聴かせていただいたので、当然、相応のお代をお支払いしませんと」

「僕に、演奏料をくれるのか？」

昊《ヨン》は面白がって聞き返した。

「いくらだ？」

「いくらならよろしいですか？」

「こう見えても、僕の玄琴《コムンゴ》の音を聴きたいという人を並べたら、宮中から六曹《ユクチョ》通りまで行列ができるほどだ。それだけではない。賞賛する者は数知れず、もう耳にたこが……」

不意に、ラオンの唇が昊《ヨン》の唇を覆った。蝶が一瞬、留まったような突然のくちづけ。昊《ヨン》はもう何も言わなかった。甘い吐息が唇の隙間から入り込む。心を揺さぶるような熱いくちづけに、体中に痺れが広がっていく。

「これでいかがですか？」

「ラオン」

短くも強烈な接吻。唇を離しても、胸の鼓動が止まらない。

「お前は僕を驚かせる天才だな」

「こんなの、序の口です」

「もっと驚くことがあるのか？」

今度は何をする気なのか、昊《ヨン》は楽しみになった。すると、ラオンは少し躊躇いがちに、昊《ヨン》と目を合わせて言った。

「世子《セジャ》様」

「何だ？　どんな話でも聞くぞ」

昊《ヨン》にそう言われ、ラオンは思い切って言った。

「愛されたいです」

「………………！」

「世子《セジャ》様に愛されたいです」

ラオンからの初めての愛の告白。それは昊《ヨン》の胸に大きな波紋を作り、頭の中にこだました。心を射貫かれ、この可憐な女《ひと》を、愛さずにはいられないこの女人を、どうしようもなく好きだと思った。今すぐにもラオンを抱きしめたい衝動に駆られたが、昊《ヨン》は込み上げる感情を抑えて言った。

「今はだめだ」

「今は……だめ……？」

拒まれるとは思ってもいなかったので、ラオンは傷ついてしまった。そして、今さらながら恥ずかしさが込み上げてきた。だが、それを言うわけにもいかず、ラオンは気まずそうに自分の頭を掻いた。指先で床を撫でながら昊《ヨン》から離れると、昊《ヨン》は紫色の袋を差し出してきた。

「話したいことがあるのだ」

「何ですか？」

「ここではだめだ」

昊《ヨン》はラオンを見つめた。ラオンの官帽、緑色の官服。躊躇うラオンの手に袋を押し渡し、昊《ヨン》は言った。

「庭で待っている」

満天の星空の下、昊《ヨン》は手を後ろに組んで夜空を見上げ、庭に置かれた飛び石の上を、この石で歩き方を練習した子どもの頃のように歩き出した。あの頃は次の石に足を移すのも一苦労だった。練習が終わると、よく縁側に寝そべって、大空に夢を描いたものだった。だが今、あの頃思い描いた夢よりもっと深い思いを抱いている。

星々を眺めながらそんなことを思っていると、人の気配がした。ゆっくりと振り向くと、ラオンが立っていた。鴇《とき》色の裳《チマ》に薄いつつじ色の上衣を着て、髷《まげ》を解いた髪を丁寧に編んで肩から胸に流している。美しいラオンの姿を見て、昊《ヨン》は笑顔になった。

いつも官服の下に隠しているが、これがラオンの本来の姿なのだと思うと、胸に熱いものが込み上げる。

踏み石の上に置かれた履物に足を入れ、ラオンは庭に下りてきた。歩きにくそうにこちらへ向かってくるラオンの姿に、昊《ヨン》の胸は高鳴った。

「遅かったな」

「世子《セジャ》様」

昊《ヨン》が手を差し出すと、ラオンは頬を赤らめた。いつもと何も変わらない。着ている服と髪形が違うだけだ。それなのに、どうしても恥ずかしい。差し伸べられた昊《ヨン》の手に、頬が赤らんでしまう。

すると、昊《ヨン》は奪うようにラオンの小さな手を取ると、そのまましっかりと指を絡ませて握り、裏庭へ誘った。

そんな昊《ヨン》を、ラオンは不思議そうに見上げた。今夜の昊《ヨン》は、いつもと違う気がした。急に女人の服をくれたのも、夜更けに庭に誘うのも。玄琴《コムンゴ》の音色が、そうさせているのだろうか。

昊《ヨン》は砭愚榭《ピョムサ》の裏庭にある大きな木の前で立ち止まり、少し脇に逸れて立った。

「本当は端午の節句の日に見せたかったのだが」

大木の太い枝に鞦韆《しゅうせん》が吊るされていて、ラオンは目を見張った。

「ダニだったな、妹の名は」

「はい。ダニが、どうかしましたか？」

「お前のために、綺麗な春服を新調してくれと頼んでおいたのだ」

以前、ダニと母親にと反物を贈った時、昊《ヨン》は残った生地で姉さんにも服を作ってやって欲しいとこっそり頼んでいた。

「その服が仕上がったからと、ここへ送ってくれたのだが、その中に文《ふみ》が入っていた」

「文《ふみ》でございますか？」

「子どもの頃から、鞦韆《しゅうせん》に乗るのが姉の夢だったと、その文《ふみ》には書かれていたよ。男になるために、女の遊びを一度もしたことがなかったと」

「妹が、そんなことを？」

ラオンは妹の無礼を詫びたが、内心ではありがたみを噛みしめていた。妹の頼みを叶えようとしてくれた昊《ヨン》の気持ちに胸がつまり、涙がこぼれてしまいそうで、ラオンは手で上瞼《うわまぶた》を押さえた。

「乗っても、いいですか？」

昊《ヨン》はうなずいた。

「お前のために作った鞦韆《しゅうせん》だ。お前が乗らなければ、こいつが寂しがる」

昊《ヨン》に断って、ラオンは鞦韆《しゅうせん》に乗ってみた。だが、どう遊んでいいかわからず、恐る恐る足をばたつかせていると、見かねた昊《ヨン》が背中を押してくれた。上へ、上へ、どんどん星空に近づいて、まるで星屑の中にいるようだった。晩春の香りが鼻先をくすぐる。裳《チマ》が膨らんだりしぼんだりするたびに、心の奥にしまい込んだ悲しみが、一つ、また一つと火の粉のように舞い上がり、喉元をつまらせた。ひた隠しにしてきた感情が、花びらのように宙に散り始める。

生きるということが、生きているということが、今日ほどうれしく思えたことはない。幸せの涙もあるのだと、ラオンはこの夜、初めて知った。夜空に向かって、子どものようにはしゃいで笑うと、そのたびに、心の中のしこりが少しずつ消えていくようだった。天真爛漫な子どもに戻った気分がした。心配も、不安も、失うものもなかった子どもの頃に。

ありがたい。

ラオンは心から昊《ヨン》に感謝した。ところが、気がつくといつの間にか昊《ヨン》はいなくなっていた。

「世子《セジャ》様？」

ラオンは鞦韆《しゅうせん》を止め、昊《ヨン》を捜した。昊《ヨン》はどこにも見当たらず、ラオンは心細くなった。これまで、怖いと思うことなどなかった。母と妹を守る盾になるのだという一心で生きてきて、怖がることもできなかった。そんなラオンが今、初めて怖いという感情を抱いていた。旲《ヨン》のいない日々は想像もできない。もしこのまま永遠に戻ってこなかったら……考えるだけで、息が苦しくなってきた。今まで幸せと思っていたものは、本当は存在していなかったのかもしれない。瞬きをした途端、消えてしまうものだったのかもしれないという思いが湧いてきて、ラオンは母とはぐれた子どものように旲《ヨン》を捜した。

「もう乗らないのか?」

すると、暗闇の中から旲《ヨン》の声がした。

「世子《セジャ》様!」

ラオンは旲《ヨン》のもとへ駆け寄った。

「どこにいらしたのですか?」

「ちょっと用事を済ませてきたのだ」

ラオンはほっとして、その場にしゃがみ込んでしまった。ほんのわずかの間だが、生きた心地がしなかったことを思うと、笑いが込み上げた。

「どうした?」

旲《ヨン》もしゃがんだ。

「何でもありません。ただ……」

「ただ?」

「鞦韆《しゅうせん》をこいでいたら、足が疲れました」

世子《セジャ》様がいなくなってしまったのかと思いました。あまりに幸せで、実感が湧かなくて、全部夢だったのではないかと思いました。

ラオンはそんな気持ちを胸に留め、昊《ヨン》に微笑んだ。

昊《ヨン》はラオンを見つめ、不意に手を取ると、ラオンの薬指に何かをはめた。

「これは？」

昊《ヨン》がラオンの薬指にはめたのは、白い小花の指輪だった。雪の花を集めたような、夜闇に浮かぶ美しい指輪。

「こんなものしか用意できなかった。気に入ってもらえればいいのだが」

昊《ヨン》はラオンの顔色をうかがった。短い沈黙が流れ、ラオンはうれしそうに笑った。

「とても綺麗です」

この世のどんな宝石よりも輝いて見え、ラオンは手を握ることも、開くこともできなかった。

「話したいことがあるのだ」

「…………」

「できれば、もっといいところで、一番いいものを渡して伝えたかったのだが」

昊《ヨン》はふと話を止め、一度深呼吸をして言った。

「ホン・ラオン」

「…………」

「一生、僕のそばにいて欲しい。僕が思い描く世界には、お前にいて欲しい。僕だけのものになって欲しい。僕も……お前だけの男になりたい」

「世子様《セジャ》……」

幸せがまどろみのように押し寄せる。まっすぐな告白に、胸が熱くなってきて、ラオンは下を向いた。

「わたくしは、永遠に世子様《セジャ》のおそばにおります」

昊《ヨン》は怪訝な顔をした。

「それは、あの官服を着たままでということか？」

二人で過ごした初めての夜。あの時も、昊《ヨン》は女人として迎えたいとラオンに言った。だが、ラオンは首を縦に振らず、優しく諭すように返した。かごの鳥になりたくない、いっそ宦官のままの方が、そばにいられるから。

ラオンは昊《ヨン》の手の甲を優しく撫でながら言った。

「何を着ていても、わたくしの気持ちは、ずっと変わりません」

「それでは僕の気が済まないのだ」

お前が、どこか遠くへ行ってしまいそうで怖いのだ。

「世子様《セジャ》、わたくしは、これからもずっと、世子様《セジャ》のものです」

私がどれほどあなた様を思っているか、ご存じですか？　どれほどあなた様を求めているか……片時も離れていたくありません。だからお願いしているのです。だから官服を着続けるのです。この服を着ている限り、私はあなた様のおそばにいられます。朝も昼も夜も、あなた様のお姿を、そばで見守ることができます。

不意に、屋根に雨音がした。

「世子《セジャ》様、雨です」

ラオンは夜空を見上げた。長く続いた春の日照りを癒す甘露のような恵みの雨だ。温みのあるその雨に、ラオンは自分の思いを預けた。

「この雨も、冬には雪になり、時には霜に、時には氷雨になりもします」

「何が言いたい？」

「世子《セジャ》様が築かれる世界を、わたくしも生きたいです。一生をかけて世子《セジャ》様のおそばにいたいのです。官服を着ているから何だと言うのです？　大事なのは、わたくしが世子《セジャ》様のもので、世子《セジャ》様の女人であること。それだけではありませんか」

何もかも叶えることはできない。やりたいことと、できることは違う。女人として世子《セジャ》様のそばにいようとすれば、これから新たな時代を切り拓《ひら》かなければならない世子《セジャ》様の妨げになる。両班《ヤンバン》でもない卑しい身分の私が、これから大事を遂げようという世子《セジャ》様の邪魔をするわけにはいかない。世子《セジャ》様を好きになり、世子《セジャ》様にこんなにも愛されているということ。それだけで、私は十分、幸せだ。

「お前も筋金入りの頑固者だな」

ラオンを抱き寄せる旲《ヨン》の顔には、どこか晴れないものがあった。

この石頭。

旲《ヨン》はラオンの背中に回した腕に力を込めた。

昨日と同じ日差し。同じ風、同じ空気。だが、ラオンにはすべてが昨日とは違うものに感じられた。雨上がりの朝の空は、いつにも増して晴れ渡り、木の葉についた雨のしずくは、朝日を受けて透明な輝きを放っている。

冴え渡る青空に見送られ、ラオンは足取りも軽やかに資善堂《チャソンダン》をあとにした。だが、しばらくして立ち止まった。大妃殿《テビジョン》の塀に、宦官や女官たちがぴたりとくっついている。ラオンも近づいて塀にぴたりとくっつき、そばにいた幼い宦官に尋ねた。

「皆さん、何をなさっているのです？　大妃殿《テビジョン》で何かあったのですか？」

「ホン内官様」

幼い宦官はお辞儀をした。

「今、大妃殿《テビジョン》に世子《セジャ》様がいらっしゃるのです」

「世子《セジャ》様が？」

いつもの朝の挨拶にいらしたのだろうと思ったが、それにしては皆の様子がおかしかった。怪訝に思っていると、そばに黒い影が近づいてきた。

「ホン内官も聞きましたか？」

話しかけてきたのはチャン内官だった。

「何の話です?」

「意外ですね。世子様《セジャ》に関することを、ホン内官が知らないとは」

「世子様《セジャ》に関すること?」

ラオンが聞き返すと、チャン内官は少しもったいぶって言った。

「嬪宮殿《ピングンジョン》の主を迎えるそうです」

「そうでしたか。嬪宮殿《ピングンジョン》の主を……」

ラオンはチャン内官に向き直った。

「今、何とおっしゃいました?」

「嬪宮殿《ピングンジョン》の主を迎えるそうだと言ったのですが」

「つまり、その主というのは……」

世子様《セジャ》の伴侶になる方。

ラオンは眩暈《めまい》がした。頭が真っ白になり、何も考えられなかった。それまでの景色が、一瞬にして消えてなくなるようだった。

十五　お前を泣かせたやつが来た

石のように固まるラオンに、チャン内官が言った。

「驚くことではありません。本当のことを言えば、遅いくらいなのですから」

チャン内官の言う通りだった。普通に考えれば、世子嬪《セジャビン》を迎え入れる時期は優に過ぎている。いつかはこんな日が来ることを、どこかで覚悟もしていた。だが、これほど急にその日が訪れるとは思いもしなかった。ラオンは息を整え、チャン内官と大妃殿《テビジョン》を代わる代わる見て言った。

「世子《セジャ》様から願われたのですか?」

「いえ、それが、そうではないらしいのです。理由はわかりませんが、世子《セジャ》様は世子嬪《セジャビン》を娶ることを頑なに拒んでいらっしゃいます。そのせいで今、世子《セジャ》様と大妃《テビ》様が対立していらっしゃるのだそうです」

世子《セジャ》様が望んだことではなく、むしろ頑なに拒んでいると聞いて、ラオンは少し気が楽になった。世子《セジャ》様が拒んだからといって状況が変わるわけではないのに、うれしくて胸が切なくなるなんて馬鹿みたいだと自分でも思う。ただ、気がかりなのは――。

「世子《セジャ》様と大妃《テビ》様が対立していらっしゃるというのは、どういうことですか?」

「大妃《テビ》様としては、一日も早く世子嬪《セジャビン》を迎えたいと考えていらっしゃいますが、世子《セジャ》様のご意志は固く、まったく聞く耳を持たないそうなのです」

「………」

「しかし、今度ばかりは世子《セジャ》様も受け入れざるを得ないでしょう。業を煮やした大妃《テビ》様と中殿《チュンジョン》様が縁談を取り持つことになさいましたから」

「ですが、世子《セジャ》様がそこまで拒んでいらっしゃるなら、周りは何もできないのではありませんか？」

「ここまで来たら、世子《セジャ》様のお気持ちなど意味を持ちません」

「どうしてですか？」

「それが宮中というものだからです。世子嬪《セジャビン》を迎えお子をなすことは、世子《セジャ》様の重大な責務の一つです。これは世子《セジャ》様御ためのみならず、この国のためなのです」

「そうですか……」

ラオンは力なくうなずいた。本当はわかっていた。昨日の晩、旲《ヨン》の告白を聞いた時も、どこかで気づいていた。自分では旲《ヨン》の伴侶になれないことを。だが、たったひと晩で恐れていたことが現実になるとは夢にも思わなかった。

ラオンは空を見上げた。たった一日なんて、あんまりです。もう少し、時間をいただくことはできなかったのですか？

胸に棘が刺さったようで、ラオンはその痛みを堪えるように唇を噛んだ。そんなラオンに追い打ちをかけるように、チャン内官は言った。

「実は、すでに決まったお相手がいるそうなのです」

「もう、ですか？」

ラオンは息が苦しくなった。元々手の届かない場所にいる方だ。いつまでも今のままでいられるはずがないと心得ていたが、どうしてこんない日に、こんな晴れた日にと思わずにはいられない。

ラオンは頭を振り、これまでのことは何もかも夢だったのだと自分に言い聞かせた。いい夢を見ていたのだ。いつまでも見ていたいほど幸せな夢を。叶うことのない夢を。

昨夜の記憶が急に朧げになり、遥か遠い昔の出来事のように旲《ヨン》の姿が薄れていく。打ちひしがれるラオンの肩に、温かな日差しが降り注いだ。

ふと見ると、チャン内官は明るい顔で微笑んでいた。

「ホン内官の気持ちは痛いほどわかります。世子《セジャ》様の寵愛を独り占めしていたのに、世子嬪《セジャビン》を迎えると聞いて胸中穏やかではいられないでしょう。しかし、心配することはありません。世子嬪《セジャビン》がいらしても、世子《セジャ》様のおそばを守るのは私たちなのですから」

そう言って、チャン内官はさわやかに笑った。

「そうですよね。あの方のおそばを守るのは、私たちですものね」

それでいい。世子《セジャ》様のお役に立てるなら……世子《セジャ》様のおそばにいられるなら、それで十分だとラオンは思った。私はもう、世子《セジャ》様と離れては生きられない。せめて、そばで世子《セジャ》様のお姿を見ていられるだけでありがたいと思おう。幸せと思おう。

ラオンは匂い袋の中にしまった白い小花の指輪を思い浮かべた。ひと晩経って、昨日より萎れ、香りも薄まって……そうやって一日一日と時が経ち、いつかは影も形も消えてなくなるのだろう。

そんなふうに、いつかはこの胸の痛みも消えていく。幸せがそうではないように、苦しみも永遠には続かない。


その頃、大妃殿《テビジョン》では大妃《テビ》と世子《セジャ》が向かい合い、互いに一歩も譲らぬ状況が続いていた。先に痺れを切らしたのは大妃《テビ》キム氏の方で、大妃《テビ》は世子《セジャ》を睨んで荒々しく机を叩いた。

「この祖母の言うことに逆らうのですか？」

「申し訳ございません、お祖母様。僕はまだ、世子嬪《セジャビン》を迎えるつもりはありません」

「この国のためと言っても？」

「この国のためを思うからこそ、迎えることができないのです」

「黙りなさい！」

「僕には今、すべきことが山ほどあります。それを考えるだけで今は精一杯なのです。そのような時に、世子嬪《セジャビン》を娶ることなどできません」

「そのような時だからこそ、内助の功が必要なのです。体は日々の食事で作られ、精神は共に過ごす伴侶によって支えられるものです」

「お祖母様」

「これまで十分過ぎるほど世子《セジャ》の気持ちを尊重してきたつもりです。でも、これ以上はなりません。

世子《セジャ》が忙しいと言うのなら、この祖母にお任せなさい。王室とこの国のためなら、一肌でも二肌でも脱ぎます」

うむを言わさぬ大妃《テビ》に、昊《ヨン》は拳を握った。外戚からやっと王権を取り戻し始めたというのに、大《テ》妃《ビ》はまた別の外戚を迎え入れようとしている。

力で力を制するのが政治だと誰かが言った。力ある者たちとの綱渡りを巧みにやってのけるのが王たる者の役目だと。だが、昊《ヨン》が考える政治は、そんな類のものではなかった。王は自らの力で立てなければ、真の王とは言えない。少なくとも、外戚を盾に、別の外戚と戦うような王にはなりたくはない。無論、それも戦い方の一つだろう。だが、世子嬪《セジャビン》だけはだめだ。ほかの人を伴侶に迎えるなど、絶対にできない。

それに、昨日の晩、二人で誓い合った。僕はラオンだけの男になり、僕にとっても、女はラオンだけだと。たったひと晩の誓いを交わすために苦悩し、胸に思いを秘めて時が来るのを待ち続けたわけではない。二人の思いを守りたかったからだ。そしてこれからも、守り続けたい。

昊《ヨン》は心を決め、大妃《テビ》に告げた。

「お祖母様が何とおっしゃっても、僕の気持ちは変わりません」

大妃《テビ》は冷めた目で昊《ヨン》を見据え、しばらくして口を開いた。

「誰か、心に決めた人がいるのですか?」

「おります」

昊《ヨン》が少しも躊躇わずに答えたので、大妃《テビ》は目を見張った。

「誰なのです」

この氷のような孫の心を溶かす女人がいたのかと、大妃《テビ》は驚いていた。

「それは……」

旲《ヨン》は躊躇った。本当はすぐにでもラオンのことを話したかったが、昨夜のラオンの言葉が思い出され、安易に名前を出すことができなかった。

「そうですか」

そんな旲《ヨン》の様子から事情を察し、大妃《テビ》は黙ってうなずいた。大方、相手は女官か医女なのだろう。世子嬪《セジャビン》として迎えるにはあまりに身分が違うので、世子《セジャ》は言うに言えないのだ。

大妃《テビ》はしばらく孫の様子をうかがって、不意に冷酷な表情をして旲《ヨン》に言った。

「その女人のことは、胸に秘めておきなさい」

「それはできかねます」

「今度ばかりは、この祖母の言うことを聞いてもらいます」

大妃《テビ》はそう言って立ち上がり、部屋の戸の前に座り込んだ。

「世子《セジャ》がはいと言うまで、この部屋を出ることは許しません」

「お祖母様！」

「外に出たければ、私の言うことを聞き入れるか、さもなくば私を斬ってから行きなさい」

季節は急速に夏に向かい、早くも暑気が訪れていた。世子《セジャ》昊《ヨン》と大妃《テビ》キム氏の対立が始まって四日目、宮中にはさらなる緊張が漂っていた。

時は誰にも等しく流れていくが、灰色と化した景色の中で、ラオンは一日千秋の思いというものを生まれて初めて思い知らされていた。

日課を終え、資善堂《チャソンダン》に向かうラオンの体は重く、底のない沼の中をさまよっているようだった。資善堂《チャソンダン》に到着しても、ラオンは中に入ろうとしなかった。暗く誰もいない資善堂《チャソンダン》の静けさが、日に見える孤独が嫌だった。だが、ほかに行く宛てもなく、ラオンは沈んだ気持ちで中に入り、灯りもつけずに床にしゃがみ込んだ。

昊《ヨン》と大妃《テビ》の話し合いは、いまだ平行線を辿っているが、分は徐々に大妃《テビ》の方に傾いていた。何日も食事を絶ち昊《ヨン》に意志を示していた大妃《テビ》がついに倒れたという話が宮中に広まり、世子《セジャ》が折れるのも時間の問題だと大半の人が言った。

ラオンは袖口から匂い袋を取り出した。そっと袋の口を開けると、黄色く乾いた花の指輪が現れた。

白い小花の指輪をもらった時は、うれしくて涙が出た。世子《セジャ》様に見つめられている時は、自分が貴い存在になったような気さえした。でも、それもひと晩で終わり、残ったのは乾き続ける花の指輪だけ。指の隙間からこぼれ落ちる砂のように、あの晩の約束も消えてなくなるのだろうか。

この花が枯れ、形を失ったら、その時は、これが当然の成り行きなのだと受け入れよう。私は一介の宦官で、宮中に仕える何百といる宦官の一人でしかないのだから。

ラオンは崩れそうになる心を建て直し、つんと痛む鼻先を指でこすった。

「こんなんじゃだめだ。めそめそしていたら、ラオンの名が廃《すた》る。暗い顔は、この名前に似合わないもの」

ラオンは何度もそう自分に言い聞かせた。

「さあ、元気を出して、笑おう。もっとつらいことだってあったじゃない。これしきのことで、へこたれてどうする」

いつも逃げてばかりの人生だった。何かから逃げて住むところを転々として、男のふりをして宦官になって。傷つき、失望し、苦しみ、涙し……そんな私のことを、世子《セジャ》様もそのうち忘れてしまうだろう。

「世話が焼けるやつだ」

突然、梁《はり》の上から聞き慣れた声が聞えてきた。

「ずいぶんと悩んでいるようだな」

ラオンははっとなって顔を上げた。暗闇の中に確かに人影が見える。ラオンは目を輝かせた。

「キム兄貴！」

ラオンの呼ぶ声が消えもしないうちに、ビョンヨンは梁《はり》から飛び下りた。

「どうした？」

暗闇の中に感じる人の温もり。ラオンは胸が熱くなった。

「キム兄貴」

「上で全部見せてもらった。死にそうな顔して、何があった？」

「いつお戻りに？」

泣かないで。ラオンは涙を隠し、あえて明るく言った。

「お夕飯はお済みですか？」

泣いてはだめ。

「今度はいつまでいられるのですか？」

お願い……涙を見せたくない。

「質問するか泣くか、どちらかにしろ」

「…………」

「ラオン」

「…………」

「ホン・ラオン」

「はい」

泣きたくないのに、涙が込み上げて視界がぼやけてしまう。それでもラオンは、泣いてはだめだと、ここで涙をこぼしてはいけないと自分に言い聞かせた。

「キム兄貴……」

ラオンは堪え切れなくなり、とうとうビョンヨンの胸に飛び込んだ。ずっと、この世に一人ぼっちで投げ出されたような気分だった。真冬の野原に裸で放り出され、吹き荒れる風と戦っているような気がしていた。ラオンにとって、ビョンヨンは、そんな時に現れた唯一の味方のような人だった。大きな盾となり、風や寒さから自分を守ってくれる、そんな人だった。

「ラオン……」

胸にラオンの体温を感じる。しばらく呆然としていたビョンヨンだったが、躊躇いがちに手を回し、ラオンの背中を撫でた。

「何があったのだ？」

ビョンヨンは聞いたが、ラオンは泣きじゃくって声にならない。

「何があったかは知らないが、とにかく、今は泣け」

話はそれからだ。

ビョンヨンに背中を撫でられて、ラオンは涙が止まらなくなった。ひとしきり泣いたあとで、ビョンヨンは優しく尋ねた。

「どうした？」

「何でもありません」

「何かあったのだろう？」

言い逃れのできない眼差し。だが、ラオンは正直に答えるわけにもいかなかった。

「ただ……泣きたい気分だったのです」

「どうしてそんな気分になったのだ？」

「いろいろと、考えることが多くて……親のことや、妹のことや、それから……」

「それから？」

「………」

押し黙るラオンに、ビョンヨンは言った。

「世子嬪《セジャビン》を迎えるという話を聞いた」

ラオンは自分でも顔色が変わるのがわかった。こんな時、思っていることが顔に出てしまう性分が恨めしい。

ビョンヨンは低く溜息を漏らした。

「それが原因か」

「ち、違います。世子《セジャ》様が伴侶を得るのは、何より喜ばしいことです。それなのに、私が泣くなんて」

「うその下手なやつだ」

ビョンヨンは一言そうつぶやいて、ラオンの目をじっと見つめた。

「つらいだろう」

「兄貴……」

「泣きたい時は、我慢しないで泣けばいい」

「………」

「一人で抱え込まずに、泣きたいだけ泣け」

「キム兄貴……」

いつもとは違うビョンヨンの様子に、ラオンはもしかしてと思った。

私が世子《セジャ》様を好きなことを、キム兄貴は知っているのだろうか。一言も、誰にも言ったことがないのに、どうして気づいたのだろう。まさか、私が女であることも知っているのだろうか。

その時、外から慌ただしい足音が聞えてきた。勢いよく門が開く音がして、夜風が部屋の中まで入ってきた。ビョンヨンは腕の中のラオンを見下ろして言った。

「ラオン」

「はい」

ラオンはビョンヨンの胸に顔を埋めたまま返事をした。そんなラオンの耳元で、ビョンヨンは思いもしないことを言った。

「お前を泣かせたやつが来たぞ」

「え？」

ラオンは振り向いた。

「…………！」

そこには旲《ヨン》が、息も絶え絶えに二人を見ていた。

十六　おそばにいられない運命だとしたら

昊《ヨン》が大妃殿《テビジョン》を出たのは、ほんの一時ほど前のことだった。四日も祖母の大妃《テビ》と睨み合いを続けていたが、大妃《テビ》が倒れたことで話し合いは中断された。御医《オイ》の診察を受ける祖母に後ろ髪を引かれながら、昊《ヨン》は重い足取りで大妃《テビ》の部屋をあとにした。

そして東宮殿《トングンジョン》に戻ると、すぐにラオンを呼ぶよう命じたが、ラオンのもとへ走ろうとするチャン内官から思わぬ話を聞かされて、昊《ヨン》は頭の中が真っ白になった。

「今、何と言った?」

親指でこめかみを押していた昊《ヨン》は、驚いて顔を上げ、チャン内官を見つめた。昊《ヨン》の顔は、真冬の北風のように冷え切っている。

昊《ヨン》が突然、顔色を変えたので、チャン内官は不安になり昊《ヨン》の様子をうかがった。だが、昊《ヨン》と目が合うと腰が抜けそうになって、下を向いてしまった。そんなチャン内官のそばに寄り、昊《ヨン》は改めて尋ねた。

「ホン内官に、何を言ったのだ?」

「た、ただ、世間話をしただけでございます」

「そうではない」

昊《ヨン》が首を振ると、チャン内官は急いで考えを巡らせた。そしてふとあることを思い出し、手の平を広げた。

「掃除の仕方を教えたことでしょうか?」

「違う!」

これでもなければ、もしかして。

「明温公主《ミヨンオンコンジュ》様のご寵愛をいただく方法ですか?」

「………」

昊《ヨン》は眉間にしわを寄せた。

これも違うなら、あれしかない。

「もしや、世子《セジャ》様のご婚儀に関するお話でしょうか?」

すると、昊《ヨン》はようやくうなずいた。

「そうだ、その話だ。何を話したのか、詳細に教えてくれ」

「それでしたら、わたくしはただ、最近宮中で広がっているうわさを伝えただけでございます。近く、世子嬪《セジャビン》様をお迎えする喜ばしい日が来るだろうと、ホン内官に話したのですが……」

昊《ヨン》はチャン内官が言い終わらないうちに部屋を飛び出した。余計な話を聞いて、傷ついていなければいいが……。昊《ヨン》の頭の中は、ラオンのことでいっぱいだった。東宮殿《トングンジョン》の庭を横切り走り続ける昊《ヨン》のあとを、護衛や内官、さらには十数人の女官たちが追いかけていく。乱れた足音が響く中、昊《ヨン》は不意に立ち止まり、後ろの影に言った。

「ユル」

すると、その小さな呼び声にユルが駆け寄った。

「一人で行ってきたいところがある」

ユルは頭を下げて尋ねた。

「あちらでございますか？」

「ああ」

ユルは無言で下がった。そして昊《ヨン》を追いかける宦官や女官たちの前を阻むように立ち、胸の前で腕を組んだ。すると、皆、事情を察し、黙ってその場に立ち止まった。世子《セジャ》が一人でいたい時によくあることだった。

昊《ヨン》は誰も従えず、一人資善堂《チャソンダン》へと走った。今日に限って、やけに資善堂《チャソンダン》が遠くに感じる。息が切れても、胸が苦しくなっても、昊《ヨン》は一度も立ち止まらなかった。荒い息を吐きながら、頭の中はラオンのことでいっぱいだった。誤解しているのではないか。悲しい思いをしているのではないか。

今この時も、自分で自分の肩を抱いて、一人泣いているのではないか。

世子嬪《セジャビン》の話を聞かされて、平気でいられるはずがない。早く行かなければ。早く行って、安心させてやらなければ。

資善堂《チャソンダン》に到着すると、昊《ヨン》は蹴破るように門を開けた。だが、そこで昊《ヨン》が目にしたのは、ビョンヨンと、ビョンヨンの胸に抱かれているラオンの姿だった。

部屋に入るなり、旲《ヨン》はラオンの手をつかんだ。

「世子様《セジャ》！」

「何の真似だ？」

旲《ヨン》はラオンを睨んだ。その眼差しが胸を刺し、ラオンは堪らず下唇を噛んだ。

「そういう世子様《セジャ》こそ、何をなさるのです？」

「自分が何をしたか、わかっているのか？」

「いきなり現れて、どうして頭ごなしに怒鳴るのです！」

「いつならいい？　ほかの男の腕に抱かれているお前を見ても怒るなと言うのなら、いつ怒れと言うのだ」

「世子様《セジャ》……まさか、わたくしとキム兄貴の仲を疑っていらっしゃるのですか？」

「僕はこの目で見た事実を言っているだけだ」

「目に見えることがすべてではないことくらい、世子様《セジャ》もご存じではないのですか？」

「そこまで言うなら、言ってみろ。なぜお前が、こいつの胸の中にいたのだ？」

「それは……」

「答えられないのか？　お前は、僕に隠し事をしているのか？」

「変なことをおっしゃらないでください。世子様《セジャ》こそ、わたくしに隠し事をなさったではありませんか。あれも秘密、これも秘密、いつも秘密ばっかり」

「僕には、お前に秘密にすべきことなど何もない。聞きたいことがあるなら、僕に直接聞けばいい」

ラオンは旲《ヨン》から顔を背けてしまった。旲《ヨン》は怒った顔をしてラオンに言った。

「僕を見ろ、ラオン」

わずかな間でも、僕から目を逸らすのは許さない。旲《ヨン》はラオンを睨んだ。

「僕を見ろと言ったのだ。僕だけを見ろ」

「嫌です」

「どうして？」

「わかったからです。いつまでも、見つめていることのできない方なのだということが」

いつまでもそばにいて、見ていたい。でもそれは、身の程知らずのわがままに過ぎないということに、気づいてしまった。

「だから何だ？」

「世子《セジャ》様の邪魔になりたくありません」

「それでか？　それで僕を見るのが嫌になったのか？」

「昨日お約束した通り、わたくしはこれからもずっと、世子《セジャ》様のおそばに仕えます」

「宦官としてか？」

「…………」

自分から顔を背けたまま、何も言わないラオンを見つめる旲《ヨン》もつらそうだった。旲《ヨン》は絞り出すように言った。

「それはならない」

「こうするしかないのです」

「僕は言ったぞ」

　すると、ラオンは昊《ヨン》から二、三歩下がって答えた。

「世子《セジャ》様とわたくしは、これくらい離れていた方がいいのです」

　だから、どうかこの距離を守って、わたくしに近づかないでください。これ以上は、わたくしが世子《セジャ》様から離れられなくなりそうで怖いのです。やっと自分の立ち位置に気づきました。もうこれ以上、つらい思いをしたくありません。

「馬鹿なことを言うな」

　だが、昊《ヨン》はラオンが離れた分だけ近づいた。その分、またラオンが離れ、昊《ヨン》はまた近づく。それを何度か繰り返し、昊《ヨン》は堪らず力任せにラオンの手をつかんだ。そんな二人を見かねて、ビョンヨンが間に入った。

「二人とも、どうしたのだ？」

「何も……何もありません」

　自分が女であることを知らないビョンヨンに気づかれないよう、ラオンはとっさにうそをついた。

「私が文句を言ったので、腹を立てていらっしゃるのです。以前はこのようなことはなかったのですが、宦官になってから、やきもち焼きの女人のように心が狭くなってしまって、いけません」

冗談を言うように笑うラオンに、昊《ヨン》は言った。

「ごまかす必要はない。こいつも知っていることだ」

ラオンは目を見張った。

「知っているとは、何をです?」

「お前が女人であることを、知っていると言ったのだ」

「そんな……」

ビョンヨンの顔を見て、ラオンはさらに大きく目を見張った。

キム兄貴も私が女であることを知っていた? 一体いつから? どうして気づいたの?

●

資善堂《チャソンダン》の茂みが風にそよいでいる。月明りの下に立ち、昊《ヨン》は目で風を追った。

「少し落ち着いたか?」

ビョンヨンが聞くと、昊《ヨン》は黙ってうなずいた。

「あいつ、ひどく混乱していた」

ビョンヨンは灯りの漏れる資善堂《チャソンダン》を振り向いた。障子紙に、ラオンの影が映っている。独りうつむく影と、隣にいる昊《ヨン》の顔を代わる代わる見て、ビョンヨンが言った。

「世子《セジャ》様まで、あいつを混乱させることはないと思うぞ」

「混乱する必要などない。あいつと交わした約束は、何としても守るつもりだ」

それは自分自身への決意であり、ラオンに対する誓いだった。だが、ビョンヨンは顔に憂いを浮かべて言った。

「それはどうかな。宮中には厳しい決まりがある。世子《セジャ》の立場にいる限り、自分の思い通りにできることなど無に等しい。王様だって王宮の慣わしに逆らうことはできないだろう。それは世子《セジャ》様もわかっているはずだ。世子嬪《セジャビン》のことも、宮中の決まりに従わざるを得ないのではないか？」

「僕の意志にそぐわない決まりなら、変えるまでだ」

「そうは言うが」

「王宮の決まりなどに、僕の邪魔はさせない」

「礼を盾に朝廷の大臣衆を黙らせてきた世子《セジャ》様が言うこととはとても思えないな」

「僕は強い王になる。この程度のことに足を引っ張られてたまるか」

「だが、そんなことをすれば、それこそ世子《セジャ》様の足を引っ張る連中がわんさか出てくるぞ。今だって、ない粗まで見つけようと血眼になっているやつらがうじゃうじゃしている。そんな時に王宮の決まりに背けば、敵につけ入る隙を与えるようなものだ。志は立派だが、貫くのは大変だぞ」

「好きな女一人守れない男に、何ができる？」

旲《ヨン》は障子紙に映るラオンの影を見ながら、心の中で語りかけた。

ラオン、だからお前は、僕を信じていてくれ。お前が僕を信じてくれれば、僕たちは、僕たちのままだ。

変らぬ意志と覚悟を残して、昊《ヨン》は資善堂《チャソンダン》をあとにした。ビョンヨンもあとに続いたが、門の前で立ち止まると、ちらと部屋の中に目をやった。

「世話が焼けるやつだ」

互いを思い合う二人の姿が思い出され、ビョンヨンの胸にちくりと痛みが走った。全部忘れたと思っていたが、まだきれいさっぱりとはいかないようだ。

ビョンヨンは胸の痛みを抱えて資善堂《チャソンダン》の門を出た。

心の冷えは、酒を呑めば温まるだろうか。

昊《ヨン》とビョンヨンがいなくなり、資善堂《チャソンダン》は再び静寂に包まれた。そして、子の刻（午後十一時から午前一時）を優に過ぎた頃、ラオンは立ち上がった。気持ちが落ち着かず、目が冴えてとても一人ではいられなかった。このままでは呼吸が止まってしまいそうで、ラオンは東宮殿《トングンジョン》の隣の殿閣に向かった。そこには、世子《セジャ》の賓客として宮中に身を寄せる祖父がいる。

お祖父様なら、この胸のざわめきを収めてくださる。私にとって正しい道へ、きっと導いてくださる。

殿閣の塀に沿って植えられた竹が、風に吹かれてさらさらと音を立てた。丹青すらない質素な殿闇の庭の片隅にある小さな池の水面に、丸いお月様が浮かんでいる。

丁若鏞《チョンヤギョン》はその月を眺めていた。口を閉ざし、池を漂う波紋のように穏やかな眼差しで、じっと水面の月を見つめている。ラオンはその隣に腰かけて、しばらく押し黙っていたが、ようやく口を開いた。

「私は、どうしたらいいのでしょう」

「お前の気持ちは、察するにあまりある」

「お祖父様……」

ラオンは涙をこぼした。それを気づかれないよう慌てて目を拭う孫の姿に、丁若鏞《チョンヤギョン》は胸が痛んだ。

「その顔、初めてお前と会った日のことを思い出す。あの時も、お前はそんな顔をしていた。泣くのを我慢して」

助けを求めてきた。生きたいと言って。

「お前の気持ちはどうなのだ？」

「私は……私は、よくわかりません。あの方が好きで、一緒にいたいし、一緒にいる時は心から幸せです。この瞬間が永遠に続けばいいとさえ思います。でも、それは叶うことのない夢であることも、わかっています」

「その様子では、お前の心はすでに決まっているようだな」

「………」

ラオンは青白い顔をしてうなずいた。自分がどうすべきかは、自分が一番よくわかっている。そして、この先どうなるのかも。それなのに、まだ思いを絶てずにいる自分が愚かで情けない。

「あの方は、お前にはあまりに遠い存在だ。王とは民を分け隔てなく愛すべきお立場にある。そのような王の御心が、一人にのみ注がれたらどうなる?」

「……………」

「外戚が権力を握るのは、そういう事情もあるのだ。ゆえに王はもっとも偉大で、もっとも孤独なのだ。また、そうでなければならない。その孤独を誰かが埋めようとすれば、大きな禍《わざわい》を呼ぶことになる」

「よくわかりました」

あの方に思われ、あの方の心に触れ、本当の愛《しあわせ》を知った。だから、私は生きていける。

ラオンは立ち上がった。自らの問いに、自ら答えを出して。

「ありがとうございました。お祖父様と話していたら、気持ちの整理がついて、頭がすっきりしました」

先ほどより晴れた顔で、ラオンは丁若鏞《チョンヤギョン》に礼をした。

「なあ、ラオン」

「はい」

「もしお前とあの方が、共にいられない運命にあるとしたら、お前はどうする?」

思いもしないことを聞かれ、ラオンは一瞬顔を曇らせたが、すぐに気を取り直して答えた。

「それは、私が一生、宦官として生きなければならなかったら、ということですか?」

ラオンは穏やかに微笑んでいたが、祖父には泣き顔のように見えた。

「構いません。このまま一生女に戻れなくても、あの方のおそばにいられるのなら、いつまでだって宦官のままでいられます」

丁若鏞《チョンヤギョン》はおもむろに首を振った。

「そうではない。宦官としても、おそばにいられなくなったら、どうする？」

「お祖父様……それは、どういう意味ですか？」

ラオンは足元が崩れるようだった。丁若鏞《チョンヤギョン》はさらに尋ねた。

「なぜお前が女であることを隠さなければならなくなったか、その理由を聞いたことはあるか？どうして男として生きなければならなくなったのか、知っているのか？」

十七　それぞれの思い

ビョンヨンは宛てもなく闇の中を歩き続けた。雲の合間に明滅する月明りがその背中に優しく降り注ぎ、長い影を作っている。資善堂《チャソンダン》を出てから優に一時が過ぎていたが、ビョンヨンは立ち止まることなく、ただ足の向くままに歩き続けている。

そしてふと、丸い月を見上げ、ビョンヨンは息を吐いた。打ちひしがれ、傷ついたラオンの目を見る自信がなかった。その傷を癒せるのは自分ではないことを知っているだけに、なおさら資善堂《チャソンダン》には帰れなかった。

こんなことなら、もっと早く伝えておけばよかった。誰よりも先に、ラオンが女人であることを知っていたと。知った瞬間から、特別な思いを抱くようになったと、伝えていればよかった。

だが、俺にそんな資格があるのだろうか。天に顔向けできない俺に、あいつを好きになる資格があるのだろうか。それに、あいつが見つめる先は最初から俺ではなかった。あのまっすぐな瞳で見つめていたのは、いつだって世子《セジャ》様だった。それがわかっていながら、一度くらい振り向かせる努力をすべきだったのだろうか。世子《セジャ》様の方へ行こうとするのを、一度でも止めていたら、あそこまでラオンを傷つけずに済んだのだろうか。

後悔の念と共に、何もできないことへの申し訳なさを、ビョンヨンは感じていた。夏がすぐそこまで来ているというのに、指先が冷え、胸に氷が刺さっているようだった。押し寄せるばかりで一向に引いていかない感情を振り切るように、ビョンヨンは歩みを進めた。遠くに妓楼《ぎろう》の灯篭が揺れている。少し迷ったが、ビョンヨンはその灯りに向かうことにした。

「会主《フェジュ》、どうなさったのです？」

ビョンヨンが妓楼《ぎろう》に入るなり、ヨランが表に駆け出てきた。裳《チマ》に隠れて見えないが、足元は履物も履いていない。ビョンヨンは土のついた足袋をちらと見て、ヨランから目を逸らした。受け止められるだけの心の余裕はなかった。

「一杯、したくなってな」

「ようこそ、おいでくださいました」

だが、そんなビョンヨンの内心を知る由《よし》もなく、ヨランは心から喜んでいた。自分の部屋に誘ったのを断られて以来、二度と来てくれないのではないかと思っていたので、またビョンヨンの顔を見ることができてほっとしていた。

「会主《フェジュ》はお酒にも好かれているようですね。ちょうど、いいお酒が入ったんですよ。すぐに支度をいたしますので、中へどうぞ」

ヨランは道を空けたが、ビョンヨンは首を振った。

「今日は静かに呑みたい」

「何か、お悩みがおありのようですね。そのような時に呑む酒は酒ではなく、毒でございます。わたくしがご一緒いたし……」

「それなら、私がお相手しましょう」

そこへ、男が口を挟んだ。二人が振り向くと、ユンソンが無表情の顔で立っていた。ビョンヨンは露骨に嫌な顔をしたが、ユンソンは構わずビョンヨンのそばへ寄った。

「美しい月夜に誘われて歩いているうちに、ここへ来てしまいました。どうです？　このような偶然はめったにありません。昔のよしみで、一緒に呑みませんか」

ビョンヨンはしばらくユンソンとヨランの顔を代わる代わる見ていたが、やがてうなずくと、ヨランは名残惜しそうな様子で引き下がった。

二人は人気のない部屋に通され、向かい合って酒を酌み交わした。

「顔色が優れないようです」

ユンソンが言うと、ビョンヨンは無表情で返した。

「お前も、今日は笑わないのだな」

「そうですか？」

「いつも仮面を被ったような笑いを浮かべていたではないか」

「それが嫌で、脱ぎました」

「嫌か。だが今は、前にも増して、分厚い仮面を被っているように見えるがな」

その一言が胸に刺さり、ユンソンは表情を強張らせたが、ふとやるせなさそうに笑うと、なみなみに注いだ盃をビョンヨンに差し出して言った。

「蘭皐《ナンゴ》はますます、嫌味がうまくなったようです」

ビョンヨンは、その盃を無言で受け取った。

「何かあったのですか？」

「いや」

一切を拒むように即答したビョンヨンを、ユンソンは沈んだ目で見つめた。そして酒を一口つけて言った。

「女ですか？」

ビョンヨンは酒をすすろうとした手を止めて、ユンソンを見た。胸の内を見透かされたようだった。だが、すぐに一息で酒を呑み干すと、今しがたの殺気は消えて、沈鬱な表情を浮かべた。

「同病相哀れむ。恋の痛手を負った者には、わかるものです」

「………」

「かくいう私も、恋というやつのせいで、胸を焦がしました」

「お前もか？」

ビョンヨンは一瞬、笑みを浮かべた。

この男も誰かを好きになり、傷つくことがあるのか。人間の感情とは無縁のこの男が？

ビョンヨンはまた酒を呑み干した。舌先に残る酒の味が、やけに苦く感じた。

「ええ。あんまりつらいので、いっそこの体から心臓を引き千切ってしまいたいと思うほどです」

「お前のような男に、痛みを感じる心臓があることが驚きだよ」

「そうでしょう？　実は私も、初めは戸惑いました。そんなはずはないと否定してもみたのですが、違うと否定すればするほど耐えられなくなって、結局、認めるしかありませんでした。自分が、恋に落ちたことを」

「それで、そのあとはどうなったのだ？」

「間抜けな話ですが、奪われてしまいました」

奪われたという一言が、今度はビョンヨンの胸に刺さった。

「それは、残念だったな」

ビョンヨンは無骨だが心のこもった慰めの言葉をかけた。だが、ユンソンは首を振った。

「でも、大丈夫です」

「………？」

「諦めたわけではありませんから」

「今、奪われたと言ったではないか」

「きっと振り向かせてみせます」

「相手がそれを望んでいなくてもか？」

「私が望んでいるのです」

「お前は何もわかっていない。好きな女がほかに好きな男がいると言っているのなら、見守ってやるのが男ではないのか？　諦めないということは、無理やりこちらに振り向かせるということではないか。そんなの、相手を不幸にするだけだ」

「あの人は、私と一緒にいてこそ幸せになれるのです」

「お前はそう思っても、相手もそうだとは限らない。お前はそれを望んでいるかもしれないが、相手の考えは違うこともある」

「それでも、最後は私の言うことが正しかったと気づくはずです」

「どうかな。人の心はそう簡単に変わるものではないと思うがな」

「無常の世に、変わらぬものなどありません。人も、人の心も、永遠に続くものなど何一つ存在しませんよ」

「それはお前の考えだろう。誰かにとっては、たった一度の恋が、最初で最後になることもある」

「まあ、そういうこともあるかもしれませんね。しかし」

ユンソンは話を止め、酒を一口すすった。酒の苦みが乾いた喉を潤していく。

「最初から叶うことのない想いもあります。許されない恋もある。好きな人が道ならぬ道を歩もうとしているなら、それを止めるのは好きになったこちらの役目です。それが危険な道ならなおのこと」

「俺には、自分のものにするための言い訳のように聞こえるがな」

「そうですか？」

ユンソンは微笑みともつかない笑みを浮かべた。

「そうかもしれませんね」

ユンソンはそう言って、感情のない眼差しでビョンヨンを見た。そして不意に真剣な顔をして尋ねた。

「そう言う蘭皐《ナンゴ》は、きれいさっぱり忘れられるのですか？」

「どういう意味だ？」

「ほかの男に、その女《ひと》を易々とくれてやるのかと聞いているのです」

ビョンヨンは何も言えなかった。本当に、そんなことができるのだろうか？　ラオンを忘れることが、俺にできるのか？　いくら自問してみても、ほかの男に渡したくないという思いが湧いてきて、ビョンヨンは何も言えなかった。

「今日は酒が苦い」

ビョンヨンは空《から》になった盃を、少し乱暴に膳の上に置いた。ユンソンは自然な身振りでその盃に酒を注いだ。二人の間に、それ以上の話はなかった。それぞれに思いに耽り、盃には月明りが静かに浮かんでいた。


その日、ビョンヨンは明け方になって資善堂《チャソンダン》に帰った。ラオンを起こさないよう、できるだけ足音を消して部屋の戸を開けると、青黒い暗闇の中にラオンは起きて座っていた。床に敷かれた布団には入った形跡もない。一晩中、そうやって座っていたのだろう。深い物思いに耽っているのか、ラオンはビョンヨンが帰ってきたことにも気づいていない。

「寝ていたのか?」

「キム兄貴!」

ビョンヨンが声をかけると、ラオンは今起きたばかりというように目をこすりながら振り向いた。

「どうした? 一晩中、座っていたのか?」

「まさか。私も用事があって、つい先ほど帰ってきたところです」

「どこか行っていたのか?」

「なんだか落ち着かなくて。頭の中を整理してきました」

「何を整理してきたのだ?」

「ちょっと、そういうことがあるのです」

そう言って、ラオンは笑った。それはいつもと変わらない明るい笑顔だったが、ビョンヨンはなぜか不安になった。

「ちょっとって?」

理由を尋ねたが、ラオンはそれには答えず、話題を変えた。

「それより、キム兄貴」

「何だ?」

「いつからですか?」

「いつからって？」

「いつから、私が女であることに気づいていらっしゃったのですか？」

「………」

「キム兄貴も見かけによらない方ですね。私に黙ってこっそり見ていらっしゃったとか？」

ラオンが疑わしそうに目を細くすると、ビョンヨンは顔色を変えてラオンから顔を背けた。

「違う。そんなこと、するわけないだろう」

ビョンヨンがむきになって答えると、ラオンはさらに言った。

「むきになられると、余計に怪しいですね」

「馬鹿を言うな。俺のどこが怪しいと言うのだ」

ぶつぶつ言いながら梁《はり》に上がろうとするビョンヨンに、ラオンは堪えきれず笑い出してしまった。

「冗談ですよ、冗談です、キム兄貴。怒ることないじゃありませんか。でも、そこまで腹を立てるのを見ると、もしかして、本当にのぞき見なんて……」

ビョンヨンは堪らず拳骨を食らわせた。

「痛い！　何をなさるのです！　女に暴力を振るうような方だったのですか？」

「世話が焼けるやつだ。いつまでも無駄口を叩いていないで、さっさと寝ろ」

ビョンヨンは怒るようにそう言って、梁《はり》の上に飛び上がった。ラオンは駆け寄り、ビョンヨンを見上げて言った。

「朝帰りをしたキム兄貴に言われたくありません」

また減らず口かと思いながら、ビョンヨンはラオンを見下ろした。負けじと言い返すのはいつものことだが、ラオンがまるで何事もなかったかのように、あまりにいつもと変わらない様子で言うので、ビョンヨンは胸騒ぎがした。だが、思い過ごしだろうと思い直し、それ以上は詮索しないようにした。

しばらくすると、ラオンは普通の顔に戻って、普段と同じ声音で梁《はり》の上のビョンヨンを呼んだ。

「キム兄貴」

「………」

「もう寝ましたか?」

「ああ、寝たよ。だから話しかけるな」

「一つだけ、聞いてもいいですか?」

「寝たと言っているだろう」

「ならどうして返事ができるのです?」

「これは寝言だ」

「それなら、寝言として答えてください」

「………」

「ご存じなのは、このことだけですか?」

「どういう意味だ?」

「私について知っていることは、女であることだけですか?」

ビョンヨンは目を開けて、ラオンの方を向いた。青い暁の光の中に、ラオンの顔が浮かんでいる。平気な顔をしているが、その瞳が小刻みに震えているのがわかる。

「急にどうした？」

「私が女であること以外に、私のこと……私の家族のことを、どこまでご存じなのですか？」

「また何を……言い出すのだ？」

ビョンヨンは心臓が止まるかと思った。自分が誰なのか、誰の子なのか、どこかで聞いたのだろうか？　見上げるラオンと、見下ろすビョンヨンの視線が宙で絡んだ。胸の内を探るようなビョンヨンの眼差しに、ラオンは不意に笑った。

「いえ、やっぱり何でもありません。今日は考え事が多くて、つい余計なことを言ってしまいました」

ラオンはそれ以上、聞くのも聞かれるのも避けるように布団の中に入った。頭まで布団を被るラオンを、ビョンヨンは心配そうに見つめた。

ラオンは自分が誰かを知ったのかもしれない。そんなはずはないと思いたいが、だがもし知ったのなら、どうやって？　誰から聞いたのだろう。まさか、世子《セジャ》様が？　いや、そんなはずはない。白雲会《ペグネ》の手が及ばないよう徹底して防いでいる限り、世子《セジャ》様の耳に入ることはないはずだ。

だが、もしかしたらラオンはまだ知らないということもあり得る。世子《セジャ》様との許されぬ恋に、自分の身の上を嘆き、恨みごとを言いたくなったのかもしれない。きっとそうに違いない。そうあって欲しい。穢れのないラオンの心が、これ以上、傷つくようなことはあって欲しくない。

ラオン、と、ビョンヨンは心の中で呼びかけた。

いつも笑っていてくれ。お前の秘密は、俺が守る。だからお前は、幸せに生きてくれ。
ビョンヨンはラオンに手を伸ばした。とても触れられる距離ではないが、ビョンヨンは眠るラオンの頭を優しく撫でるように手の平を宙に泳がせた。

そよそよ　そよぐ風よ
かわいいこの子の枕元に優しく吹いて
自由にどこへでも
眠るこの子を お空の花畑に連れていって

そよそよ　そよぐ風よ
愛しい人に優しく吹いて
ぽつんと赤い帆　夕焼け道　独り旅行く吾子に
どうか健やかに　悲しまないでと伝えておくれ

いつかラオンが永温《ヨンオン》に歌った子守唄を、ビョンヨンは口ずさんだ。青い光を撫でる手は、資善堂《チャソンダン》に朝陽が差し込むまで止まることはなかった。

十八　あなたがホン内官ですか？

戸をすべて開け放った旲《ヨン》の部屋の中央に、長い簾《すだれ》が垂らされている。

旲《ヨン》は簾《すだれ》を挟んで部屋の一番奥に座り、厳しい顔つきで机の上に山積みにされた書類に目を通している。硬く閉ざした唇、冷たい眼差し。わずかな乱れもないその姿を後ろから見守り、ラオンは乾いた唇を舐めて言った。

「世子《セジャ》様」

「何も言うな」

「しかし……」

ラオンは簾《すだれ》越しにぼんやり透ける女人の影に目をやった。正五品副司直《チョンオプムプサジク》チョ・マニョンの娘で、まだ正式に発表されてはいないが、宮中ではすでに世子嬪《セジャビン》はこの娘に内定していると言われていた。

浅黄色の唐衣《タンウィ》を着たこの女人が東宮殿《トングンジョン》を訪れるのは、今日で二度目だ。今度はこの娘を丁重にもてなすようにという大妃殿《テビジョン》からの厳命も添えられている。にもかかわらず、旲《ヨン》は前回と同様、一時《いっとき》が過ぎても一言声をかけようともしない。見かねたラオンがそれとなく催促してみたが、何も言うなと言われてしまった。部屋の中に再び重々しい沈黙が流れ、聞えてくるのは旲《ヨン》が書類をめくる音だけになった。

「世子様《セジャ》」

すると、簾《すだれ》の向こうから女人が先に話しかけてきた。初めて聞く女人の声は何とも端雅なもので、昊《ヨン》の後ろに控える宦官や女官たちはもちろん、簾《すだれ》の向こうで下を向いている女官たちまで一斉に女人の方を向いたほどだった。すると、チョ・マニョンの娘ハヨンは、口元に微笑を浮かべ、はっきりと耳に届く声で言った。

「天気がよろしゅうございます。后苑《フウォン》を少し、散歩するのはいかがでしょう」

唐突な申し出に、昊《ヨン》は書類に書き込んでいた手を止めて、初めて簾《すだれ》の向こうを見た。だが、その目にはやはり何の感情も浮かんでいなかった。

「物わかりが悪いのか、それとも、悪いふりをしているのか」

昊《ヨン》の心無い言葉にも、ハヨンは少しも動じることなく軽やかに受け答えた。

「何のことでございましょう」

「言った通り、今はまだ世子嬪《セジャビン》を娶るつもりはない」

「…………」

「だからそなたを受け入れることも、伴侶として認めることもできない。わかったらお引き取り願いたい。そこにいられては心地が悪い」

そばで聞いたラオンはもちろん、宦官や女官たちまで青くなった。いくら何でも、そんな断り方をしてよいものかと、皆ひやひやしていた。

「初めから心地のよい関係などあるのでしょうか」

「何？」

「互いに育ってきた環境や見てきたものが違うのですから、心の感じ方も違って当然です。そんな他人同士が出会い、ゆっくりと時間をかけて一つになっていくのが夫婦《めおと》だと教わりました」

「何が言いたい」

「ゆっくり、時間をかけてみてはいかがでしょう？」

「本気で言っているのか」

「最初からすべてを望むつもりはございません。ただ、一つひとつ積み重ねていきたいのです。世《セ》子《ジャ》様に一度お会いしたら一つ、二度目は二つ、そんなふうに時を重ねていけば」

ハヨンは茶を一口すすり、話を続けた。

「心の触れ合いも増えて、居心地もよくなり、やがて一緒にいたいと思うようになるのではないでしょうか。私はそうなりたいと思っております。小雨が徐々に衣を濡らしていくように、世《セ》子《ジャ》様にとって、そんな人になりとうございます」

「そうなることはない。話は以上だ」

「……ではまた、日を改めて」

最後にお辞儀をして、ハヨンは席を立ったが、昊《ヨン》はついに自分から声をかけることはなかった。ハヨンはどこかで引き留めてくれることを期待して、ゆっくりと歩みを進めたが、無常にも閉められた戸に溜息を吐いた。

そんなハヨンのもとに、大妃殿《テビジョン》のユン尚宮《サングン》が近寄ってきた。大妃《テビ》たっての指示で、ハヨンが王宮を訪ねる時はユン尚宮《サングン》が世話役を務めることになっている。戸を一枚隔てて中のやり取りに耳をそばだてていたユン尚宮《サングン》は、心苦しそうにハヨンに言った。

「世子《セジャ》様はどなたにもあのようになさいますので、あまりお気になさらない方がよろしいかと存じます。もちろん、お優しい面もございますので……」

慰めとも言い訳ともつかないことを言うユン尚宮《サングン》に、ハヨンは落ち着き払った様子で首を振った。

「うわさに聞いていたよりもいい方のようで、安心していたところです」

「世子《セジャ》様が、いい方でございますか？」

二度も袖にされながらそんなことを言えるものかと、ユン尚宮《サングン》は唖然とした顔でハヨンを見返した。

「でも……」

ハヨンは品のいい笑みを浮かべて、昊《ヨン》の部屋を振り向いた。部屋の戸はすでに閉ざされていて、中の様子は見えない。

「婚儀のお話は進みますかどうか」

「何をおっしゃいます。世子《セジャ》様が拒まれているのを気にかけておられるなら、心配無用にございます。今回は大妃《テビ》様が世子《セジャ》様を説得するとおっしゃっていますので」

「段取りなら大妃《テビ》様が進めてくださるでしょう。ただ……」

「ほかに、何か気になることがおありですか？」

「世子《セジャ》様には、好きな方がいらっしゃるのではありませんか？」

「そんな。好きな方だなんて」

ユン尚宮《サングン》は思わず頭を振った。

「おりません。そのような女人は、断じておりません。わたくしが知る限り、世子様《セジャ》に限って、そのような方はいるはずがございません」

ユン尚宮《サングン》は言い切ったが、ハヨンは腑に落ちない様子だ。

「そうでしょうか。おかしいですね、確かに好きな人がいるご様子でしたが……」

表の足音が遠ざかるのを確かめて、昊《ヨン》とハヨンの間を隔てていた簾《すだれ》は取り払われた。宦官や女官たちも部屋を出ていき、部屋には昊《ヨン》とラオンだけが残った。昊《ヨン》は相変わらず書類に書き込むのに余念がなく、ラオンに顔を向けることも話しかけることもない。沈黙がしばらく続いたあと、先に口を開いたのはラオンの方だった。

「世子様《セジャ》……」

「何も言うな」

「どうしてあのようなことをなさったのです？」

「…………」

「あの方を邪険になさってはなりません」

「何も言うなと言ったはずだ」

「しかし、二度も冷たく追い返すようなことをなさって、大妃《テビ》様のお怒りを買ったらどうするのです」

「…………」

「世子《セジャ》様は、どういうおつもりなのですか？　ご自分の本分をお忘れですか？　温室の花の世子《セジャ》様は、この国の世子《セジャ》様であらせられます。婚姻は代々続く王室を守るためなのです。あの方に冷たくなされば、宮中のしきたりに背くも同然。外戚には礼を守るよう厳しくおっしゃっている世子《セジャ》様が、その礼に反するようなことをなさっては……」

そこまで聞いて、旲《ヨン》は力任せに筆を置いた。顔には怒りを浮かべている。小言を言われたことに対してではなく、ラオンの見ている前で、ほかの女人に会わなければならない自分の立場に腹を立てていた。そんなことをさせる王室のしきたりにも、規範にも、この状況にも、そして、こんな時にも自分の本分を頑なに守るラオンにも腹が立った。だが、一番許せないのは、自分自身の不甲斐なさだった。今の自分には、腹を立てることしかできない。そう思うと、悔しくて自ずと拳に力が入った。王室の歴史の前に、手も足も出せないでいる。外戚を排除するための手段だったはずの礼が、今は自分の足かせとなっている。旲《ヨン》は怒りに顔を歪ませ、立ち上がってラオンにつめ寄った。

「どうなさったのです？」

突然のことに驚いて、ラオンは思わず後退りをしたが、すぐに壁際まで追いつめられてしまった。冷たい壁を背に、ラオンは震える声で言った。

「どういうおつもりですか」

昊《ヨン》は壁に手をついてラオンを捕らえ、じっとラオンの目をのぞき込むようにして言った。

「それは僕の台詞《せりふ》だ。お前こそ、人の心配をしている場合か？」

どうして普通にしていられるのだ。僕はこんなにつらい思いをしているのに、お前はどうして何ともない顔をしていられる？

「後悔しているよ」

「何をです？」

「あの時、お前の言うことなど聞かなければよかった」

「…………？」

「初めてお前を抱いたあの夜、その足で宮中に帰って、この見苦しい官服を脱がしてしまえばよかった。礼だの法度だの、そんなものは破り捨てて、お前を堂々と僕の伴侶にしてしまえばよかった。いや、今からでも遅くはない。お前を世子嬪《セジャビン》として……」

「お断りします」

ラオンはきっぱりと首を振った。

「今、何と言った？」

「わたくしは嫌です」

「どうして」

「誰にも認めてもらえないのなら、そばにいても意味がありません。そんな立場、わたくしの方から願い下げです」

「ラオン」

「それに……これからは、わたくしにこのようなことをなさってはいけません。ご婚儀を控えていらっしゃる方がなさることではないと存じます。あの方に対してもです。あのように冷たくなさるなんて、後先を考えたら恐ろしくて……」

旲《ヨン》は有無を言わさずラオンの唇を奪った。こんな時も、旲《ヨン》のくちづけは甘く、悲しみも後悔も、一切合切が吹き飛んでしまいそうだった。このまま旲《ヨン》の胸に抱かれていたい。この大きな胸の中で、心行くまで泣くことができたらどんなに気持ちが晴れるだろう。だが、それは決して叶うことのない、許されない思いだった。

「おやめください！」

ラオンは旲《ヨン》を突き飛ばし、突き放そうとした。だが、旲《ヨン》の腕にきつく捕らわれて、身動きができなかった。

「ラオン」

「…………」

「お前はいいのか？　僕がほかの女を娶っても、お前はそれでいいと言うのか？」

「構いません」

旲《ヨン》は哀願するように聞いたが、ラオンは顔色一つ変えずにそう答えた。だが、いくら平気な顔をしていても、瞳の奥の震えだけはどうしようもなかった。

つらくないはずがない。好きな人の隣に自分以外の女《ひと》がいるのを見て、平気でいられる女がどこにいるだろう。だが、平気でいなければならない。私が世子《セジャ》様のためにできることは、それしかないのだから。

だから落ち着いて、とラオンは自分に言い聞かせた。今、涙をこぼしたら、止まらなくなってしまう。

ラオンはつらい気持ちを笑顔の下に隠して昊《ヨン》に背を向けようとした。だが、昊《ヨン》はそれを許さなかった。額を寄せ合い、視線がぶつかる。心の中までのぞき込めるその距離では、本当の気持ちを隠すことはできなかった。

「心にもないことを言うな」

強引なやり方とは裏腹に、昊《ヨン》の声はとても優しかった。

「今度そんなことを言ったら、二度とお前に会わない」

最後は少し語気を強めたが、昊《ヨン》はすぐに言い添えた。

「……今日のうちはな」

ラオンは吹き出し、昊《ヨン》を見つめた。

「そんな冗談、いつ覚えたのです?」

からかうような眼差しを向けるラオンの鼻を軽くつまみ、昊《ヨン》はすぐに手を離した。

「笑うな。馬鹿にしているのか?」

「そうだと申し上げたら、また会わないとおっしゃるつもりですか?　今日だけ?」

「無礼者」

お前と離れて生きていけるものかと旲《ヨン》は思った。そんなこと、想像もしたくない。ラオンを失うということは、空気を失うようなものだ。

旲《ヨン》は深く息を吸うように、ラオンを抱き寄せた。ラオンが身をよじって離れようとするほどに、旲《ヨン》はそれが命綱でもあるかのようにラオンを抱きしめて放さなかった。

不意に、背中に温かいものを感じた。

「大丈夫です、世子《セジャ》様」

「………」

「約束したではありませんか。絶対にこの手を放さないと」

背中をさする手の温もりと、その言葉に安堵し、旲《ヨン》は身を預けるようにラオンの肩に顔を埋めて子どものように甘えた声で言った。

「その約束、忘れるなよ」

「もちろんです」

「絶対だからな」

「絶対に忘れません。絶対に、世子《セジャ》様の手を放しません」

ですから、世子《セジャ》様は放してもいいのですよ。もう……十分です。

「困ったな……」

資善堂《チャソンダン》に戻ると、ラオンは肘をついて長い溜息を漏らした。宮中は今、世子嬪《セジャビン》の話題で持ち切りだ。人々は世子《セジャ》の婚儀が近いと色めき立ち、内侍府《ネシブ》の仕事も増えて、今日は一日中、嬪宮殿《ピングンジョン》で使う什器の手入れをさせられた。おかげで腕や脚はぱんぱんに腫れている。

だが、疲れているのは体よりむしろ気持ちの方だった。このところ、旲《ヨン》のラオンへの執着は日増しに強くなっていた。ビョンヨンに資善堂《チャソンダン》を出てよそへ移れと言ったかと思うと、今度はラオンに東宮殿《トングンジョン》で生活をするよう命じた。

それればかりか、大妃《テビ》直々《じきじき》の招きで訪れたハヨンを毎回追い返してしまうので、そばで見守るラオンは気が気でなく、泣き言の一つも言いたいくらいの心境だった。

ハヨンに対する旲《ヨン》の態度は、いつも一貫していた。冷たく、優しさの欠片もない。諌めようにもはやお手上げだった。

「どうしたらいいのだろう」

ラオンは一人つぶやいて、また溜息を吐いた。旲《ヨン》の気持ちが少しも揺るがないのはありがたいが、ここまで来るとハヨンが気の毒に思えてきて、申し訳ない気持ちになる。

いい方のようだけど……うれしさと申し訳なさと安心感が、一日のうち何度も去来する毎日に、ラオンは疲れ切っていた。

ハヨン様は世子《セジャ》様の今後になくてはならない方だ。そのような方を、あれほど邪険に扱っていいのだろうか。これから、ハヨン様にどう接すればいいのだろう。天下の温室の花の世子《セジャ》様も、今度ばかりは逃れようがないだろうし……。

「ふう……」

ラオンはまた溜息を吐くと、表から女人の声がした。

「ごめんください」

「はい」

この夜更けに誰だろうと思いながらラオンが戸を開けると、目の前に細い人影が現れた。

「ここに、悩み相談を聞く宦官がいると聞いて来たのですが」

月明りに照らされたその顔を見て、ラオンは息を呑んだ。訪ねてきたのは、ほかでもない、ハヨンだった。

「あなたがホン内官ですか?」

茫然と見上げるラオンに、ハヨンは微笑みかけた。それは嫉妬を覚えようもないほど美しい微笑みだった。

十九　あの方はそういう方です

「入ってもよろしいですか？」

すぐそばでハヨンの声がした。

「はい？　は、はい」

ラオンは慌てて立ち上がり、頭を下げてハヨンの傍《かたわ》らに下がった。ハヨンはそんなラオンに軽く会釈をして部屋の中に入った。ラオンも部屋に入ったが、ハヨンのいる資善堂《チャソンダン》はどこか他人の部屋のように感じられ、にわかに緊張した。客として訪れたハヨンの方が、むしろ自然に敷物の上に腰を下ろしている。

「ご迷惑でしたか？」

「いいえ、そんなことはございません」

「そうですか。私は、あまりいい心地がしないものですから」

「はい？」

「そこに立っていられては、話しづらいものです」

ラオンは我に返り、ハヨンの向かいに座った。

「これで、いかがですか？」

思いがけない訪問に内心どぎまぎしていたが、ラオンはすぐに落ち着きを取り戻した。しばらく沈黙が流れ、ラオンは言った。

「ここへは、何のご用でございますか？」

「ホン内官は人の悩みを聞くのが上手だそうですね」

「敬語をお使いにならないでください」

「まだ世子嬪《セジャビン》になると決まったわけではありません。そんな私が、正七品尚烜《チョンチルプムサンフォン》のあなたに失礼なことはできませんので」

見た目のわりに、意思表示のはっきりした方だとラオンは思った。

「何か、お悩みがおありですか？」

「はい」

「差し支えなければ、うかがってもよろしいですか？」

「そうですね……悩みというより、質問と言う方が正しいかもしれません」

「質問でございますか？」

すると、ハヨンはじっとラオンを見据えた。

「ある方について、知りたいのです」

それが旲《ヨン》であることは、ラオンにもすぐにわかった。そういうことなら、ここへ訪ねてきたのはいろいろな意味で正しい。ラオンの顔に、どこか影のある笑みが広がった。

「何なりと」

二人の視線が宙でぶつかった。澄んだ瞳と深い眼差しが、互いの胸の中を探り合う。実のところ、ラオンも気になっていた。目の前の女人がどういう人なのか、もうすぐ嬪宮殿《ビングンジョン》の主になる人はどんな考えをお持ちなのか、温室の花の世子《セジャ》様を大事にしてくださる人なのか、あの方を温かく包める方なのか、確かめたいことがたくさんあった。

昨今の宮中は、明日を見通すのも難しいほど混迷を極めていた。昊《ヨン》が摂政を任されて以降、何もかもが変わった。安東金氏《アンドンキムシ》によって退けられた人々が再び権力の中枢に就き、冷遇されていた人々は希望を取り戻した。一度は朝廷を追われた者たちも、次こそはと返り咲く日を夢見ている。様々な野望が渦巻く王宮の、嬪宮殿《ビングンジョン》の主にと目されたこの女人は今、何を思い、どんな志を持っているのか。もしや、誰も気づかない野望を秘めているのではないか。

考えに耽るラオンを呼び戻すように、ハヨンは落ち着いた声音で尋ねた。

「あの方は、どんな方ですか?」

「時に厳しく、時に真面目が過ぎるほどの方です。そして、誰よりも努力家で温かい方です」

「あの方は普段、どんなことを考えていらっしゃるのですか?」

「この国の民のことばかり考えていらっしゃいます」

「あの方が愛するものは?」

「この国でございます」

「あの方の夢は何ですか?」

「今は力のない民が中心となる世を拓《ひら》くことです」

「民が中心の世を拓《ひら》く……」

「子どもが子どもらしく、女人が女人らしく生きられる時代。誰もが自分の人生の主役として生きられる時代を作ることが夢だとおっしゃっていました」

「とても素晴らしい夢ですね。それに……とても難しい夢でもありましょう」

ハヨンは独り言のようにつぶやいたが、ラオンはきっぱりと首を振った。

「あの方は今にそんな世をお作りになります。どんなことがあっても、あの方なら夢を叶えられるはずです」

一点の疑いもなくそう言い切るラオンからわずかに顔を背けて、ハヨンは聞いた。

「なぜそう言えるのです？」

「あの方は、そういう方だからです」

自分が約束したことは、何があっても守ろうとする、そんな方です。

ハヨンはにこりと笑って言った。

「あの方は、とても大きな翼を持っていらっしゃるのですね」

ラオンは何も言わず、ただハヨンの笑う顔を見た。質問したり答えたりする様子から、少しの邪心も感じられない。心から喜び、心から炅《ヨン》を案じているのがわかる。心配していた野心もなさそうで、この方にならと、思慮の深さのわかる瞳と、清らかで優しい笑みを見せるこの方になら、安心して任せられるとラオンは思った。

ラオンは目を閉じ、しばらく考えた。そして目を開けて立ち上がると、手文庫から小さな帳面を取り出してハヨンに差し出した。

「何です？」

「世子様《セジャ》のすべてが記録されています。あの方の好物や嫌いな食べ物、好きな色、気分のいい時と悪い時に見せる表情など、あらゆることを記しておきました」

　これがほかの女人に手渡されたと知ったら、清のソヤン姫様は怒って飛んでくるかもしれない。

　いつも堂々として自信に満ちていたソヤンを思い出し、ラオンはくすりと笑った。

「あの方に冷たくされても、恐れることはありません。冷たいのは口だけです。もし怒られても、お気になさらないでください。怒っているのではなく、ただ弱気になっているだけですから」

「……はい」

「それから、もし手を差し伸べられたら、握ってあげてください。怖い夢ばかり見るせいで、不眠に悩まされておられました。そんな時はそばにいてあげてください。つらくても口に出せない方です。風邪も病気も、何でも我慢し過ぎる方ですので、そばでよく様子を見守っていなければなりません」

　ハヨンは帳面とラオンの顔を代わる代わる見てうなずいた。

「わかりました」

　ハヨンは柔らかな笑みを浮かべ、そっと席を立った。そして、ラオンから託された帳面を大事そうにしまうと、ラオンの目を見て礼を言った。

「大変お世話になりました」

「お役に立てて何よりです」

ラオンは深々とお辞儀をした。軽やかな足音が、小さくなっていく。ラオンはハヨンが資善堂《チャソンダン》を出ていくまで見送った。

「どんな時もそばにいてあげてください。強がっていても、根は寂しがり屋です。どうか、あの方を独りにしないで……」


「いかがでしたか？」

ハヨンが資善堂《チャソンダン》の門を出ると、外で控えていたユン尚宮《サングン》が尋ねた。

「とてもいいお話を聞けました」

ハヨンがうなずくと、ユン尚宮《サングン》は渋い顔をして念を押すように言った。

「今日は仕方なくお連れしましたが、大妃《テビ》様のお耳に入れば苦言を呈されるはずです。卑しい宦官に相談をするなど、褒められたことではありません」

「こうでもしないと、気持ちが落ち着かなかったのです」

「宦官と言えども、もとは男でございます。女の気持ちなどわかるはずがありません。女の気持ちは、女に聞くのが一番です」

「そういうものでしょうか？」

ハヨンは笑った。そしてふと歩みを止めて、ユン尚宮《サングン》に振り向いて言った。

「ユン尚宮《サングン》」

「はい」

「あの人、名をホン・ラオンと言いましたか？」

「さようにございます」

「いつ宮中に出仕したか、わかりますか？」

「さあ、正確にはわかりませんが、さほど長くはないはずです」

「そうですか」

「何か、気になることでもございましたか？」

「いいえ、何も。ただ……」

再び歩き出し、ハヨンは意味深な笑みを浮かべて小さくつぶやいた。

「なぜ世子《セジャ》様がこうも私を拒まれるのか、わかった気がします」


「大妃殿《テビジョン》から知らせが届いた。明日のうちに、正式に世子嬪《セジャビン》に内定されるそうだ」

ハヨンが帰宅するなり、父チョ・マニョンは頬を紅潮させ、開口一番に娘にそう告げた。

「宮中への輿入れを控えているのだ。今まで以上に言動に気をつけなさい」

「はい、お父様」

「我が家の将来が、お前の両肩にかかっているのだからな」

「わかっております」

「宮中は、この世で一番恐ろしいところだ。だがそれも、お前のやり方次第だ」

父娘の会話に、若い男が口を挟んだ。

「心配などいりませんよ、叔父上。ハヨンほど慎み深い娘はほかにいません。気立てもいい、頭もいい、果報者はハヨンのような娘を娶る世子《セジャ》様の方だ」

そう言って笑うのは、ハヨンと同い年の従兄弟、チョ・ギョンテだ。

「口が過ぎるぞ」

チョ・マニョンは甥をたしなめたが、かく言うチョ・マニョンこそ、娘ハヨンを世子嬪《セジャビン》に据えることで、失われた一族の栄光を取り戻そうと画策した張本人だった。だが、今はまだ口に出して喜ぶのは憚《はばか》られた。ハヨンが世子嬪《セジャビン》の候補に目されたことが内々に広まって以来、安東金氏《アンドンキムシ》から再三に渡り横やりが入るようになった。警戒するチョ・マニョンをよそに、甥の軽口はなおも続いた。

「世子嬪《セジャビン》になって王宮で暮らすことになっても、この兄のことを忘れるなよ。俺は豊壌趙氏《プンヤンチョシ》の長男だ。お前を守れるのは、俺しかいないのだからな」

「でも、お兄様、私たちの望み通りになりますかどうか」

「安東金氏《アンドンキムシ》にできて、我が一族にできないはずがない。そうですよね、叔父上」

「黙れ、口が過ぎると言っただろう！」

「叔父上……どうなさったのです?」

「立場をわきまえろと言っているのだ。お前はハヨンの幸せをぶち壊しにするつもりか?」

「そんなつもりは」

「うるさい!」

「も、申し訳ございません」

「一族の長男なら長男らしく、軽々しい言動は控えろ。わかったら、もう帰れ。それから、当分の間、この家に来ることは許さん」

「叔父上」

「くどい! 帰れと言ったのが聞こえないのか」

叔父に怒鳴りつけられ、ギョンテは逃げるように部屋を出ていった。その後ろ姿を呆れた顔で見送って、チョ・マニョンはハヨンに言った。

「あいつの言うことなど気にするな」

「はい、お父様」

「これから忙しくなる。今のうちにゆっくり休んでおきなさい」

「はい」

父と従兄弟が出ていき、部屋にはハヨンと母ホン氏の二人きりになった。ハヨンが王宮から帰ってきてからずっと、何も言わずただ心配そうに見つめていたホン氏が言った。

「大丈夫なの?」

娘の髪を解いて撫でる母の手は、いつもと同じ、優しく温かい。

「はい」

ハヨンは微笑んだが、母を安心させることはできなかった。

「ハヨン……」

「心配なさらないでください。私は何ともありません」

「お父様がなさることに口を挟むつもりはないけれど、私はお前が心配だわ。世子《セジャ》様はとても気難しい方だそうだし、あの恐ろしい宮中で、本当に生きていけるの？」

「それがね、お母様。実際にお会いしてみたら、想像していたよりもお優しい方でした」

「世子《セジャ》様が、お優しい？」

「はい」

「無理をしなくていいのよ。お前のためなら、私は何だってするわ。嫌なら、今からでも遅くはない。私からお父様に話すわ」

「私が世子嬪《セジャビン》になることを断ったら、そのあとはどうなるのです？」

「そのあとって？」

「世子《セジャ》様に嫁がなくても、また別の男の人のもとへ嫁がされます。顔も知らない人の妻として、生きていかなければなりません」

母はハヨンの髪を優しく撫でた。

「そうね。あなたの言う通りね。でも、宮中へ行って、常に人の視線にさらされて過ごすより、よっぽどいいのではないかしら？」

「かごの中の鳥にされるのは、宮中もほかの嫁ぎ先も同じです」

「ハヨン」

「女は生まれた時から、見えない足かせにつながれているのだと、ずいぶん前に気づきました。どうせ捕らわれて生きるしかないのなら、私はあの方を選びます」

ハヨンは母に振り返り、さらに言った。

「それに、あの方のことをいろいろ知ることができましたから」

「まだ二回しか会っていないのに？　それも、二回とも冷たく帰されたそうじゃないの」

「それはあの方なりのお考えがあってのことです。でも、とてもお優しい方だということはわかりました」

「どうしてそう言えるの？」

普段から思い込みで話をするような娘ではないので、母は驚いた。

「あの方をよく知る方に教えてもらったのです」

「世子《セジャ》様のことをよく知る方？」

「はい。そばであの方を支えてきた方です」

「一体、誰のことなの？」

「宦官です。その方から、世子《セジャ》様の志やお人柄について教えてもらいました」

「仕える主を悪く言う家臣はいないわ。自分の主に気に入られることが、あの人たちの生きる術なのだから、真に受けてはだめよ」

「普通の宦官なら、私もそう思ったでしょう」

「その宦官は普通ではなかったの？」

「ええ、違いました。あの方なら信じられます。だから、あの方のお話が素直に胸に入ってきて、世子《セジャ》様が本当はどんな方なのか感じられたのだと思います」

昊《ヨン》のことを話すハヨンの瞳は、いつしか陽に照らされた水面のように輝いていた。

「もしかしたら、私は一生、世子《セジャ》様に大事にしていただけないかもしれません。でも構いません。あの方が夢を叶えるのをこの目で見られるのなら、後ろからでも見守ることができるのなら、私は、それで幸せだと思うのです」


昊《ヨン》の部屋に、再び長い簾《すだれ》が垂らされた。その簾《すだれ》を挟み、昊《ヨン》とハヨンは向かい合って座っている。昊《ヨン》は不機嫌そうに簾《すだれ》の向こうを凝視した。何度突き放しても離れていかないのは、よほど世子嬪《セジャビン》の座が欲しいためだろうかと思いながら、昊《ヨン》は再び書類に視線を戻した。どんな目的があろうと知ったことではない。今は急いでこの山のような仕事を片付けるだけだ。

そんな昊《ヨン》に、ハヨンは柔らかい声音で言った。

「お忙しいのですね」

「見ての通りだ」

急を要する仕事ではなかったが、ラオンがそばにいない今、ハヨンと同じ部屋にいなければならないこの状況が、旲《ヨン》には苦痛でならなかった。部屋の中に永遠のような重い沈黙が流れ、ハヨンは再び声をかけた。

「今日うかがったのは、世子《セジャ》様にお願いをするためです」

「…………？」

「世子《セジャ》様が大事になさっている場所があるとうかがいました。私にも、見せていただけませんか？」

旲《ヨン》は顔を上げ、簾《すだれ》に霞むハヨンを見た。その目は冷たく、答える声はさらに冷たかった。

「他人が入れる場所ではない」

「そうですか」

思った通りの答えが返ってきて、ハヨンはにこりと笑った。そして少しも気落ちしてなどいないかのように、穏やかに言った。

「ホン・ラオン、でしたね」

「…………！」

なぜその名を口にする？

旲《ヨン》は簾《すだれ》の向こうに浮かぶハヨンの顔を睨んだ。

「あの宦官には、お見せになったのですか？」

旲《ヨン》の目が鋭くなった。ラオンの名前を出して、揺さぶりをかけるつもりだろうか。思い通りにさせるつもりはないが、ラオンの存在を否定したくもない。

「僕の大事な場所を含め、すべてを共有する人だ」

「そうですか」

「話が済んだら、そろそろ……」

お引き取り願うと言おうとするのを遮って、ハヨンは言った。

「ずっと、疑問に思っていました」

「………」

「世子《セジャ》様がどんな夢をお持ちなのか、なぜ世子嬪《セジャビン》を迎えようとなさらないのか。ですから私なりに、世子《セジャ》様について調べてみました。そして知りました。世子《セジャ》様が何をなさろうとしているのか、何となくですが、わかったのです」

「なぜそなたが僕のことを知りたがっているのかはわからないが、もう一度言う。今はまだ、伴侶を迎えるつもりはない」

「今日中に世子嬪《セジャビン》が内定されるそうです」

「そんなことはあり得ない」

旲《ヨン》は首を振った。

「今回はだめでも、次は決まるでしょう。そして、私でなくても、誰かが嬪宮殿《ピングンジョン》の主に据えられます」

旲《ヨン》は返す言葉がなかった。言われなくても、最近はそのことばかり考えている。祖母、大妃《テビ》の意志はもはや執念と言っていいほど強く、あの様子では、たとえ宮中の慣例を変えたとしても孫の婚儀を強行するのは目に見えている。他人ならまだしも、肉親の情を断つのはなかなか難しいもので、大妃《テビ》の頑固さに旲《ヨン》も疲れ始めていた。

「何が言いたい？」

「好きな方が、いらっしゃるのですか？」

「……いたら何だというのだ？」

胸をぐさりと刺す一言だったが、ハヨンは微笑を絶やさなかった。

「その方が、何かの理由で世子《セジャ》様の伴侶になれず、または伴侶として収まることを望んでいないのだとしたら、たとえお飾りに過ぎなくても、その座に相応しい人を据えてはいかがでしょう」

旲《ヨン》はわずかに動揺した。この女人は、お飾りという言葉で自分の立場を表している。

「世子《セジャ》様が翼を広げ、大志を遂げるためには、支えとなる巣が必要です。私が、その巣になって差し上げます」

世子《セジャ》様がいつか、より広い世界へ巣立つことになろうとも。

「断る」

「昨日、従兄弟の兄が訪ねてまいりました。私が世子嬪《セジャビン》に内定したという知らせを届けに」

旲《ヨン》は不快な顔をした。

「まだ正式に発表されたわけでもないのに、私の家には祝いの品を届ける者たちが引きも切らずに訪ねてまいります」

「そうだろうな」

力をもって力をけん制するなど、成立し得ない言い分だと昊《ヨン》は思った。力は別の力を制圧しても、均衡を保つことはできない。

昊《ヨン》は冷ややかな表情を浮かべ、ハヨンの次の言葉を待った。急に腹のうちを明かしてきた理由が知りたくなった。

「私ではない、ほかの誰かが世子嬪《セジャビン》になれば、今の私の家と同じようなことが、その方の家にも起こりましょう」

ハヨンはまっすぐに前を向いた。簾《すだれ》を挟んでいても、昊《ヨン》にはハヨンの眼差しが感じられた。

「誰を迎えても結局は同じだから、自分を選べと言いたいのか？」

「その通りです」

「僕はそなたを愛することも、好きになることもない。それは世子嬪《セジャビン》になったところで変わらない。僕がそなたを恋しく思うことも、僕から会いにいくこともない。それでもいいと言うのか？」

「それが世子《セジャ》様のお望みなら、私は構いません」

「なぜだ？」

昊《ヨン》は聞いた。

「なぜそこまでして世子嬪《セジャビン》になろうとする？」

「世子《セジャ》様の志を知ったからです。それから、世子《セジャ》様の夢を遂げるのに最良の巣を、私と私の一族なら作って差し上げられると思うためです」

「それだけか？　そんなことをして、そなたは何を得る？」

「一族の未来です」

「愚かしい。世子嬪《セジャビン》になれば、確かにそなたの家は隆盛を極めるだろう。だが、そなたはとても寂しい一生を送ることになる」

「覚悟の上です。お互いにとって、利に適《かな》うことですから」

「何だと？」

「私は一族に孝行ができる。世子《セジャ》様は頭の痛い問題を解決することができる。お互いにとって、それが一番ではありませんか？」

それに、世子《セジャ》様の夢は、私の夢でもあります。

「僕と取引をしようと言うのか？」

昊《ヨン》が聞くと、ハヨンは一瞬の躊躇いもなく答えた。

「その通りです」

二十　婚礼の日

運命は無情にも動き出した。二人の話し合いから間もなくして世子嬪《セジャビン》を選ぶというお達しが出され、漢陽《ハニャン》中の名家の娘たちが候補に挙げられた。その発表から七日後に再び審査が行われ、最後の三回目でようやくチョ・マニョンの娘、チョ・ハヨンが世子嬪《セジャビン》に選ばれた。こうして、形ばかりの世子嬪《セジャビン》選びは幕を閉じた。

世子嬪《セジャビン》の内定が行われた夏が終わり、秋が迫る頃、ついに祝言の日取りが決まった。東宮殿《トングンジョン》の内外では、嬪宮殿《ピングンジョン》の主を迎えるための準備が大急ぎで進められた。

長月の十五日。夜間の通行禁止を解く鐘が鳴り、世子《セジャ》が離宮まで世子嬪《セジャビン》を迎えに行き、王宮に戻るという親迎の儀を執り行う日が訪れた。浮ついた緊張感が宮中を覆っていたが、資善堂《チャソンダン》の門前には、そんな宮中の様子とはまるで違う雰囲気が漂っていた。

「書籍の籍か」

チャン内官は資善堂《チャソンダン》の塀の下にしゃがみ込んで溜息を漏らし、木の枝で地面に文字を書いた。文字が一つ増えるたびに、チャン内官の溜息も深まっていく。

ラオンは資善堂《チャソンダン》の門を出たところでチャン内官がいるのに気づき、自分もその横にしゃがんで言った。

「チャン内官様」

「また届いたのですか?」

ラオンが尋ねると、チャン内官は生気を吸い取られたような顔でうなずいた。地面には『籍』という漢字が書かれている。その上には『竹』、左には『耒』が書かれていた。『耒』は『來』に似ていることから、『二十一日、竹林に来られたし』と読み解ける。このところ、毎月十五日になると決まって破字が記された恋文が送られてくる。恋文の送り主が誰なのか気になりはするが、それを知るのは怖くもあり、チャン内官は悩ましい日々を送っていた。

「行ってみてはいかがですか?」

「しかし、そこで恋心が芽生えでもしたらどうするのです」

「何か問題でも?」

「私たちは世子《セジャ》様に仕える身。女人に心を奪われてはならないのです。そんなことはあり得ないし、あってもならないことです。今ここに命があり、仕える主人のおそばにいられることを幸せと思って生きなければならない運命なのです。それなのに、女人に恋情を抱くなど言語道断です」

「そこまで大げさに捉えなくてもいい気がしますが……」

「そんなことになれば、私がつらい思いをするのはもちろんのこと、相手の方にも申し訳がありません」

「どうしてです？」

「だって私は……ホン内官もご存じの通り、男の務めを果たせないではありませんか」

「そうは言っても、お相手を待たせてばかりもいられないではありませんか」

「それはそうですが」

「いたずらに待たせるのも気の毒です。来るのか来ないのか、はっきりしない状況で待たせ続けることほど罪なことはありません」

「そうですか？」

「そうですよ。中途半端に待たせるくらいなら、はっきりと振ってあげた方がよほど誠実というものです。そうすれば、お相手の方もちゃんと諦められるはずです」

「ちゃんと言えば、諦めてもらえるでしょうか」

「ええ、きっと」

ラオンは不意に、寂しそうに笑ってうつむいた。地面にはチャン内官が何度も文字を書いては消した跡が残っている。

「チャン内官様がおっしゃったではありませんか。私たちは生きている限り、仕える主人のおそばにいられることを幸せと思って生きなければならないと。それが我々の人生なら、はっきりと言って差し上げるべきだと思います。もう恋文は送らないで欲しい、このようなことを続けてもあなたが傷つくだけだと」

二人は共に、諦めたように笑った。

そこへ、幼い女官が慌ててやって来たので、ラオンとチャン内官は同時に顔を向けた。

「すみません、ホン内官様はどなたですか？」

「私ですが」

「急いで来てください」

「どうしたのです？」

「最高尚宮《チェゴサングン》様がお呼びです」

「最高尚宮《チェゴサングン》様が？」

「話している暇はありません」

ラオンは促されるままに最高尚宮《チェゴサングン》のもとへ急いだ。

「世子《セジャ》様が大礼服《テレボク》をお召しになる時、お前をお世話係にとのご下命があった」

ラオンが現れると、最高尚宮《チェゴサングン》アン氏は開口一番、舐めるようにラオンを見ながら言った。

「ありがたき幸せにございます」

ラオンは無意識に頭を下げた。

『世子《セジャ》様が初めてお召しになる大礼服《テレボク》は、私の手で着せて差し上げとうございます』

数日前、ラオンは自らチェ内官に願い出たのだが、それが聞き届けられたらしい。

「細心の注意を払い、わずかにも粗相があってはならないお役目だ」

最高尚宮《チェゴサングン》はそう言って、傍《かたわ》らの尚宮《サングン》に目配せをした。すると部屋の戸が開き、大礼服《テレボク》を入れた箱が運び込まれた。最高尚宮《チェゴサングン》は箱を開け、中身を見せながらラオンに説明した。

「よく見ておきなさい。これが上に着る衣だ。中衣の上に着せて差し上げなさい。こちらは下に着る裳《サン》だ。この上に腰紐となる大帯《テデ》を巻き、蔽膝《ペスル》、佩《ペ》、綬《ス》を飾る。覚えられるか？」

「はい。衣と裳《サン》をお召しになったら大帯《テデ》を巻き、その上に蔽膝《ペスル》、佩《ペ》、綬《ス》の飾りをつけるのですね？」

「その通りだ。最後にこの紅い足袋と紅いお履物を履かせて差し上げればよい」

「かしこまりました」

「うまくできそうか？」

「頑張ります」

「頑張るだけではだめだ。万が一にも粗相があれば、私たち全員の首が飛ぶ」

「肝に銘じます」

話を終え、ラオンが最高尚宮《チェゴサングン》の部屋を出ると、チャン内官がやって来た。

「最高尚宮《チェゴサングン》様のご用は何だったのです？　どうして呼びつけられたのです？」

チャン内官は心配そうに、突然の呼び出しを受けた理由を尋ねた。

「世子《セジャ》様の大礼服《テレボク》を着せて差し上げるお役目を仰せつかりました」

ラオンがそう告げると、チャン内官は顔色がみるみる青ざめていった。

「どうなさったのです？」

「いつでしたか、あれは王様のお父上のそのまたお父上が世子《セジャ》だった頃、確か冊封の儀でのことだったと思います。世子《セジャ》様の大礼服《テレボク》を着せて差し上げるお世話係の尚宮《サングン》がいました」

「はぁ……」

また何の話だとラオンは思った。

「緊張するあまり、その尚宮《サングン》は世子《セジャ》様の腰紐を強く締め過ぎてしまったのです」

「それで、どうなったのですか？」

ラオンは嫌な予感がした。

「世子《セジャ》様は烈火のごとくお怒りになり、お世話係の尚宮《サングン》は……」

ラオンは固唾を呑んだ。

「自ら池に身を投げました」

「………」

それくらいのことで自決をするのかとラオンは思ったが、ふと、あることが浮かんだ。

「その、尚宮《サングン》が身を投げた池というのはまさか、資善堂《チャソンダン》のあの池ではありませんよね？」

「よくわかりましたね」

チャン内官はにこやかに言った。宮中で起きる失敗には、どうしていつも生々しい死が伴うのだろう。それに、誰かが自決したら決まってそこは資善堂《チャソンダン》だ。いっそ『自決の名所、資善堂《チャソンダン》』という表札でも付けておこうかと言いたくなった。

そんなやり取りをしているうちに東の空が白み始めていた。ラオンは旲《ヨン》が待つ東宮殿《トングンジョン》へと急いだ。

早朝の鐘の音が宮中に響き渡り、門が開かれると、朝廷の大臣たちが次々に参内し始めた。親迎の儀の準備が整えられ、東宮殿《トングンジョン》には隅々にまで異様な緊張感が漂っていた。

「衣と裳《サン》、大帯《テデ》と蔽膝《ペスル》、佩《ペ》、綬《ス》、足袋やお履物まで、完璧です」

大礼服《テレボク》に身を包んだ旲《ヨン》は、まさに天から舞い降りた天子そのものだった。眩いほど尊貴な姿に目を覆いたくなるほどだ。

「お加減はいかがですか?」

ラオンはいつもと変わらない調子で尋ねたが、旲《ヨン》は押し黙ったままうんともすんとも言おうとしない。

「いけない！　あれを忘れるところでした」

ラオンは少し大げさに拳で自分の頭を打った。

「この大事なものを忘れるなんて、我ながら困ったものです」

ラオンは部屋の奥から赤い漆塗りの大きな木箱を抱えてきて、慎重な手つきで蓋《ふた》を開け、前後に八本の珠玉の飾りを垂らした冕冠《べんかん》を取り出した。それを旲《ヨン》の頭に乗せると、まるで旲《ヨン》のために作られたのではないかと思うほどぴったりだった。衣装も何もかもが完璧だった。ただ一つ、旲《ヨン》の表情を除いては。

「このよき日に、どうしてそのようなお顔をなさるのです？　もっとうれしそうになさいませ」

「よき日だと？　お前は喜べるのか？」

「嬪宮《ビングン》様をお迎えする日です。今日がよき日でなければ、いつがよき日なのです？」

「…………」

「女というのは、とても勘の鋭い生き物です。心から喜んでいなければ、いくら顔で笑っていてもすぐに見抜きます。ですから世子《セジャ》様、心から喜んでくださいませ」

「そんなこと、できるはずがないだろう。だって僕は……僕は……ラオン、今からでも遅くない。お前がやめろと言うなら、僕はこんな婚儀など、いくらでもやめてやる」

旲《ヨン》は思い切りラオンを抱きしめたが、ラオンはとっさに旲《ヨン》を押し退けた。

「なりません」

「ラオン」

「もう、服にしわができたではありませんか。叱られるのはわたくしです。最高尚宮《チェゴサングン》様から、少しの粗相もないようにとあれほど厳しく言われたのに。どうしよう……これで私も資善堂《チャソンダン》の蓮池の仲間入りかな……」

「こんな時に、お前にはそれが大事なのか？」

いくら訴えても、ラオンは目も合わせようとしない。旲《ヨン》はラオンの顔を無理やりこちらに向かせた。そうでもしなければ、ラオンがどこかへ行ってしまいそうで怖かった。

「ええ、大事です」

「ラオン！」

「世子《セジャ》様もおっしゃったではありませんか。世子《セジャ》様には世子《セジャ》様の本分があり、わたくしにはわたくしの本分があります。世子様《セジャ》がご自分の本分を守るために世子嬪《セジャビン》を迎えるように、わたくしは……心からお喜び申し上げるのが、わたくしの本分なのです」

「ラオン、お願いだ」

その時、外からチェ内官の声がした。

「世子様《セジャ》」

「何だ？」

「お時間でございます」

「…………」

「世子様《セジャ》」

「今、お見えになります」

ラオンは代わりに答え、昊《ヨン》の背中を押した。

「さあ、まいりましょう。もっとうれしそうになさいませ。今日は世子様《セジャ》の晴れの日なのですから、笑ってくださいませ。こうやって、にこっと」

ラオンはいつもより明るい笑顔で昊《ヨン》を送り出した。その笑顔に後ろ髪を引かれながら、昊《ヨン》は部屋を出ていった。

戸が閉まるとラオンは一人、壁に手をついた。顔からは笑顔が消え、頬に一筋の涙が伝った。すると、堪えていた涙があふれ出し、ラオンは声を殺して泣き崩れた。

この喜ばしい日に、どうしてこんなに悲しくなるのだろう。世子様《セジャ》のせっかくの晴れの日に、どうしてこんなに涙が出るのだろう。

亥の刻（午後九時から午後十一時）。遠くから通行を禁じる鐘が鳴り始め、宮中の慌ただしい一日が終わる頃、婚儀を終え、誓いの盃を交わした世子《セジャ》と世子嬪《セジャビン》が寝屋に入られたという知らせが届いた。

早朝から普段とは違う緊張が続いたせいで、ラオンは疲れ切っていた。体が重く、目を開けるのもつらいうえに眩暈《めまい》や寒気までしてきたので、ラオンはいつもより早めに布団に入った。すると、途端に全身が深く沈んでいくようだった。よほど疲れているらしく、指を曲げることもできなかった。肩が張り、体がだるく節々も痛んで寝返りを打つ気力もない。段々と視点がぼやけてきて、意識も朦朧としてきた。

しばらく布団の中でうずくまって震えていると、背後に戸を開ける音がして、肩から冷気が入り込んできた。ラオンは顔を向けることもできないまま、絞り出すような声で言った。

「キム兄貴、お帰りなさい」

「…………」

「最近はどこへ行っていらっしゃるのです？　あまり遅くまで出歩かないでくださいね。心配になりますから」

「…………」

「ご飯は、食べましたか？」

「…………」

「すみませんが、今日はもう動けなくて、お夕飯は自分で作っていただけますか」

「…………」

「今日だけです。明日はちゃんと作りますから」

ラオンは空元気《から》で笑った。しっかり寝れば、明日はいつも通り動けるだろう。

ビョンヨンが枕元に近づいてくる気配を感じて笑顔を作ろうと思ったが、振り向くこともできない。

「どこか、悪いのか？」

だが、耳元に響く聞き慣れたその声は、ビョンヨンのものではなかった。心配するあまり声が震えている。ラオンは閉じていた目を見開いた。

「世子《セジャ》様……？」

旲《ヨン》はそれに応えるように両腕でラオンの体を抱きかかえた。

「ラオン」

旲《ヨン》にはわかっていた。自分の前では気丈に振舞っていても、心の中では泣いていたことも、小さな肩を抱いて一人震えていることも。

泣くとわかっていながら、一人つらい思いをするとわかっていながら、どうして僕を止めなかった？　その手で一生に一度の晴れ着を着せて、なぜほかの女人のもとへ行かせた？

どちらも馬鹿だと旲《ヨン》は思った。促されるまま先へ進んだ自分も、つらい気持ちをひた隠し笑顔で送り出したお前も、どちらも大馬鹿者だ。この愚かなほど優しい、美しい人をどうしたらいいのだ？

「すまない」

「何がです？」

「何もかもだ」

「おやめください。それに、嬪宮《ピングン》様といらっしゃるべき方が、なぜここにいらっしゃるのです」

ラオンは旲《ヨン》を押し退けようとしたが、旲《ヨン》はびくともしなかった。ラオンはさらに強く身をよじり、旲《ヨン》の胸を拳で叩きもしたが、無駄だった。抗えば抗うほど旲《ヨン》はさらにきつく抱きしめてくる。旲《ヨン》はラオンの肩に顔を埋めた。

「いけません、世子《セジャ》様」

苦しい思いをしてようやく整理をつけた気持ちが揺らぎそうで、ラオンは心の中で何度も旲《ヨン》を突き放した。

「嫌だ」

だが、旲《ヨン》は決してラオンを放そうとしなかった。絶対に放さない、放したくないと、ラオンを一人で泣かせることなどできないと叫ぶように、旲《ヨン》はラオンを抱きしめたまま動かなかった。

「世子《セジャ》様……」

耳たぶをくすぐる熱を帯びた吐息、この世で一番好きな匂いがすぐそこに感じられ、ラオンは心が弱くなった。

「お帰りください、世子様《セジャ》」

行かないで。

「わたくしは大丈夫です。どうぞお帰りください。もう、行ってください」

つらくて、とても一人ではいられません。どうか……私のそばにいて……。

口に出せない想いが、涙となってラオンの頬を伝った。

神様、わかっています。私の目の前にいるこの方は、私が望んではいけない方です。私がそばにいたら、いつかこの方の邪魔になってしまうことも、よくわかっています。ですから一度だけ、この一度だけお許しください。どんな罰も甘んじて受けますから、今夜だけは、私のわがままをお許しください。

「嫌だ。お前を置いて、僕にどこへ行けと言うのだ」

「ではどうしろと言うのです？　これ以上、わたくしにどうしろと……」

旲《ヨン》はラオンの顔を両手で包んだ。

「お前は何もしなくていい。ただ、そばにいてくれればいいのだ。僕の視線の先には、いつもお前にいて欲しい。手を伸ばせば届くところが、お前がいるべき場所だ。こうして僕の息が届くところが、お前の居場所だ」

ラオンの頬を伝う涙が、旲《ヨン》の手を濡らしていく。

「いけません。そのようなことをおっしゃっては……」

「これが本当の運命《さだめ》なのだ。そうじゃなきゃ……僕は生きていけない」

昊《ヨン》はそう言って、ラオンにくちづけをした。悲しみに震える唇に、柔らかな春の風が吹く。吐息は傷ついた心に優しく触れ、涙と共にラオンの舌先を湿らせた。

つらかったこと、楽しかったこと、寂しかったこと、幸せだったこと、そして、愛し愛されたこと。二人の思い出が宿る唇。その一つひとつを慈しむように、昊《ヨン》は優しく時間をかけてラオンの悲しみを癒していった。

涙に塗れた瞼《まぶた》にくちづけをして、唇は鼻筋、鼻溝、唇、あご、さらにその下へと向かっていく。

遠く、夜鳥の鳴き声が子の刻（午後十一時から午前一時）を告げていた。

二十一　去るともなく去りぬ

「聞きましたか？　世子《セジャ》様がとうとう全羅左道《チョルラドチャ》に暗行御史《アメンオサ》を派遣されたそうです」

「そこは、チョ・マニョンを暗行御史《アメンオサ》として派遣して、すでに調べを済ませたではありませんか？」

府院君金祖淳《プウォングンキムジョスン》の部屋に集まり、男たちは険しい顔をして憤った。

「では、同じ地域に二度も暗行御史《アメンオサ》を遣わせたということですか？　何て血も涙もないお方だ。名目上は官吏の汚職を根絶するためと言われていますが、我が安東金氏《アンドンキムシ》一族を締め出そうという魂胆が見え見えです」

「府院君《プウォングン》様、このままでよいのですか？」

男たちの視線が、上座の府院君金祖淳《プウォングンキムジョスン》に向けられた。憤慨する男たちをよそに、府院君《プウォングン》は淡々とした表情で、うっすらと笑みすら浮かべている。鷹揚としたその態度に痺れを切らし、男の一人が言った。

「いつまでも、やられてばかりでいいのですか？　世子《セジャ》様は我が一族を目の敵にしています。この間は宮中のしきたりを云々して我々を押さえつけ、今度は暗行御史《アメンオサ》まで遣わせてさらなる圧力をかけているのですぞ」

「それだけではありません。我々が抜けた席に嬪宮《ピングン》様のご一族、豊壌趙氏《プンヤンチョシ》をはじめ、味方の者たちを次々に据えています。このままでは国運が揺らぎかねず、心配でなりません」

「科挙にしても、すべての人に公平な機会を与えるという大義名分の下、蔭位《おんい》制を廃止してしまわれました。蔭位《おんい》制は国の功労者に与えられる特別の計らいです。もっと言えば、昨今のこの国で、国のために昼夜を問わず力を尽くしてきたのは我々です。その我々に与えられていた特権を廃止してしまわれた。要するにあの方は、我々を阻むためなら何だってするおつもりなのです。此度の暗行御史《アメンオサ》も、我々一族の息の根を止めるために遣わしたのでしょう」

「今のうちに手を打たなければ、朝廷に我々の味方が一人もいないという事態になりかねません。府院君《プウォングン》様も、このまま黙って見ているおつもりではないのでしょう?」

つめ寄る男たちに、府院君《プウォングン》は落ち着き払った声で言った。

「世子《セジャ》様には、特に問題はない」

「府院君《プウォングン》様!」

思いもよらない発言に、一同は唖然となった。

「宮中の礼を守らずお咎めを受けたのは、これまで任に励むあまり面倒なことを避けてきた我々自ら招いたこと。蔭位《おんい》制は我が一族だけに許された特権となっていたために、廃止されるのは当然の成り行きと言えよう。暗行御史《アメンオサ》に至っては、己に後ろめたいことがなければ恐れることもない」

皆は耳を疑った。一族が危機に瀕している今、一族の長たる者の口から出た言葉とは到底思えない発言で、一同は欺かれたような顔をして府院君《プウォングン》を見た。

「では、府院君《プウォングン》様は世子《セジャ》様のすることは正しい、このまま黙って従おうと、そうおっしゃるのですか？」

　すると、府院君《プウォングン》はおもむろに首を振った。

「世子《セジャ》様がなさることには抜かりがないゆえに、傍から見ればすべきことをなさっているだけに見えると言っているのだ。あの方の放つ矢の矛先が我々一族に向けられていることは疑いようのない事実だ」

　その時、男たちの中から怒号が飛んだ。

「では、どうするおつもりなのですか！」

「いや、それより礼曹参議《イエジョチャミ》だ。礼曹参議《イエジョチャミ》はいつお戻りになるのです！」

　皆、不安と焦りを府院君《プウォングン》にぶつけた。短期間でこれほど世子《セジャ》の方に分が傾いたのは、礼曹参議《イエジョチャミ》キム・ユンソンの不在によるところが大きい。ユンソンは世子《セジャ》の緻密な攻撃にも、いつも何らかの解決策を用意してきた。その働きのおかげで、どれほど不利な状況になっても、ここまで追いつめられることはなかった。

　そのユンソンが、最近はめっきり姿を見せなくなった。一族の集まりには必ず出席するようにという府院君《プウォングン》の厳命にも応じず、理由を聞けば『気が向かない』という答えが返ってくるばかりで、世子《セジャ》との戦いに誰よりも燃えていたあの人がと、皆訝しんでいるところだった。

「府院君《プウォングン》様は、何か聞いておられるのですか？」

　誰かが聞くと、府院君《プウォングン》は首を振った。

「私の血を引く孫とはいえ、あやつの腹の中はどうもわからん」

「では、いつお戻りになるかもわからないということですか？」

再び座中が騒がしくなり、府院君《プウォングン》は苦虫を噛み潰したような顔をした。散々人を振り回し、期待させておいて、今さら手を引くとはどういうつもりなのか。世子《セジャ》さえ抑えれば、王室のすべてを我がものにできるというのに、なぜ身を引こうとするのか。府院君《プウォングン》には、そこがわからなかった。

ユンソンがある日突然、執着も野心も何もかもを捨てて身を引いた理由が。

『欲しいものができたのです』

政治になど見向きもしなかったユンソンが、世子《セジャ》との政争を始めた理由を尋ねられ、そう答えた。府院君《プウォングン》には、その欲しいものが何だったのかがわからなかった。戦う気がなくなったということは、言い換えれば、それを手に入れられなくなったということだろう。だとしたら、このまま永遠に戻って来ないことも十分にあり得ると府院君《プウォングン》は思っていた。

「府院君《プウォングン》様、これからどうするおつもりですか？」

座中から飛んだその声が、府院君《プウォングン》をその場に引き戻した。急に飛んできたその声は、わずかに震えていた。つい先日まで王を見下していた者たちが、今や自分たちの首を案じている。世子昊《セジャヨン》の存在はそれほど大きく、絶大な権力を誇る一族の脅威となっていた。

府院君《プウォングン》は窓の外を見た。こんな日にも、夜空には悠々と流れる淡い雲の上に三日月が浮かんでいる。その明りが、府院君《プウォングン》には鋭く冷たい昊《ヨン》の目のように感じられた。

「正攻法が通じないなら、裏の手を使うしかあるまい」

「裏の手とおっしゃいますと？」

府院君《プウォングン》は下卑た笑いを浮かべた。

「案ずることはない。こんなこともあろうかと、すでに手は打ってある」

それを聞いて、一同はようやく安堵した。府院君金祖淳《プウォングンキムジョスン》が断言したからには、事態を打開する策があるに違いない。ほかの誰でもない、府院君《プウォングン》が言い切ったのだ。陰謀と計略が渦巻く政治の世界で生きてきた府院君金祖淳《プウォングンキムジョスン》なら、ほかの者では思いつかない秘策を間違いなく見出せるはずと、皆、安堵の表情を浮かべた。

夜はさらに更け、先ほどの三日月は、いつしか垂れ込めた雨雲に飲み込まれていた。


秋の西日が、宮中を茜色に染めていた。ほどなくして宮中に夜の帳《とばり》が降り始めた頃、静寂に包まれた重熙堂《チュンヒダン》に碁石を打つ音が響いた。地を緻密に囲んでいく黒石に目を留めたまま、旲《ヨン》が言った。

「少し見ないうちに、ずいぶん腕を上げたな」

向かいに背筋を伸ばして座り、ユンソンが答えた。

「わかりませんね。私が打てる碁石の数は増えましたが、世子《セジャ》様はこの間に味方を増やされました。どちらが割のいい商売なのか、わかりません」

「政治を商売に例えるのは些かどうかと思うが、政治であれ商売であれ、とどのつまりは人のすることだ。結局は正しい方が勝つ」

空をつんざくような音を立てて、昊《ヨン》が置いた白石が地を広げるユンソンの黒石を阻んだ。

「いいえ、世子《セジャ》様。正しい方が勝つのではなく、勝った方が正しいのです」

昊《ヨン》はわずかに顔を上げてユンソンを見た。この短い間にまた何があったのか、ユンソンの顔には以前の微笑みが戻っていた。仮面を被ったような、あの微笑みだ。

「しばらく浮かない顔をしていると思っていたが」

「頭の痛い問題が山積していたものですから」

「それが解決したというわけか」

「いいえ、面倒なので捨てました」

昊《ヨン》は黙ってうなずいた。ユンソンが安東金氏《アンドンキムシ》一族の集まりに顔を出さなくなったという話は、内々に昊《ヨン》の耳にも届いていた。理由が気になったが、あえて聞かなかった。今は別々の道を歩んでいるとはいえ、子ども時分を共に過ごした友への礼儀として。

「ところで、どうして急に囲碁に誘ったのだ?」

昊《ヨン》が尋ねると、ユンソンは碁盤を見たまま答えた。

「負けを認めなければいけないと思ったのです」

「負けを認める?」

ユンソンは顔を上げ、昊《ヨン》を見て言った。

「負けました。攻め合いにも、ほかの戦いにも。完敗です」

攻め合いが政治的な対立を意味していることはすぐにわかった。少し前まで、二人は政敵だった。

ユンソンの知略は決して昊《ヨン》に引けを取るものではなく、昊《ヨン》のどんな小さなほころびも見逃さなかった。そのため、向かうところ敵なしの昊《ヨン》でさえ、度々ひやりとさせられてきた。飢えた野獣のように自分に牙をむいていたユンソンを、ある日突然、政治の表舞台から退かせたものは何だったのか。何より、ほかの戦いとは何を意味しているのか、昊《ヨン》は聞いてみることにした。

「その戦いとは、何のことだ？」

言いながら、昊《ヨン》はふとラオンの顔を思い浮かべた。まさかと思っていると、ユンソンは昊《ヨン》から目を逸らしてはは、と短く笑った。

「まあ、そういうことがあったということです」

それが何か気になったが、昊《ヨン》は聞かなかった。

すると、その雰囲気を察して、チェ内官が口を挟んだ。

「世子様《セジャ》」

「何だ？」

「嬪宮様《ピングン》がお見えになりました。大妃殿《テビジョン》に夕方のご挨拶に行く時刻でございます」

「もうそんな時刻か」

昊《ヨン》はすぐに席を立った。

「勝負の続きはまた今度だ」

「いつでもお呼びください」

頭を下げるユンソンをしばらく見て、昊《ヨン》は大妃殿《テビジョン》に向かった。石段を下りる昊《ヨン》を、世子嬪《セジャビン》チョ氏となったハヨンは笑顔で迎えた。並んで東宮殿《トングンジョン》を出る世子《セジャ》と世子嬪《セジャビン》の後ろには、大勢の宦官や女官が従っている。その長い行列が見えなくなるまで見送って、ユンソンは複雑な表情を浮かべた。回廊を通る時に聞こえた、女官たちのひそひそ話が思い出される。

「世子《セジャ》様と嬪宮《ピングン》様って、本当に仲がいいわね」

「とてもお似合いで、まさにおしどり夫婦だわ」

周囲の目に、あの二人はそう映っているのかと、ユンソンは苦笑いを浮かべた。周りの目はごまかせても、ユンソンの目を騙すことはできなかった。ユンソンにはわかっていた。世子《セジャ》と世子嬪《セジャビン》の関係が、世間が思うような夫婦ではないことを。

確かに仲はよさそうに見えるが、その仲は決して夫婦のそれではなかった。ユンソンが見た旲《ヨン》とハヨンの関係は、夫婦というより主君と臣下のそれに似ていた。利害によって結ばれた間柄だ。二人がおしどり夫婦を装っているのは、おそらく密約を交わしているからだろう。

うそはうそを見破るもの。微笑みの仮面を被って生きてきたユンソンは、一目で二人の仮面を見破った。世子《セジャ》と世子嬪《セジャビン》が歪んだ関係を結んだ理由が、ある人のせいだと知ったら、皆、どんな顔をするだろう。ユンソンは、その人の顔を思い浮かべた。

世子《セジャ》と世子嬪《セジャビン》の婚礼の儀の翌日、ユンソンはラオンのもとを訪ねた。

「調子はどうですか？」

「おかげさまで、何の問題もありません」

ユンソンの心配をよそに、ラオンは意外にも平然としていた。世子《セジャ》がほかの女人を世子嬪《セジャビン》に迎えたのだから、普通なら平気でいられるはずがない。だが、ラオンの顔は幸せそうにさえ見えた。身分や立場のしがらみがなければ、伴侶となるのはラオンだったはず。それなのに、よその女に愛する男を奪われて、どうしてこれほど幸せそうな顔をしていられるのだろう。釈然としないものを感じ、ユンソンは言った。

「無理をしないでください。自分の心にうそをついてまで、幸せそうな顔をしなくていいのです」

「うそなどついておりません。わたくしは今、とても穏やかで幸せな気持ちでいます」

「どうしてそんなことが言えるのです？」

ユンソンは聞かずにはいられなかった。

「どうして幸せだなどと言えるのです！」

女人の身で男として生きることを強いられ、宦官にまでならなければならなかった。そのうえ、過酷な運命はラオンから愛する人まで奪ってしまった。呪われた運命と言ってもいい。それなのに、ラオンは幸せそうに笑っている。ユンソンにはとても理解できなかった。

「こうしてあの方のおそばにいられるのですから、幸せでないはずがありません」

だが、ラオンが口にしたのは、ユンソンがいまだ感じたことのない、旲《ヨン》への強い信頼だった。人と人の間に芽生える信頼とは、かくも強いものなのか。人の心など一瞬にして変わる、利益のためなら何色にも染まると思って生きてきた。だが、それは間違いだった。旲《ヨン》に対するラオンの気持ちは、少しも変わっていなかった。後ろから静かに見守るしかない立場に置かれても、ラオンは変わらず旲《ヨン》を愛している。いや、今までより深く愛していた。ユンソンは堪らず、ラオンの肩をつかみ責めるように言った。

「どうしてそんな顔をしていられるのです？　あなたはすべてを失った。大切なものを奪われたのです。少しは泣きわめいて、恨み言の一つでも言ったらどうですか。どんな手を使っても、奪い返したらどうなのです！　あなたを裏切ったあの男に、あなたが受けた悲しみを、いや、それよりもっと大きな苦痛を味わわせるべきなのではないのですか！」

「…………」

「私がします。私が、あなたの力になります。だから、私のところに来てください。私の女《ひと》になれば、あなたをこの世で一番、高貴な人にしてあげます。欲しいものは何でも与えてあげます。あの男を……世子《セジャ》様を、あなたの足元に跪《ひざまず》かせることだってできる」

だが、ラオンは淡く微笑んで、

「そうなることはありません」

そう言うと、ユンソンの手を離してさらに言った。

「あの方は、そんな弱い方ではありません。礼曹参議《イエジョチャミ》様がどれほど挑んでも、あの方を倒すことはできません。もしも、千に一つ、万に一つ、そのようなことになれば」

「…………」

「あなたを裏切ったのですよ！」

「私は死にます」

「憎くないのですか？　あの方は結局、あなたを裏切ったのですよ！」

「あの方を、お慕いしています」

「あなたを捨てた男です」

「あの方の幸せを願っています」

「自分が永遠に不幸になっても？」

「わたくしを愛し、今も愛してくれています。そして、これからも愛し続けてくださることがわかるのです。ですから、わたくしは幸せです。永遠に幸せでいられます」

それを聞いて、ユンソンは手を下ろした。荒々しくラオンに迫っていた男は、砂の城のように崩れ落ちた。

ラオンの気持ちは絶対に変わらない。その強い愛が、揺らぐことのない信頼が、ユンソンの心を切り裂いた。空が、がらがらと音を立てて落ちてくるようだった。これまで信じてきたすべてが覆されたような衝撃が、ユンソンを襲っていた。

瞳から光が消え、虚しさが津波のように押し寄せた。急に意欲がなくなり、何もかもが無意味に思え、何もしたくなかった。どうしたって、あの女《ひと》の心の中には入れない。もはや戦う理由も、意味もなくなった。

そして今日、ユンソンは昊《ヨン》のもとを訪ねた。最後にラオンに対する昊《ヨン》の気持ちを確かめておきたかった。そして、わかった。二人の気持ちは少しも変わっていなかった。世子嬪《セジャビン》に対する昊《ヨン》の態度には心がこもっていない。世子嬪《セジャビン》に微笑んでいても、昊《ヨン》の視線は常にラオンを追っていた。昊《ヨン》は今も変わらずラオンを見守り、ラオンの声に耳を澄ましている。ラオンは昊《ヨン》の中に深く息づいている。

ユンソンは突然、大声で笑い出した。

「これだもんな。あの二人には敵わない」

ひとしきり笑うと、ユンソンの胸に悲しみが込み上げた。

敦化門《トンファムン》の外に小宦たちが集まって、何やら話していた。

「サンヨル、お前はどこに行くのだ?」

「家に帰るに決まっているだろう。そういうト内官こそ、家に帰らないでどこへ行くつもりだ?」

「久しぶりの休みじゃないか。退屈な家にいるより……」

ト・ギは言葉を濁し、声を小さくしてささやいた。

「かねてから気になっていた妓楼《ぎろう》があるのだ。酒もうまいし妓女《キニョ》たちの器量もいい。サンヨル、どうだ、一緒に行ってみないか?」

「結構だ」

すると、ト・ギはラオンに声をかけた。

「ホン内官様はどうです? ホン内官様の本のおかげで懐《ふところ》も温かい。お礼におごりますよ」

「私も遠慮しておきます」

ト・ギは名残惜しそうに、ラオンとサンヨルの顔を代わる代わる見た。

今日は久しぶりの休暇で、皆、いつもの官服を脱ぎ士大夫《サデブい》の出で立ちをして王宮を出てきたところだった。

「二人とも、つれないことを言うなよ」

ト・ギは不満そうにそう言うと、先に歩き出した。

「それじゃ、俺はここで。妓女《キニョ》のホンウォルが首を長くして待っているのでね」

サンヨルもラオンに言った。

「それでは、ホン内官様、久しぶりのお休み、ゆっくりなさってください」

互いに挨拶を交わして、小宦たちは王宮をあとにした。一人残ったラオンは、敦化門《トンファムン》の中に向かって頭を下げた。

「行ってまいります」

見えない旲《ヨン》にそう告げて、ラオンも家族のもとへ向かった。


「聞いてくれよ。俺が何をしたって言うんだ？　何もしちゃいねえよ！」

ク爺さんの煙草屋に、朝日が長く差し込んでいる。ク爺さんの煙草屋は、朝から客たちで賑わっていた。皆、昨晩、雲従街《ウンジョンガ》のど真ん中で派手な夫婦喧嘩を繰り広げた鍛冶《かじ》職人のチョンのその後が気になって、話を聞きに来ていた。頬に爪痕をくっきりと残して、チョンは集まった客たちに身振り手振りを添えて訴えた。

「女房のやつ、とうとう頭がどうにかなっちまったに違いねえ。でなきゃ俺にこんなことはできねえはずだ。今まで大人しく我慢してやったものだから、舐めてやがるんだ。だが、今度という今度は勘弁ならねえ。俺の顔にしたみてえに、家に帰ったら女房の……」

「手を握ってください」

「おお、そうだ。思い切り手を握って……って、何だと？　誰だ？　あの馬鹿女房の手を握れなんて言ったのは、どこのどいつだ？」

「私です」

客たちの間から、見慣れた顔が現れた。すると、それまで険しかったチョンの顔つきが、春にときめく乙女のように明るくなった。

「何だ、サムノムじゃねえか！」

「サムノム？」

「雲従街《ウンジョンガ》のサムノムが帰ってきたのか？」

ざわめきが起こり、皆の視線がチョンからラオンに向けられた。

「ほんとだ、本当にサムノムだ！」

「久しぶりだね、サムノム。一段と綺麗になって」

「王宮っていいところなのね。垢抜けちゃって、見違えたわ」

皆に温かく迎えられ、ラオンもうれしそうに笑った。

「皆さん、お元気でしたか？」

「元気も何も、お前がいなくなって寂しくてたまらなかったよ。それよりサムノム、いいところに来てくれた。聞いてくれ。俺の馬鹿女房がまた……」

チョンが話を始めたところで、ラオンはそれを遮るように言った。

「チョンさん、よその女の人と手をつないでいたそうですね」

「それを、どうして知ってるんだ？」

「来る途中、奥さんのアンさんに会いました」

「あの馬鹿女房、もうあっちこっちに言いふらしてやがる」

「旅籠《はたご》で泣いていましたよ」

「泣いてた？　あの女が？　目に埃が入っただけじゃないのかい」

「悲しいから泣いていたのでしょう。早く行ってあげてください。行って、悪かったと謝ってください」

「俺は何もしちゃいねえよ」

「よその女の人の手を握ったでしょ？」

「それは握ろうとしたんじゃなくて、何ていうかその、はずみでちょっと……」

「はずみであれ何であれ、チョンさんが悪いです」

「だとしても、今度は俺も我慢ならねえ。サムノム、お前もこの顔を見てみろ。あの馬鹿女房、今日こそ追い出してやる」

息巻くチョンに、ラオンはやれやれと溜息を吐いた。

「チョンさんのお父さんが亡くなるまでの三年間、そばで看病をしたのは誰でしたか？」

「誰って、あの馬鹿女房に決まってるじゃねえか」

「その時、チョンさんは言いましたね。実の息子でもできないことを、女房がしてくれたって。死ぬまで頭が上がらないって、言っていたじゃありませんか」

それを聞いて、チョンの表情が、わずかに和らいだ。

「そうだな。あの時は本当に苦労をかけた。親父の看病を嫌な顔一つしねえで、あの寒い冬の日に……俺が間違ってた。どんなに色目を使われても、断るべきだったんだ」

チョンは後悔した様子で、ク爺さんの煙草屋を飛び出した。すると、店に訪れていた客たちが次々にラオンに悩みを話し始め、見かねたク爺さんは、叱るように皆に言った。

「お前さんたち、やめないか。久しぶりに休みを頂いて帰ってきたんじゃないか。少しは休ませてやれ」

「そうは言うが、サムノムが王宮に帰ったら、誰に悩みを相談すればいいんだ？」

「そうだよ。だから王宮に戻る前に……」

「まだ言うか。サムノム、今日はもういいから、母さんとダニを連れて帰りなさい。ここにいたら悩み相談をしているうちに一日が終わっちまうよ」

ク爺さんは勝手な客たちのことは諦めて、ラオンたち家族を家に帰すことにした。それでも引き下がらない客たちをク爺さんが止めてくれたおかげで、ラオンは母とダニと三人で家路に着くことができた。

「母さん」

「やっとまともに顔を見れたわ」

「そうだね」

母に微笑むラオンの目元はうっすらと濡れていた。

「ダニ、元気だった？　母さんはどう？　体は大丈夫？」

「私たちはいつだって元気よ。そういうお前こそ、こんなに痩せちゃって」

母チェ氏は心配そうにラオンの様子を確かめた。

「どこか悪いところはない？」

「心配しないで。ちょっと、季節の変わり目で本調子じゃないだけ」

旲《ヨン》が世子嬪《セジャビン》を迎えてから食欲がなかったのだが、母チェ氏は娘のわずかな変化にも気づいたようだ。ラオンは努めて元気そうに笑った。

「何か、あったんじゃないの？」

「何もないよ。母さん、こう見えても私、正七品尚烜《チョンチルプムサンフォン》になったの。宮中でよく食べよく寝て、周りの人たちとも楽しく過ごしているから心配しないで。それより、母さんとダニはどうしてたの？　ちょっと見ないうちに、ダニもずいぶん女らしくなったんじゃない？」

「お姉ちゃんったら。私ももう十六よ」

「そっか、ダニももう十六なんだ。そろそろお嫁に行く年頃かな」

「やめてよ」

ダニは赤くなった。

「その顔、もしかして好きな人がいるの？」

「そんな人、いるわけないでしょ」

ただの冗談にも、ダニはむきになった。

「むきになっちゃって、ますます怪しいな」

「違うってば」

「そう？」

「うん」

「本当に？」

「本当にほんとよ」

「ならよかった」

「どうして？」

ラオンが何をよかったと言っているのかわからず、ダニは聞き返した。すると、ラオンは笑顔のまま、母とダニを代わる代わる見て言った。

「母さん、ダニ」

「何？」

「どうしたの？」

「そろそろ、ここを発《た》とうと思う」

世子《セジャ》様がいないところへ、あの方の目が届かないところへ。永遠に。

月明り雲に覆われて
浅き眠りの寂しさよ
生きるともなく生きる運命《さだめ》と
君への愛を胸に隠して

暗き夢 頬泣き濡れて
目覚めれば悲しい月夜
去るともなく去らざる運命《さだめ》と
君への恋しさ胸に忍ばせ

二十二　これでいいですよね、温室の花の世子様《セジャ》

「何かあったの？」

　しばらくの沈黙のあと、母チェ氏は聞き返した。不安と恐れが入り混じる母の目を見つめ、ラオンは静かに首を振った。

「そうじゃないの」

　今、やっといろいろなことが腑に落ちた。母さんが、どうして役人の目を恐れ、娘たちを連れて逃げ続けなければならなかったのか。なぜ私が男として生きなければならなかったのか。

　ラオンは母が一度も口にしなかった思いを、やっと知ることができた。

「心配しないで、母さん。胸の中でそう語りかけながら、ラオンは母の手を撫でた。

「ここもそろそろかなって。だから母さん、別のところへ行こう」

　どういう事情があるのかはわからないが、この子は今、とてもつらい思いをしている。母チェ氏はラオンの気持ちを察して、ただ一言、そうしようとだけ言ってうなずいた。事情など確かめなくても目を見ればわかる。何に苦しんでいるのかはわからないが、ここを離れることでこの子の気持ちが楽になるのなら、どこへ行っても構わないと思った。

「ダニもいい？　ようやくここの生活に慣れてきたところだったのに、ごめんね」

「気にしないで、お姉ちゃん。ちょうど治療も終わって、これからは空気のいいところで、よく食べて、よく寝ればいいってお医者様から言われているの。本当は、私からお姉ちゃんにお願いしたかったんだ。どこか、空気の美味しいところに行こうって」

妹の優しさが胸に染みて、ラオンはただうつむくことしかできなかった。

「……そう言ってくれて、ありがとう」

みぞおちの辺りが締めつけられるようだった。

ラオンは王宮の方を向いて胸の中で語りかけた。

これでいいですよね、温室の花の世子《セジャ》様。


人々が冬支度を始める霜月。足元が冷え、朝夕と冬の寒さを感じるようになった。

「生姜となつめのお茶をご用意しました」

ラオンは茶と菓子を乗せた膳を旲《ヨン》の前に置いて声をかけたが、旲《ヨン》は書類に顔を向けたままだ。

「世子《セジャ》様、お茶の時刻でございます」

「これだけ終わらせて、いただくよ」

「それでは冷めてしまいます」

「冷めた方が飲みやすいこともある」

「それでは効能が損なわれるそうです。熱いうちにどうぞ」

「わかった」

「口先だけですか？」

「もう終わるから」

「そうですか。わかりました。ではお好きになさってください。わたくしはもう何も申しません」

「怒ったのか？」

「温かいうちにお飲みくださいと何度もお願いしました。昨日も、一昨日も。それなのに、一度だって飲んでくださらないではありませんか」

「わかった。飲むよ。飲めばいいのだろう」

「一日三回、決まった時刻にお飲みになると、手足が温まり、よく眠れるそうです。ですからどうか言うことを聞いて、お飲みください」

「わかったと言っているではないか。最近、どんどん口うるさくなってきたな。仕事が山積みなのだから、仕方がないだろう」

「そのお仕事ですが、少し減らすことはできませんか？」

「そうは言うが、見ての通り次から次へと……」

「わたくしの祖父が言うには、世子《セジャ》様はご自分から苦労を買って出る方だそうです」

「苦労を買って出る？」

「はい。下の人たちにさせてもいい仕事まで、何もかもご自分でなさろうとすると。まるで仕事に取り憑かれておられるようだと申しておりました」

「先生が、そんなことを？」

「はい。ですから、その悪い癖を直してください。世子様《セジャ》が見込んで引き入れた方たちです。あの方たちを信じて、お任せください」

「僕は皆を信じている。本当だ」

「それなら行動で示していただきませんと」

「いいだろう。では、どう示せばいい？」

「今日一日、いえ、これからは三日に一度はお休みください」

「三日に一度？」

「はい。三日に一度は何もせず、考え事もしないでお休みになるのです。おできになりますか？」

「どうかな」

「やっぱり、世子様《セジャ》は世子様《セジャ》の味方でさえ、どこかで信じていらっしゃらないのですね」

「信じているさ。しかし三日に一度というのは、休み過ぎではないか？」

「世子様《セジャ》」

「ああ、わかった。考えてみよう」

「考えるだけではなく、約束してください。三日が難しいなら、四日に一度はどうです？」

「十日に一度にしよう」

「四日に一度です」

「七日に一度」

「五日に一度、これ以上は譲れません」

「何だ、僕と取引をするつもりか？」

「忠言でございます」

「嫌だと言ったら？」

「わたくしも世子《セジャ》様と一緒に、寝ず、食べず、両目を充血させて過ごします」

ラオンが両目を大きく開いて見せると、昊《ヨン》は笑いを吹き出した。

「わかった。お前の言う通り、五日に一度、休むことにするよ」

「約束してくださるのですね？」

「ああ、約束する」

「わたくしがいる時だけではいけません」

「この宮中に人の目や耳が及ばない場所などどこにある？　もし約束を破ったら、たちまちお前の耳に届くだろう。お前がいない時も約束は守る。だから安心しろ」

「では、ついでにもう一つ、お約束いただきたいことがあります」

「まだあるのか」

「ほかの内官たちがご用意するお茶も、必ず時刻を守ってお飲みください」

「わかった、約束しよう」

「一日一度は運動も兼ねて后苑《フウォン》を散歩することも」

「わかった」

「何があっても、お食事はきちんと取ると約束してください」

「そうするよ」

「眠れないからと、夜通し本を読むこともなさらないで」

「わかった。あとは？　ほかに何を約束すればいい？」

「一人で寝ないでください」

「願ってもないことだ。それは僕が約束してもらおうと思っていた」

「疲れた時は、疲れたとおっしゃってください。体の調子が良くない時も、絶対に無理をしないと、わたくしと約束してください」

「わかった、約束する。お前がそうしろと言うのなら、その通りにする。ただ……」

不意に手を取り、旲《ヨン》はラオンを抱き寄せた。

「いくつも約束をさせておいて、何もなしか？」

「何のことです？」

「お前は僕に何をしてくれる？」

「何をして差し上げればいいのでしょう」

「何でもいいか？」

「わたくしのお願いを聞いてくださったので、わたくしも一つだけ聞いて差し上げます」

「僕はいくつも約束した。一つだけでは割に合わないぞ」

「嫌ならいいのですよ」

自分から離れようとするラオンを、昊《ヨン》はとっさに抱きしめた。

「話を最後まで聞かないか。僕は割に合わないと言っただけで、嫌だとは一言も言っていない」

「そうですか？　ならどうぞ、おっしゃってください。何でも聞いて差し上げます」

「僕の望みは……」

昊《ヨン》は目を閉じ、ラオンの唇を求めた。

「今日の約束は、必ずお守りくださいね」

この先、何があっても。

ラオンは最後の言葉を胸に留め、そっと目を閉じた。杏子《あんず》色をした唇は、それからしばらくの間、昊《ヨン》のものになった。


通行を禁じる鐘の音が、夜の資善堂《チャソンダン》に鳴り響いた。梁《はり》の上で微動だにせず寝そべっていたビョンヨンが、音もなく梁《はり》から飛び下りた。人々にとっては通行禁止を知らせる鐘の音だが、隠密の役目を預かるビョンヨンには始業を知らせる鐘だった。

いつものようにラオンの寝顔を確かめて、ビョンヨンは部屋を出ようとした。

「キム兄貴」

その時、眠っているとばかり思っていたラオンが、ビョンヨンを呼び止めた。

「今夜もお出かけですか？」

「寝ていたのではなかったのか？」

「もう寝ます」

「休め」

ビョンヨンが外に出ようとすると、ラオンは服の裾をつかんだ。

「キム兄貴」

「どうした？」

いつもとは違う様子に、ビョンヨンは服をつかまれたままラオンの顔をのぞき込んだ。

「あの……」

手元にビョンヨンの面倒そうな視線を感じ、ラオンはごまかすように笑った。

「今夜も、お帰りは朝ですか？」

「多分な」

「キム兄貴」

「何だ？」

「危ないお仕事ではありませんよね？」

「……違う」

ビョンヨンがわずかに言い淀むと、ラオンは淡く微笑んだ。

やはり、うそをつけない方だ。

「本当ですか？」

「…………」

ほらやっぱりと、ラオンはいたずらっぽく笑って、何かを差し出した。それはビョンヨンがラオンに贈った月下老人の腕飾りに似た腕飾りだった。

「これは？」

「お守りです」

「お守り？」

「はい。キム兄貴にいただいたものを見よう見真似で作ってみました。キム兄貴のご無事を祈りながら作ったので、きっとキム兄貴を守ってくれるはずです」

ビョンヨンは腕飾りとラオンの顔を代わる代わる見るばかりで、何も言おうとしない。気に入らないのだろうかと不安になり、ラオンはビョンヨンの顔色をうかがいながら聞いた。

「こういうのを身に着けるのは、嫌いですか？」

「嫌いというわけではないが……」

「よかった。では」

「だが、好きでもない」

「そうですか。でも、せっかく心を込めて作ったものですので」

騙されたと思ってつけてみてと顔に書いて、ラオンは腕飾りを小さく振って見せた。その姿に、ビョンヨンは少し面倒臭そうに言った。

「世話が焼けるやつだ」

ラオンの押しに負け、ビョンヨンはその腕飾りを自分の手首に結んだ。

「これでいいか？」

「はい」

ラオンはうれしそうに笑い、瞳を潤ませてビョンヨンの手首についた腕飾りをまじまじと見て言った。

「思ったより、よくお似合いです。忘れないでくださいね。キム兄貴のことは、このお守りが守ってくれますから」

「本当に世話が焼けるな」

ぶっきらぼうな言い方とは裏腹に、資善堂《チャソンダン》を出るビョンヨンの顔には、少年のような笑みが浮かんでいた。

「キム兄貴、どうかお元気で。これまで本当に、本当にお世話になりました」

ビョンヨンの姿が見えなくなるまで見送って、ラオンは暗闇に頭を下げた。


半刻後、ラオンは東宮殿《トングンジョン》の門前にいた。灯りの消えた旲《ヨン》の部屋を眺めているだけで愛しさが込み上げてくる。先ほどの約束を守って、早めに床に就いたのだろう。聞き分けのいい子どものようで、ラオンはくすりとなった。そして笑った途端、涙があふれた。

世子《セジャ》様を思うだけで涙が出る。すごく幸せで……心に思い浮かべるだけで喜びに満たされる。そんな人と離れなければならないと思うと、胸が引き裂かれるようだった。どこを見ても昊《ヨン》との思い出が蘇り、一歩踏み出すたびに昊《ヨン》の姿が目の前に現れる。

行きたくなどない。昊《ヨン》のそばにいたいというささやかな望みすら許されない我が身を呪いたくなる。何よりも、昊《ヨン》のもとを去ることしかできない無力さがつらくてたまらない。だが、このままここにいるわけにはいかなかった。私がそばにいては、昊《ヨン》を苦しめるだけだ。

ラオンにはわかっていた。この先、自分の存在が昊《ヨン》の重荷になることも、自分のせいで昊《ヨン》が本来の人生を歩めなくなることも。そして、自分たちはそういう運命なのだということも。

どうして出会ってしまったのだろう。どうして、あなたを好きになってしまったのだろう……。

ラオンは涙を拭いた。

「やめよう。運命を恨んでも始まらない」

大切な人に出会わせてくれたのだから。さよならも言えずにお別れすることになったけど、世子《セジャ》様に出会い、愛することができたのだから、むしろこの運命に感謝しなければ。

「私は、正しい選択をした」

これが、私があの方のためにできる最善の選択だ。

ラオンは昊《ヨン》の部屋に向かって頭を下げた。

「どうか、お元気で。温室の花の世子《セジャ》様と出会い、私は自分を大切に思えるようになりました。ですから世子《セジャ》様も、ご自分を大切になさってください。大事になさってください。いつまでも、幸せでいてください」

自分には一生訪れないと思っていた幸せや、諦めていた誰かに心から愛されるということ。世子《セジャ》様との思い出があれば、私は生きていけます。

ラオンは未練を断つように、旲《ヨン》の部屋に背を向けた。これ以上ここにいたら、離れられなくなる気がした。ラオンは一度も振り返らずに、東宮殿《トングンジョン》をあとにした。

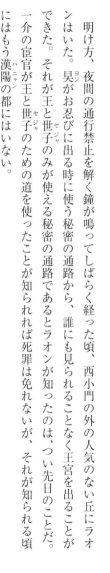

明け方、夜間の通行禁止を解く鐘が鳴ってしばらく経った頃、西小門の外の人気のない丘にラオンはいた。旲《ヨン》がお忍びに出る時に使う秘密の通路から、誰にも見られることなく王宮を出ることができた。それが王と世子《セジャ》のみが使える秘密の通路であるとラオンが知ったのは、つい先日のことだ。一介の宦官が王と世子《セジャ》のための道を使ったことが知られれば死罪は免れないが、それが知られる頃にはもう漢陽《ハニャン》の都にはいない。
ラオンは家に向かって足を急がせた。日が昇る前に漢陽《ハニャン》を出なければならない。
「お母さん、ダニ」
ラオンは息を弾ませ、家の庭に入った。昨日のうちに知らせを出しておいたので、荷造りはできているはずだった。ところが、家の中から二人の気配が感じられない。

「母さん、迎えに……」

部屋に入り、もう一度母を呼ぼうとして、ラオンは愕然となった。部屋の中に二人の姿はなく、急いでまとめたのであろう荷物は転がり、床には誰のものともつかない足跡が残されている。

「母さん！　ダニ！」

ラオンは血相を変えて二人を探した。

「一歩、遅かったか」

振り向くと、そこには見覚えのある男が立っていた。どこで会ったかとっさに思い出せなかったが、記憶をたどっていくうちに、ふとある顔が浮かんだ。

「もしかして、パク様ではありませんか？」

「覚えていてくれましたか」

「もちろんです」

いつか祖父を訪ねた時に同行した男だ。確か、パク・マンチュンと名乗っていたが、この男がなぜここにいるのか、ラオンが訝しんでいると、パク・マンチュンはことの経緯を話し始めた。

「ご家族を見守るようにと、世子《セジャ》様から内々に命じられていました」

「そうでしたか」

自分に黙って家族を守ってくれていたことを知り、ラオンは無意識に頭が下がった。情が深く、警戒心の強い人柄を思えば、見張りをつけていてもおかしくはなかった。

「母と妹が今、どこにいるかご存じですか？」

「それが……」

パク・マンチュンは硬い表情になった。

「実はこのところ、怪しい者たちが頻繁にこの家の周りをうろついていたので、警戒を強めていました。それが、少し目を離した隙に……」

「怪しい者たちが？」

ラオンの顔から血の気が引いていくのを見て、パク・マンチュンは言った。

「ご存じなかったのですか？　ホン内官のご家族は普通の家ではありません」

「私の家族のことを、ご存じなのですか？」

ラオンは頭が真っ白になり、手や足が震えてきて、立っていられなくなった。

この人は何を知っているのだろう。私が女であることか、それとも謀反者の娘ということまで知っているのだろうか？　まさか、母さんとダニはそのせいで？

「パク様、私の家族の居場所をご存じなのですか？」

ラオンが尋ねると、パク・マンチュンはうなずいた。

「おおよその見当はついています」

「どこですか？　すぐに連れていってください」

「それは危険です」

「構いません」

自分のことなどどうでもいい。今この瞬間も、母さんとダニがひどい目に遭っているかもしれないと思うと、ラオンは居ても立ってもいられなかった。

「私のことは構いません。早く母と妹のもとへ連れていってください」

ラオンに押し切られ、パク・マンチュンは案内役を引き受けた。

「わかりました。しかし、先に会の方に知らせを出してからです」

「会の方とおっしゃいますと……？」

パク・マンチュンは微笑んだ。

「白雲会《ペグネ》です。世子《セジャ》様のために草として働く者の集まりです。世子《セジャ》様を陰で支えています」

世子《セジャ》様のために働く者たちと聞いて、ラオンはほっとした。

「わかりました。お願いします」

「危険を伴うかもしれません。絶対に私から離れないでください」

「私なら大丈夫です。一刻も早く、二人のもとへ連れていってください」

ラオンはパク・マンチュンに従って、暗い脇道へと入っていった。

母さん、ダニ、どこにいるの？

お願い、無事でいて！

二十三　どうしてここにいる？

西の空が暗くなり始めた。足元は午後から降り出したみぞれのせいでぬかるんでいる。

ダニは縁側に座り、辺りが暗くなっていくのを眺めながら、長い溜息を漏らした。黄ばんだ障子紙の向こうでは、母の影が忙しく動いている。

「ダニ、そこで何をしているの？　こっちへ来て手伝って」

「はーい」

その日の昼間、鍛冶《かじ》職人のチョンが訪ねてきて、ラオンから預かったという文《ふみ》を届けてくれた。そこには『今日』とだけ書かれていたが、それが何を意味しているのかはすぐにわかった。今夜ここを離れる、準備をしておけという意味だ。

こんなことは慣れっ子だった。物心ついた時から、いろんな場所を転々としていて、ひとところに長く暮らした記憶がない。ただ、そんなダニにも、ここには特別な思い入れがあった。影のようにつきまとっていた長患いを治し、初めて人の中に入って過ごす経験をした。おかげで人並みの暮らしを知ることができた。

ダニは思い出の一つひとつを焼きつけるように家を見渡した。手垢で黒くなった手すりや、何重にも継ぎはぎされた障子紙、鏡のようによく磨かれた縁側の床……どれも愛着のあるものであふれている。

朝な夕な通った雲従街《ウンジョンガ》の街並みや、そこに生きる人々の姿が目に浮かぶ。旅籠屋《はたごや》の飼い犬のジヨンバクや、最近、毎日のようにやって来る厄介な客の顔まで脳裏をよぎる。こんな時に、どこの誰だかわからない客の顔がどうして頭に浮かぶのか、ダニは自分でも驚いた。確かに、ふと見せたその客の微笑みは印象に残っているけど……。

いやいや、と否定して、ダニは立ち上がった。覚えていても仕方がない。今夜、私たちはこの街を出るのだから。誰も知らないところへ、永遠に。

ダニは部屋の中に戻り、母を手伝って荷造りをし始めた。貧しい家に上等な家具などあるはずもなく、家族三人の荷物は風呂敷包みが数個のみ。あとはラオンが来るのを待つだけだった。

ダニはぼうっと灯りを見つめた。今にも消え入りそうな黄色い火が弱々しく揺れている。

「寂しい?」

娘がふと見せた表情に気がついて、母チェ氏が聞いた。

「ううん」

ダニは努めて明るく言ったが、母にはわかっていた。

「寂しくないはずがないわ。病気がちで表で遊ぶこともできなかったお前に、初めて友達ができたんだもの」

「そんなことないよ」

「でも」

「お母さん、私は平気。友達ならまた作ればいい。お姉ちゃんは、私のために危険を冒して宮中に入ってくれた。今度は私がお姉ちゃんのために動く番よ」

ダニは三日月のような目をして笑った。親として姉を思う気持ちがうれしい一方で、ダニの気持ちを思うと不憫でもあり、チェ氏は何も言わずにダニの頭を撫でた。ついこの間まで子どもだった娘が、いつの間にこんなに大きくなったのだろう。苦労ばかりで、欲しいもの一つろくに買ってあげられなかったが、二人とも心優しく、逞しく育っていた。そんな娘たちが、母には誇らしかった。

その時、外に人の気配がした。

「ラオンなの？」

チェ氏は、はやる思いで戸を開けた。

ところが、そこいたのは見知らぬ男だった。チェ氏は顔を強張らせた。

「どちら様ですか？」

男はすでに縁側に上っている。くたびれた礼服を着て、つばが歪んだ笠を被り、男は断りもなく部屋の中を見回した。

「荷造りですか？」

「何のご用です？」

「そんなに急いで、どこへ行くのです？」

「あなた、誰なのです？」

チェ氏が身構えると、男は言った。

「これは失礼。申し遅れました。私はホン内官の使いの者です。お二人を迎えに来ました」

それを聞いて、チェ氏はほっと胸を撫で下ろした。

「そうでしたか。それで、ラオンはどこですか？」

「村の外れでお二人をお待ちです」

「わかりました。ダニ、急いで。お姉ちゃんが待っているわ」

チェ氏は大急ぎで荷物を持って家を出ようとしたが、ダニはなぜか動こうとしなかった。

「ちょっと待って」

ダニは男に聞こえないよう、母に耳打ちした。

「何か変だわ」

「どういうこと？」

「お姉ちゃんが、私たちに何も伝えずに知らない人を迎えによこすはずがない。あの人が最初に言ったことを覚えている？」

「最初に言ったこと？」

「あの人、私たちにどこへ行くのかと聞いたのよ。でも私たちが怪しんだら、今度は迎えに来たと言い出した。おかしいわ」

「本当だ。ダニの言う通りだわ」

チェ氏の目に、再び警戒心が浮かんだ。そして裏口に出る戸をちらと見て、万一の時はそこから逃げようとダニに合図を送った。ダニはすぐに察してうなずいた。

母娘が無言のやり取りをする間も、男の催促は続いた。

「何をしているのです？　早くしないと朝になってしまいますよ」

「失礼ですが、あなた様のお名前をうかがえますか？」

本当にラオンが送った人なら、名前に聞き覚えがあるはずだ。

すると、部屋の外にいた男は、困った顔をして、

「静かに済まそうと思ったのに」

吐き捨てるようにそう言うと、いきなり部屋に入ってきた。チェ氏はとっさにダニを連れて裏の戸から出ようとしたが、すぐに捕らえられてしまった。男の顔が迫ってきて、そこで目の前が暗くなった。チェ氏が気を失うと、男はダニに近づいた。

「大人しく来ればいいものを。手間をかけやがって」

男はダニの頭を後ろから殴った。ダニは短い悲鳴を上げて、母のそばに倒れた。

「おい」

男が呼ぶと、外から別の男たちが部屋に入ってきた。

「二人を連れて先に向かえ。俺はもう一つ、仕事を片付けてから行く」

パク・マンチュンは口元を歪めて笑った。

「ご家族を見守るようにと、世子《セジャ》様から内々に命じられていました」

そう言って、パク・マンチュンは歪《いびつ》な笑みを浮かべた。チェ氏とダニに見せた、あの笑いだ。

「そうでしたか」

「実はこのところ、怪しい者たちが頻繁にこの家の周りをうろついていたので、警戒を強めていました。それが、少し目を離した隙に……」

「私の家族の居場所をご存じなのですか？」

ラオンはすがるようにパク・マンチュンに聞いた。

「一緒に来てください」

ラオンはパク・マンチュンに従った。夜空には月もなく、辺りは輪郭も見えないほど暗い。微かに見えるパク・マンチュンの後ろ姿を見失わないよう、ラオンは曲がりくねった道をひたすら歩き続けた。しばらくして広い通りに出ると、パク・マンチュンは古い門の前で立ち止まった。

「ここですか？　ここに、母と妹がいるのですか？」

門を見上げ、ラオンは確かめた。

「間違いありません」

ラオンは焦点を定めるように目を細め、様子をうかがった。

「ここはどこなのです？」

確かに雲従街《ウンジョンガ》を通ってきたはずだった。雲従街《ウンジョンガ》は目をつぶってでも歩けるが、ここは見覚えがなかった。漢陽《ハニャン》にこのような場所があったのだろうか。

「秘密の会合が行われる場所です」

「秘密の会合？」

「入ってみればわかります」

警戒するラオンに、パク・マンチュンは人がよさそうに、にこりと微笑んだ。ラオンはまるで猛毒の蛇に見つめられた気がして、背筋がぞっとした。

見覚えのある類の笑い顔だと思った。初めはユンソンの顔が浮かんだが、すぐに思い直した。この男の笑顔には、ユンソンのそれより何倍もの恐ろしさを感じる。温室の花の世子《セジャ》様のお仲間のはずだが、そんな人がどうして……？

ラオンは混乱した。だが、今は一刻を争う。この中にさらわれた母と妹がいると思うと、躊躇っている暇などなかった。

覚悟を決めて門を押すと、古い木の門は鼓膜が痛くなるような音を立てて開いた。


その頃、夜の重熙堂《チュンヒダン》では、昊《ヨン》がまだ書類に目を通していた。そこへ、白雲会《ペグネ》の使いの男が現れた。

「見つかったか？」

昊《ヨン》が尋ねると、男はさらに深く頭を下げた。

「御意」

返事を聞いて、昊《ヨン》は書類を伏せた。長い間、捜し続けてきた者たちがついに見つかった。事案が事案であるだけに、一刻の猶予もない。昊《ヨン》は急いで立ち上がった。

「世子様《セジャ》……」

ちょうど茶を運んできたチェ内官が、急ぎ足で昊《ヨン》のそばに寄った。

「どうかなさいましたか？」

「急用ができた」

「どちらへ？」

「近くに行くだけだ。帰りは何時になるかわからない」

「では、すぐにお支度を」

「いや、静かに済ませたいのだ」

「恐れながら、急ぎのご用事でなければ、明るくなってから行かれてはいかがでしょう」

刺客の奇襲を受けて以来、チェ内官は昊《ヨン》の身の回りに殊《こと》に注意を払っていた。

「案ずることはない。ユルを連れていく」

「世子様《セジャ》……」

チェ内官はそれでも不安がった。

「そんなことより、チェ内官」

変装を終え、重煕堂《チュンヒダン》を出ようとして、昊《ヨン》はチェ内官に振り向いた。

「何でございましょう、世子様《セジャ》」

「今日は一日中、あいつを見かけなかったが」

何をしているのか、朝からラオンの姿が見えず、旲《ヨン》は落ち着かない気持ちで一日を過ごした。使いを出すことも考えたが、一人でいたいのかもしれないと思い、待つことにした。だが、その我慢も、もう限界だった。

明日、会ったら覚悟しておけよ。

胸の中でラオンに言って、旲《ヨン》は失笑した。会ったらこれだけは言ってやると何百回と誓ったところで、ラオンの笑顔を見たら全部吹き飛んでしまうだろう。

「ホン内官のことでございますか？」

「そうだ。どこで何をしているのか、明日も東宮殿《トングンジョン》に来なければ大目玉を食らわすと伝えておけ」

「……かしこまりました」

チェ内官に言い残し、旲《ヨン》は白雲会《ペグネ》の男とユルを従えて王宮を出た。敦化門《トンファムン》を出ると、肌寒い風が裾の隙間から入ってきた。旲《ヨン》は服の合わせ目を掻き合わせて言った。

「どこにいたのだ？」

すると、白雲会《ペグネ》の男が頭を下げて答えた。

「怪しい者たちを見張っていて、偶然見つけたようです」

「そうか。時間はかかったが、見つかって何よりだ。ほかに不穏な動きはなかったか？」

「到着したばかりで、詳しい調べはこれからです」

「そうか」

暗闇の中、旲《ヨン》は歩みを速めた。冷たい夜風に胸騒ぎが煽られる。いつもは見える星々も、今夜は雨雲に隠れている。旲《ヨン》は深く息を吸い込んで、気持ちを落ち着かせようとした。だが、先ほどから続く胸騒ぎは少しも収まらなかった。


旲《ヨン》が会合の席に到着したのは子の正刻（午前零時）を過ぎた頃だった。四方に蝋燭を立てた部屋の中は、昼間のように明るい。

「お待ちしておりました」

旲《ヨン》が現れると、笠を被った男たちが左右に分かれ、頭を下げた。その間を通り、旲《ヨン》は二階の欄干に向かった。昼間のような室内にあって、唯一暗い場所。旲《ヨン》はそこの、旲《ヨン》ために用意された椅子に腰かけた。そこは死角になっていて、その席からは三十人余りの男たちの表情が一目に見渡せる。

緊急の招集だったので、いつもの半分も来ていなかった。出席者は皆、異様な緊張感に包まれている。長い間温めてきた計画がやっと実を結んだのだから無理もない。

旲《ヨン》は再び目線を戻した。ちょうど部屋の中央に椅子が二脚置かれている。その椅子に縛られている者が二人。口に猿轡《さるぐつわ》を噛まされ、目隠しの黒い頭巾を被っているので顔は見えないが、その姿を見た旲《ヨン》は怪訝な顔をした。

女人か？

背格好からして、二人は女人に違いなかった。

「娘か？　あの者には息子が一人のはずだ」

昊《ヨン》が尋ねると、傍《かたわ》らの男が恭しく言った。

「官軍の目をかいくぐるために、うそのうわさを流したものと思われます」

「そうか」

昊《ヨン》はうなずいて、低い声で命じた。

「頭巾を取れ」

すると頭巾が脱がされ、女人たちの顔が露になった。昊《ヨン》は思わず椅子から身を乗り出した。

「この者たちに……間違いないのか？」

昊《ヨン》は我が目を疑った。


「う、ううん……」

猿轡《さるぐつわ》を噛まされたうえに、頭から黒い頭巾まで被せられて、息が苦しい。

助けて！　誰か、助けて！

ダニは何度も声にならない助けを呼んだ。

パク・マンチュンに捕らえられ、気がついたらここにいた。頭巾を被せられているので見えないが、そこが知らない場所であることはわかった。体を縛られているので、母の様子を確かめることもできない。ダニは母が心配で、気がおかしくなりそうだった。せめて状況だけでも確認する方法はないかと思っていると、その願いが通じたのか、突然、目の前が明るくなった。黄色みがかった強い光が目を刺し、ダニは思わず目をつぶった。そして再び開いて見ると、ぼやけていた視界が徐々にはっきりとしてきた。眩しかった強い光は、蝋燭の火だった。辺りを見渡すと、そこは縦に長い部屋で、優に二十歩は歩けそうな広さだった。部屋の両脇にざっと三十人余りの男たちが並んでいるが、どれも知らない顔ばかりで、どうして自分たち母娘がここへ連れてこられたのか、ダニはこの状況が恐ろしくてならなかった。

「轡《くつわ》を外せ」

するると、奥から男の声が聞こえてきた。とても威厳のある声だった。轡《くつわ》を外されると、ダニは男たちに向かって言った。

「あなた方は誰なのです？　突然やって来て無理やりさらうなんて、どういうつもりですか！」

だが、誰も返事をする者はいなかった。男たちは無言のまま、ダニら母娘を見据えている。皆、怒ったような顔をしていて、中には憤りをようやく抑えているような人もいる。

「私たちが何をしたと言うのです？　なぜこのような乱暴な真似をなさるのですか！」

ダニはこちらを睨む男たちを再び問い質《ただ》した。不当な扱いに抗議するその姿は、男たちが意外に思うほど気高い。

「それが逆賊の娘の言うことか？」

すると、背後から荒々しい声が近づいてきた。ダニは振り向き、目を見張った。

「あなたは……！」

そこにいたのは、ラオンの使いだと偽って二人をかどわかした張本人、パク・マンチュンだった。下卑た笑いを浮かべていた先ほどの様子とは打って変わって、今は不倶戴天《ふぐたいてん》の敵でも見るような怒りの形相をしてこちらを睨んでいる。その変わりように、ダニはぞっとした。

「何を言うのです！　私は逆賊の娘ではありません！　人違いです」

「信じられないなら、自分の母親に聞いてみろ」

パク・マンチュンにそう言われ、ダニは隣にいる母チェ氏に顔を向けた。

「母さん、この人、何を言っているの？　違うよね？　この人が勘違いしているのよね？」

「ダニ……」

チェ氏は言葉につまり、涙をこぼした。課せられた運命から逃れようともがいた日々。誰もが平等に生きられる世を作るために戦った夫を恨んだことはない。人が人らしく生きられる世を夢見ることが、どうして罪になるというのだ。

だが、世間はそれを反逆と呼んだ。新たな時代を求めた夫には逆賊の汚名が着せられ、子どもたちは逆賊の子という見えない足かせにつながれて、打ち首にされることになった。反逆は三族の罪とされる重罪だ。運よく死罪を免れても、死ぬまで奴婢として生きなければならない残酷な運命が待っている。そんな不幸な運命から娘たちを守るために死に物狂いで逃げ続けてきたが、これですべて終わってしまった。

チェ氏は涙を止めることができなかった。これから起こることは火を見るより明らかだ。どちらに転んでも地獄なら、これ以上生きていても意味がない。だが、親の罪を背負わされた罪のない娘たちを思うと、恨んでも恨み切れなかった。

「娘に罪はありません。父親の顔も知らずに育った子です。罪があるとすれば、夫を止められなかった私にあります。どうか、この子だけはお助けください。娘の分まで、私が罰を受けます。ですから、どうか娘だけは……」

チェ氏は床に額をこすりつけて哀願した。

「父親が王に刃を向けたのだ。雲上の君主に背いておいて、そんな言い分が通ると思っているのか？」

「夫を止められなかったのが罪だと言われるなら、それでも構いません。しかしこの子は違います。この子は父親が誰かも知りません。そんな娘に、何の罪があると言うのですか？」

「謀反の相を受け継いだ罪だ。謀反の芽はその血筋にも受け継がれる。父親の顔を知らなくても、その血が流れているだけで罪なのだ」

それを聞いて、周りの男たちもそうだそうだと無言でうなずいた。

すると、暗がりの中から再び声が聞こえてきた。

「この者たちが……この者たちが、洪景来《ホンギョンネ》の家族なのか？」

「間違いありません。この二人は洪景来《ホンギョンネ》の妻とその娘でございます」

「……面を上げよ」

「世子《セジャ》様のご命令だ。逆賊の家族は面を上げよ」

ダニと母チェ氏は恐る恐る顔を上げた。暗がりから、黒い影がこちらに向かって歩いてくる。蝋燭の灯りに、その姿が少しずつ映し出された。足音が近づくにつれ、ダニは大きな目をさらに大きく見開いた。

「あ……あなたは……」

それは、ダニもよく知る人物だった。姉のラオンと共に煙草屋を訪ねてきて、一緒に匂い袋を売り、ラオンの新しい服を作ってくれと頼んだあの人。

あの人が、世子《セジャ》様？

心臓がどんと地面に落ちるようだった。ダニは堪らず下を向いた。

すると、炅《ヨン》は震える声で、改めて確かめた。

「まこと、間違いないのか？」

ラオンとよく似た顔。この娘が、あれほど捜し続けたあの男の娘だと言うのか？

「洪景来《ホンギョンネ》……この者たちが、あの者の家族に違いないのかと聞いているのだ」

炅《ヨン》は一縷の望みをかけて、最後にもう一度聞いた。だが、返ってきたのは非情な現実だった。

「間違いありません、世子《セジャ》様」

炅《ヨン》は目の前が真っ暗になった。どこからか見えない手が伸びてきて、自分の首を絞めているようだった。

そんな……だめだ。絶対に、絶対に認めない……そんなこと、あるはずがない。

昊《ヨン》は歯を食いしばった。そしてふと、もしかしたら似ているだけかもしれないと思った。もともと女人の顔の区別がつかないではないか。ラオンの妹のような顔をしたこの娘も、他人の空似かもしれない。そうだ、きっとそうに決まっている。

昊《ヨン》はそう自分に言い聞かせた。

「母さん！　ダニ！」

だが、そこへ飛び込んできた叫び声に、昊《ヨン》のかすかな希望は打ち砕かれてしまった。

「そんな……」

気が触れたように駆け込んできたその人を見て、昊《ヨン》は全身を刃物で刺されたような衝撃を受けた。人々の間を掻き分け、母娘を掻き抱いて泣くその顔は、否定しようのない、あの顔だった。思い違いと言うにはあまりに鮮明に胸に焼きついているあの顔。

どうして……宮中にいるはずのお前が……資善堂《チャソンダン》にいるはずのお前が、どうしてここに……？

「ホン・ラオン……お前が、どうしてここにいる？」

二十四　よくぞ言ってくださいました

漢陽《ハニャン》にほど近い森。血の臭いが漂う中、夜の闇を切り裂くような金属音が鳴り響き、激しい火花が散っている。いくつもの影が糸のようにもつれ合い、倒れ、裂かれた。坂道を転がる泥の塊のように、影たちは凄まじい勢いで砕け、最後に残った影は一つだけになった。

その影はふらつきながら古木にもたれ、上半身を激しく揺らして息をつないだ。呼吸の浅さが、戦いの熾烈さを物語っていた。

雨雲の狭間からわずかに月が顔を出し、月明りの下、影の姿が少しずつ照らし出された。目深に被った笠の下にのぞくあごは鋭く、瞳は深淵のように沈んでいる。男にしてはあまりに恵まれた容姿は、近寄りがたい印象と共に風のような儚さを与えている。

そこへ、乱れた足音が聞こえてきた。雪の茂みを掻き分け、男の前に別の男たちが現れた。

「会主《フェジュ》！」

「よくぞご無事で！」

駆け寄る男たちに、ビョンヨンは短くうなずいた。現れた男たちは白雲会《ペグネ》の部下たちだった。男たちはビョンヨンの姿を見るなり絶句した。ビョンヨンの体は今、全身が赤黒い血に染まっている。

「会主《フェジュ》……」

皆の様子に気がついて、ビョンヨンはあえて落ち着いた声音で言った。

「案ずるな。俺の血ではない」

そして、剣を鞘に戻し部下たちの向こうに目をやった。いつの間にか東の空が白み出し、辺り一面に折り重なるように倒れていた死体が見え始めた。赤く染まった雪は、森の中を駆け抜けてきた戦いの痕跡を残していた。暗闇に慣れた目を眩しそうに細めてその光景を見届け、ビョンヨンは部下たちに向き直った。

「そっちはどうだった？」

すると、一番近くにいる部下が頭を下げた。

「一人残らず始末しました」

「こちらの被害のほどは？」

「幸い、大きな被害はありませんでした。負傷した者が二人おりますが、命に別状はありません」

それを聞いて、ビョンヨンはようやく胸を撫で下ろした。奇襲に遭いながら、全員が助かったという報告は何よりの朗報だった。

「誰の差し金かわかったか？」

部下の男は、悔しそうにうつむいて言った。

「申し訳ございません」

「謝ることはない。生き残った者たちの口を割らせれば済むことだ」

「会主《フェジュ》、それが……」

「どうした？」

「生存者はおりません」

「生存者がいない？」

「捕らえた者たちは皆、自決しました」

ビョンヨンは顔色を一変させた。襲撃してきた者たちは、これで全員が死んだことになる。一体誰が、何のために奇襲を仕掛けたのか。考えているうちに、ふと嫌な予感がしてきた。そしてその予感は、すぐに現実のものとなった。

「会主《フェジュ》！」

そこへ、別の部下たちが駆け寄ってきて、息も絶え絶えにビョンヨンに告げた。

「火急の知らせでございます」

「先ほど緊急の会合が開かれ、これを」

部下は懐《ふところ》から赤い小石を取り出してビョンヨンに手渡した。

「これは！」

ビョンヨンは目を見張った。これは、ある場所の見張りにつかせた部下との連絡用に使っていた小石だ。赤い石は、最悪の状況を意味する。白雲会《ペグネ》の緊急会合と赤い小石、そして、その時を狙ったような奇襲。ビョンヨンは考え得る限りの状況を想定し、赤い小石を握りしめると、あとのことを部下たちに任せて森の中を駆け出した。

突然入ってきた風に、蝋燭の灯が揺れた。揺らぐ灯に照らされた室内に、母と妹の名前を叫びながら飛び込んできたラオンの姿が、昊《ヨン》の目に突き刺さった。

「ホン・ラオン……お前が、どうしてここにいる？」

昊《ヨン》は震える声で言った。それは周囲が聞き取れないほど小さい声だったが、ラオンの耳にはしっかりと届いた。

その声を聞いた瞬間、すべての音が消え、背中に注がれる視線に全身が強張った。おもむろに振り向くと、そこにはやはり昊《ヨン》がいた。まるで鈍器で頭を叩かれたような顔をして、ラオンを見ている。

「世子様《セジャ》……」

絞り出すように自分を呼ぶラオンの声が、昊《ヨン》の胸を抉った。何かの間違いだと思いたかった。間違いであって欲しいと心の底から願った。だが、こちらを見つめる泣き濡れた瞳や、震える声が、現実を突きつけてくる。

昊《ヨン》は拳を握りしめ、目をつぶった。これは夢だ、ひどい悪夢だとどれほど自分に言い聞かせても、状況は何一つ変わってくれない。どうして、どうしてという思いが頭の中にこだまするばかりだ。

しばらく重い沈黙が流れ、昊《ヨン》は目を開いた。虚ろな目でラオンを見つめ、ラオンもまた、瞳を震わせて昊《ヨン》を見つめた。今にもこぼれ落ちそうなほど涙を湛えて。

昊《ヨン》は堪らず顔を逸らし、ラオンの母チェ氏と妹のダニに目を向けた。二人はひどく怯えている。昊《ヨン》の中で、すべての点が一本の線につながった。ユンソンがラオンとは絶対に結ばれないと言っていたのも、丁若鏞《チョンヤギョン》がラオンの存在がいずれ毒になる日が来ると案じていたのも、そして、急にラオンの態度がよそよそしくなったのも、すべてこれが理由だったのだ。

最初は自分の婚儀が原因だと思った。たとえほかの人を妻に迎えても、自分の気持ちは変わらない……。そう誓ったが、ラオンの悲しみを拭い去ることはできなかった。自分の愛が足りないせいだと自らを責め、どんな言葉を誓っても傷ついたラオンの気持ちを癒せないのなら、これからもっとラオンのためにできる限りのことをしようと心に誓った。

だが、一度できたラオンとの隙間は簡単には埋まらず、何か隠し事をされているような、目に見えない壁に隔たれているような感じがしてならなかった。

昊《ヨン》はラオンを見つめ、心の中で問いかけた。謀反者の娘であることを隠すために、僕を遠ざけていたのか？　ラオン……僕に、うそをついていたのか？

時が止まり、すべてが真っ白に消えて、何も見えず、何も考えられなかった。一言でいい。これは作り話だと、悪い冗談だと言ってくれ。お前が言うことなら、どんなことでも信じる。たとえ世界中がうそだと言っても、僕は、お前を信じる。

だが、どれほど心の中で訴えても、ラオンは硬く唇を噛んで何も言おうとしなかった。失望と、無念さと、申し訳なさを瞳に浮かべて、じっと昊《ヨン》を見つめている。

そんな姿を見たかったわけではない。こんな結末を望んでいたのではない。まっすぐで、純粋で、いつも曇りのない眼差しで僕を見つめ、照れくさそうに気持ちを伝えてくれた。それだけでよかったのだ。それなのに、そんなお前がどうして……どうしてなのだ！

声にならない叫びが、昊《ヨン》の胸の中にこだました。

「世子《セジャ》様、どうかご下命を。長い間、捜していた逆賊の家族でございます。ご命令をいただければ、わたくしがこの者たちを尋問いたします」

誰かの怒りに満ちた声が、昊《ヨン》を現実に引き戻した。同時に、混乱していた頭の中が徐々に整理され始めた。目の前に現れた洪景来《ホンギョンネ》の家族。そこへ突然、ラオンが飛び込んできた。

出来過ぎている。まるで下手な芝居を見せられているみたいだ。誰かが裏で糸を引いているに違いない。昊《ヨン》はそう直感した。だが、わからないのはラオンだった。ラオンもこの芝居の演者の一人なのか、それとも、自分と同じく、はめられただけなのか？

昊《ヨン》は用心深く周囲に目を走らせた。この中に、この状況を仕組んだ者がいる。誰だ？　一体誰が仕組んだのだ？

その時、再び先ほどの怒りに満ちた声がした。

「世子《セジャ》様、このところ、長引く旱魃《かんばつ》のせいで農民たちが不穏な動きを見せています。背後にこの者たちがいるのは明白です。すべての罪状を明らかにし、この国と王室をお守りくださいませ」

それは紛れもない忠言だった。昊《ヨン》は声の主の方へ顔を向けた。書生、パク・マンチュン。その口元に浮かぶわずかな笑みを、昊《ヨン》は見逃さなかった。

「どういう意味だ？　この者たちが、またも反乱を起こそうとしていると言うのか？」

「まことに申し上げにくいことでございますが、わたくしはそう判断しております」

「理由は？」

「今、世子《セジャ》様の目の前にいる者の顔をよくご覧くださいませ。その者は、東宮殿《トングンジョン》付きの宦官でございます」

それを聞いて、周囲がざわめき始めた。

「東宮殿《トングンジョン》の宦官だと？」

「言われてみれば、確かに、宮中であの者を見たことがございます。世子《セジャ》様のおそばに影のように従っていました」

「何ということだ。世子《セジャ》様のおそばに、あの洪景来《ホンギョンネ》の子がいたとは」

ラオンの顔を知る者たちが騒ぎ出すと、パク・マンチュンはさらに皆を煽った。

「逆賊の血筋が宮中に入り込んでいた。これは明らかに何らかの目的があってのことではありませんか」

「違います！」

すると、それまで黙っていた母チェ氏が激しく首を振った。

「この方は、私たち母娘とは何の関係もありません。なぜ私を母と呼ぶのです？　お人違いです」

すると、妹ダニも気が触れたように何度もうなずいた。

「そうです。この方は私たちとは無関係です。私たちが困っていた時に助けていただいたことはありましたが、それだけです。家族でも何でもありません」

ラオンだけは助けたい。母チェ氏とダニは必死に訴えたが、その話を信じる者は誰もいなかった。

パク・マンチュンはすかさず二人を怒鳴りつけた。

「ええい、黙れ！　この期に及んでまだ世子《セジャ》様を欺くつもりか？　世子《セジャ》様、この者は間違いなく東《トン》宮殿《グンジョン》の宦官にございます。世子《セジャ》様が寵愛なさった宦官は、謀反を起こした洪景来《ホンギョンネ》の子でした。由々しき事態でございます。きっと、転覆を図る者たちが送り込んだ間者に決まっています」

「世子《セジャ》様のおそばに間者が？」

「では、これまでの我々の行動はすべて筒抜けになっていたということか」

「幾度に及ぶ襲撃は、この者の手引きだったのか」

ざわめきはどんどん大きくなっていった。

「静まれ！」

昊《ヨン》は声を張り上げて皆を黙らせ、パク・マンチュンを睨んで言った。

「間者だと？　そなた、なぜそう言い切れる？」

「小生、その証左をお目に入れます」

パク・マンチュンはその時を待っていたように前に進み出た。そしてラオンの隣に並び、じっと昊《ヨン》を見据えた。その目に異様な感じを受け、昊《ヨン》は胸騒ぎがした。

この男、一体何をしようとしているのだ？

すると、パク・マンチュンは胸元から短刀を取り出した。

「何をする！」

昊《ヨン》が止める間もなく、パク・マンチュンはラオンの服を切り裂いた。すると、さらしを何重にも巻いて押さえつけていた胸の膨らみが露になり、ラオンは慌てて両腕で胸を覆った。

「ご覧ください。この者は男ではなく、女でございます！」

周囲のざわめきが一層大きくなった。

「なんと、女だったのか？」

「どうして女が王宮の宦官になったのだ！」

「信じられん。一体、何がどうなっているのだ」

パク・マンチュンはますます勢いづき、昊《ヨン》に視線を移して話を続けた。

「世子《セジャ》様、ご覧の通り、この者は男ではありません。女の身で宦官になりすまし、国の定めに背いたばかりか世子《セジャ》様を欺いておりました。なぜだと思われますか？」

騒ぎ立てる周囲の声。昊《ヨン》は目を血走らせた。

「逆賊の子が、宦官として宮中に潜り込んでいたのです。そして、あろうことか世子《セジャ》様に仕え、ご寵愛を受けておりました。正体が露呈すれば命はありません。にもかかわらず、なぜ身の危険を冒してまで世子《セジャ》様に近づかねばならなかったのか。その理由は一つ」

周囲のざわめきは驚愕と怒声に変わった。

「謀反です」

だが、その一言に座中は水を打ったように静まり返った。パク・マンチュンはラオンを指さし、声を張り上げた。

「復讐。謀反を主導した咎で死んでいった父の復讐を果たすため、この者は男と偽り、宦官になりすまして世子様《セジャ》に近づいたのです。復讐が目的でなければ、そして、新たな謀反を企てていたのでなければ、これほど危険で突拍子もないことはできません」

パク・マンチュンはそう言って、一歩下がった。皆の怒りは激しさを増し、母娘に向けられる男たちの目は怒りで血走っている。

「不届き者め」

「謀反者の子でありながら生き長らえただけでも天に感謝して然るべきものを、復讐を目論むとは言語道断だ」

「実に恐ろしい者たちです」

「まったくだ。そのような輩が世子様《セジャ》のおそばにいたと思うと、恐ろしくてなりません」

「直ちにあの女を調べ上げるべきです」

「四肢をもぎ取り、見せしめにすべきです。忠義に背けば恐ろしい目に遭うことを思い知れば、二度と反乱を起こそうなどという愚か者は出てこないでしょう」

「もうやめろ！」

母娘の処刑を求める男たちに、旲《ヨン》は堪らず声を荒げた。野火のように広がった人々のざわめきは、たちまちのうちに静まり、息を呑む音さえ聞こえなかった。旲《ヨン》は抜け殻のような目で皆を見渡した。

「パク・マンチュンの言う通り、これは決して座視できない重大事だ」

旲《ヨン》は一度、深く息を吸い込んだ。そして息を吐くと、ついに命令を下した。

「罪人を義禁府《ウィグムブ》に護送しろ」

昊《ヨン》はそれだけ言い残し、ラオンに一瞥もくれずにその場を去った。

「世子様《セジャ》……」

冷たく立ち去る後ろ姿に向かって、ラオンは頭を下げた。

よくぞ言ってくださいました。世子様《セジャ》は正しい選択をなさいました。

自分は当然の報いを受けたのだと、ラオンは思った。だが、心の中に吹き荒ぶ悲しみを抑えることはできなかった。喉元が焼けるように熱く、まるで黒い煤《すす》を飲まされたようだった。背を向けて去っていく昊《ヨン》の後ろ姿が胸に突き刺さり、うまく息が吸えない。

うつむくラオンの足元に、一粒の涙が落ちた。


「引っ立てろ!」

ラオンら母娘を、大勢の男が取り囲んだ。パク・マンチュンはその様子を苦々しい思いで見ていた。そして、今しがた昊《ヨン》が出ていった戸の方に顔を向けた。

「この程度では動じもしない、か。さすがは世子様《セジャ》です」

女を切り札にすれば、大概の男はぼろを出す。だが、世子様《セジャ》は少しも狼狽することなく、その場で自分の女を切り捨てた。まだ若いからと少々舐めていたようだ。実に見事、そして、恐ろしいほど冷酷な御仁だ。こちらが考えていたより、ずっと。

「府院君《プウォングン》様、世子《セジャ》様に揺さぶりをかけるという府院君《プウォングン》様の目論見は、どうやら外れたようです。

しかしこれで、完全無欠だった世子《セジャ》様に一つ、傷ができましたぞ」

小さくとも、この傷があれば、十分に世子《セジャ》を倒せる。

「しかし、どうも、これで終わりとはいかないような予感がするのだ」

パク・マンチュンは一人つぶやいて、おぞましい笑みを浮かべた。

二十五　それはあまりに愛おしく、切ない名前

府院君《プウォングン》の屋敷の高い壁の向こうから、酒に酔った男の声が聞こえてきた。

「酒だ、酒を持て！」

ユンソンは空《から》になった酒瓶を揺らして使用人を呼んだ。だが、返事はない。

「チルボク、いないのか？　酒を持ってこい！」

ユンソンは腹を立て、力任せに戸を開けた。すると、子どもの頃からユンソンに仕え、共に育ってきた世話係のチルボクが困り果てた様子でユンソンに近寄った。

「どうなさったのです、こんなに呑まれて」

「あの月を見ろ。綺麗ないい形をしている。あの月を肴に一杯やりたいのだ。だから、早く酒を持ってこい」

「月など出ておりませんが」

チルボクは雨雲に覆われた夜空を見上げたが、すぐに気を取り直し、きっぱりと断った。

「お酒はありません」

「私の言うことが聞けないのか？」

「府院君《プウォングン》様から、ユンソン様には絶対にお酒を差し上げてはならないと、きつく言われております」

「府院君《プウォングン》様が？」

それが効いたのか、ユンソンは大人しくなった。だが、チルボクがほっとしたのもつかの間、ユンソンはふらふらと立ち上がり、膳を蹴り上げた。

「どこへ行かれるのです？」

「お祖父様のところだ」

「府院君《プウォングン》様のところへ？　何をなさるおつもりですか？」

「行って、酒をくださらない理由を聞いてくるのだ。このような扱いを受ける覚えはない」

「おやめください、ユンソン様。お願いでございます。それでは私の首が飛びます」

チルボクは半べそをかいてユンソンを引き留めたが、ユンソンはそれを振り払って府院君《プウォングン》の部屋に向かった。

府院君《プウォングン》の部屋の前まで来ると、ユンソンは立ち止まった。部屋の中から、府院君金祖淳《プウォングンキムジョスン》の笑い声が聞こえてきたためだ。どうやら、中では一族の集まりが行われているらしかったが、笑い声がするのが気になった。世子《セジャ》の摂政が始まって以来、一族の集まりでは皆が苛立ち、怒号と溜息が飛び交うのが常で、笑い声など久しく聞いていなかった。

ユンソンは訝しそうに目を細め、部屋の中に入った。

「何か、いいことでもありましたか？」

ちょうど酒を注がれていた府院君《プウォングン》は、ユンソンを見るなり露骨に顔色を変えた。

「何しに来た？」

「チルボクのやつに、私に酒を出さないようおっしゃったそうですね」

ユンソンは断りもなく府院君《プウォングン》の前に座った。その不躾な態度に、同席した者たちは戸惑いを隠せなかった。ユンソンはその視線に絡むように、さらに太々しい態度で言った。

「そんな顔をして、どうなさいました？　私はお邪魔でしたか？」

「情けない」

府院君《プウォングン》は吐き捨てるようにそう言って、皆を引き取らせた。

「今日のところは、お開きとしよう」

客人らは急いで席を立った。

「府院君《プウォングン》様、美味しい酒でございました」

「よき知らせを、お待ちしております」

客たちが去り、しんとした部屋の中には府院君金祖淳《プウォングンキムジョスン》とユンソンだけが残った。重い沈黙が流れる中、先に口を開いたのは府院君《プウォングン》の方だった。

「いつまで続けるつもりだ？」

すると、膳に残る呑み残しの酒をすすりながら、ユンソンは答えた。

「酒に溺れて暮らすのも悪くありません」

「お前は生まれ持った器が違う。ほかの者たちはせいぜい官職に就くために胡麻を擂《す》ることしかできないが、お前はそんな者たちの上に君臨すべき人間だ。この祖父を、どこまで失望させれば気が済むのだ？」

その言葉は、ほかのどんな言葉よりも深くユンソンの胸に突き刺さり、ユンソンは自嘲気味に笑って言った。

「お忘れください」

「何を言う?」

「私は生きる目的を失いました。そんな私に、何ができると言うのです」

「情けないやつだ」

ユンソンは善の上の酒を呑み干し、嘆く府院君《プウォングン》を残して席を立った。

「どこへ行く?」

「チルボクのやつが、お祖父様のせいで酒を出せないと言うので来てみたら、酒の代わりに小言をたらふくいただきました。酔いが覚めそうなので、自分の部屋に戻ります」

最後に頭を下げて、ユンソンは千鳥足で府院君《プウォングン》の部屋を出ようとした。

「あの女がそんなに大事か?」

ユンソンは戸に手をかけたまま立ち止まり、府院君《プウォングン》に振り向くことなく返した。

「どういう意味です?」

「私の目は節穴ではない」

「何の話かとうかがっているのです」

「お前が急に政治に関心を持ち始めたのも、一族のことから手を引いたのも、すべてあの女のためではなかったのかと聞いているのだ」

「あの女とは誰のことです」

「ホン・ラオン。女の身で宦官になりすました、ふざけた女のことだ」

「…………！」

「志を高く持てとあれほど言ったのに、たかだか女一人のために躓《つまづ》くとは。天下を取れという私の教えに背き、卑しい女一人どうすることもできずに酒なんぞに頼りおって。そんなことで、この国をお前の足元にひれ伏せられるのか」

「そのようなことは、ありません」

「ではなぜお前が、酒浸りの生活をしなければならない」

「それは……」

「手に入らないものは捨てろ。忘れろ。それもできなければ壊してしまえと、あれほど言ってきたではないか」

「…………」

「所詮、女は慰みものに過ぎん。お前が胸を痛め、追い求める価値などない。周りの人間もそうだ。すべてはお前の目的を果たすための道具に過ぎない。それがわからなければ、お前は何者にもなれないぞ」

それを聞いて、ユンソンは寂しそうに笑った。

「そうでしたね。お祖父様はいつも、そうおっしゃっていました。ですが、お祖父様」

ユンソンは震える声を抑え、府院君《プウォングン》に向き直った。

「清での長い留学生活でも知り得なかったことを、私はこの歳になって、初めて教わったのです」

「何を教わったと言うのだ？」

「これまでの私の人生は、人生と言えるものではなかったということです」

「どういう意味だ？」

「私は何者でもありませんでした。己の欲しかわからない、ただの愚かな男だったのです」

自らを嘲笑うユンソンに、府院君《プウォングン》は険しい顔をして言った。

「それも、あの女に教わったと言うのか」

「………」

「余計なことをしてくれたものだ」

「私はありがたいと思っています」

「ありがたい？」

しばらくユンソンを見つめ、府院君《プウォングン》は空《から》の盃に酒を注いだ。盃を満たしていく酒の筋を見るともなく眺めて、不意に独り言のように言った。

「ちょうどいい。我が孫に尊い教えをいただいた礼を、今夜、返せたのだからな」

「あの人に、何をなさったのですか？」

「じきにわかる。身の程もわきまえず、お前に妙な考えを吹き込んだ罪の深さを、あの娘も篤と思い知るだろう」

府院君《プウォングン》は酒を呷《あお》った。ユンソンは祖父から視線を外し、夜空を見上げた。月のない、やけに暗い夜だと思った。

白雲会《ペグネ》の会合が行われた場所からほど近い、狭い部屋の中を行ったり来たりしながら、昊《ヨン》は先ほどから考えを巡らせていた。そして、ふと何か思いついたように顔を上げた。

「ユル」

「はい、世子《セジャ》様」

「お前も知っていたのか？」

それは、ラオンの素性のことだった。

「恐れながら、存じ上げませんでした」

ユルの返事には、戸惑いや躊躇いがなく、昊《ヨン》はうなずいた。

「そうか」

風通しのための小さな窓を見上げ、昊《ヨン》は訝しそうに目を細めてつぶやいた。

「だが、あいつは知っていた」

これまでのビョンヨンの行動が脳裏をよぎった。ずっと隠し事をされているような気がしていたが、あれは勘違いではなかったようだった。

「あいつは？」

「遅かったか」

昊《ヨン》がユルに尋ねたのとほぼ同時にビョンヨンが現れた。肩で激しく息をしていて、遠くから駆けてきたことが一目でわかった。昊《ヨン》は荒く息を吐くビョンヨンを睨んだ。

「どうして僕に言わなかった？」

「俺から言うべきではないと思ったのだ。それに、これから大事な仕事を控えている世子《セジャ》様に、負担になるようなことをしたくなかった」

「何だと？」

「世子《セジャ》様と白雲会《ペグネ》は、あいつと一緒には歩んで行けない。だから、あいつの秘密は、俺が墓場まで持っていくつもりだった」

「だったら、どうして最後まで守り抜いてくれなかった？」

ビョンヨンは赤い小石を机に置いて言った。

「俺の配下で一番の精鋭たちにあいつの実家を見張らせていたのだが、今夜、何者かによってその部下たちが全員、殺害された」

部下から赤い小石を手渡され、ビョンヨンはその足でラオンの実家へと走った。だが、ビョンヨンが到着した時にはすでにラオンの家族はおらず、家の中には複数の泥の足跡が残されていた。確かめなくても、ラオンの家族の身に何か起きたことは明らかだった。

俺は結局、ラオンも、ラオンの家族も、そして、自分自身の誓いも守れなかった。

赤い小石を渡されてから、ビョンヨンはずっと自分を責めていた。

すると、昊《ヨン》は机の上の赤い石を見て言った。

「誰にも言わず、ずっと、ラオンの家族を守っていたのか？」

ビョンヨンはうなずいた。

「お前がしょっちゅう宮中を空けていたのは、そのためだったのだな」

「だが今夜、白雲会《ペグネ》の仲間が奇襲に遭った。そのせいで見張りを離れた隙に、こんなことに……」

「つまり、その何もかもが今夜、一度に起きたということか」

昊《ヨン》が目つきを鋭くさせると、ビョンヨンは複雑な面持ちでうなずいた。

「だが、心配しないでくれ。俺の失態だ。俺が解決する」

「待て」

昊《ヨン》は急いで部屋を出ようとするビョンヨンを止め、後ろを向いて言った。

「ユル、お前も行け」

「世子様《セジャ》、しかし、私が世子様《セジャ》のおそばを離れるわけには……」

「前にも言ったはずだ。ラオンを守ることが、僕を守ることだ」

ユルは少し迷ったが、最後は深く頭を下げた。

「ハン・ユル、世子様《セジャ》のご命令に従います」

走り去る二人の姿を見届けて、昊《ヨン》はつぶやいた。

「次は僕の番だ」

昊《ヨン》は急いでどこかへ向かい、夜空を見上げた。

「今夜は長くなりそうだ、ラオン」

その頃、ラオンたち母娘三人は、縄でつながれて義禁府《ウィグムブ》へ連行されていた。

「もたもたするな。さっさと歩け」

パク・マンチュンは、馬上から前を歩く母娘を怒鳴りつけた。すると、三人の縄を引いていた男が声を荒げた。

「急げ！　もっと早く歩けないのか！」

だが、月明りのない夜道では足元がおぼつかず、特に母チェ氏は一歩一歩確かめるように進むので、どうしても早く歩くことができなかった。そんなチェ氏を、男たちは容赦なく引っ張ったが、そのせいで一番後ろにつながれた妹のダニが倒れ、そのまま動けなくなってしまった。元気になったとはいえ、長患いから回復して間もない体で、耐えられるはずがなかった。チェ氏は両手をこすり合わせ、拝むように男たちに頼んだ。

「娘は体が弱いのです。どうか、ご慈悲を」

母親に必死に乞われ、役人の男は一瞬、たじろいだが、それを見て、パク・マンチュンはチェ氏のそばへ馬を進ませた。

「ご慈悲だと？」

馬上からチェ氏を見下ろし、パク・マンチュンは口元を歪めた。

「まだ状況がわかっていないようだな」

パク・マンチュンは剣を抜き、ダニに向かって振り下ろした。

「だめ！」

チェ氏は身を挺してダニをかばったが、そのせいで肩から背中にかけて斬られてしまった。

「母さん！　ダニ！」

ラオンは悲鳴を上げ、半ば気がふれたように母チェ氏に駆け寄り、パク・マンチュンを睨みつけた。すると、パク・マンチュンは今度はラオンに剣を向けた。

「まだわからないのか！」

母チェ氏の血を見て、パク・マンチュンはぎらりと目を光らせた。それは獲物を見つけた獣のような、秋の蛇のような毒気のあるぞっとする目だった。

だが、剣を向けられても、ラオンはパク・マンチュンへの憎しみを込めた目を決して逸らそうとしなかった。パク・マンチュンの豹変ぶりは異常なほど恐ろしかった。少し前まで人のいい顔を見せていたが、いまや血に飢えた殺人鬼と化している。これがこの男の本当の姿なのだとラオンは思った。

「ラオン、私は大丈夫よ。大丈夫」

そんなラオンの気持ちを抑えるように、チェ氏は言った。出血はしているが、幸い傷は深くない。

突然の事態に凍りついていたダニも、何とか起き上がることができた。そんな母と妹の様子を胸が張り裂ける思いで見届けて、ラオンはパク・マンチュンに向かって声を張った。

「なぜ私たち家族にこのようなひどいことをなさるのですか」

「聞くまでもない。この国と王室の御ためだ」

パク・マンチュンはそう言ったが、ラオンにはそれが本心ではないことはすぐにわかった。不審がるラオンを鼻で笑い、パク・マンチュンは言った。

「お前はどうなのだ？　世子《セジャ》様に近づいて、何をしようとしていた？　誰がお前を宮中に送り込んだ？」

「私は何もしていません。それに、誰に送り込まれたわけでもありません」

パク・マンチュンは口元を歪ませ、下卑た笑い声を漏らした。

「そうか。まあいい。だが、義禁府《ウィグムブ》ではその生意気な態度を改めることだ。ない罪も自白させるのが義禁府《ウィグムブ》だからな」

残酷な物言いに、ラオンは思わず両目をつぶった。いっそ舌を噛んで死んでしまいたいと思った。だが、一緒に捕らえられた母と妹を思うと、自分だけ楽になるわけにはいかなかった。

ラオンたち母娘は、再び歩みを進めた。体を縛る縄が引っ張られ、転びそうになるたびに、母と妹の命がそこにあることを確かめられた。家族にのしかかる運命の重みが、つながれた縄から伝わってくるようだった。

生きることは苦しいことの連続で、天はいつも強い方を味方する。それでも生きようと奮い立つ弱き者に、運命はいつも過酷を強いた。民として生まれた者の一生は、生きるのではなく、生き抜くものだと言われるが、今度ばかりは耐えられそうにない。この残酷な現実を思うと、生きる気力も湧いてこない。

だが今、何よりラオンをつらくしていたのは旲《ヨン》の目だった。最後に見た旲《ヨン》の表情と眼差しが、ずっと脳裏を離れない。

世子《セジャ》様は私に裏切られたと思って、深く傷ついているに違いない。淡々とした表情とは裏腹に、瞳の奥が細く揺れていた。あの目は確かに、私に問いかけていた。まことか、この者たちの言うことは本当なのかと。お前は本当に僕を騙していたのか。父親の仇を討つため、父親が果たせなかった夢を遂げるため、再び反乱を起こすために……僕を殺すために宮中に潜り込んだのか？

その無言の問いに、すぐにでも違うと叫びたかった。断じてそのようなことはないと、思い切り叫びたかった。だが、誤解を解くだけで済ませるには、あまりに遠くへ来てしまった。隠し続けた秘密はさらに疑念を呼び、取り返しがつかないほど大きくなっている。何を言っても、信じる者はいないだろう。

こんなことになるなら、もっと早くに打ち明けていればよかった。お祖父様から父親について聞かされたあの時、すぐに世子《セジャ》様に打ち明けておけば、こんなことにはならなかったかもしれない。いや、それよりも事実を知った時、後先のことなど考えずに逃げればよかった。でも、どちらにしても、あとの祭りだ。

ラオンは自分を責めた。瞼《まぶた》に浮かぶのは旲《ヨン》の顔ばかりだ。自分のせいで、この惨めな運命に巻き込んでしまったせいで、逆賊の子をそばに置いたせいで、世子《セジャ》様が窮地に立たされてしまったらと思うと、頭がどうにかなってしまいそうだった。結局、私は世子《セジャ》様を困らせる存在でしかなかった。

ラオンは胸が重く沈み、無意識に長い溜息を漏らした。見上げると、空には雨雲が低く垂れ込めていた。星一つない夜空は、どこまでも暗鬱としている。それが、自分たち母娘の未来を暗示しているような気がして、ラオンはまた、いっそこの場で死んでしまおうかと思った。

「どうした？　死んだ方がましか？」

するといつの間に馬を降りていたパク・マンチュンが、ラオンの顔をのぞき込み、せせら笑いを浮かべて言った。

「どうしてわかったのかという顔をしているな。驚くことはない。お前のような者たちを何人も見ているだけだ」

追いつめられ、逃げ場を失った者たちを最後に崖から突き落とす時の悦び。その時が待ち切れず、パク・マンチュンは指先が震えてきた。だが、一瞬、表に出した欲望をすっと引いて、パク・マンチュンは兵士たちに命じた。

「口をふさげ」

「はい」

男たちはラオンたち三人に手拭いを食ませた。憎しみを隠しもせず睨みつけるラオンに、パク・マンチュンは身を屈めてささやいた。

「実にいい顔だ」

一行は再び歩き出した。

「止まれ！」

ところが、間もなくして誰かが一同の行く手を阻んだ。


覆面をしたビョンヨンとユルが、パク・マンチュンの前に立ちはだかった。二人の登場に、パク・マンチュンはにやりと笑った。

「やっとお出ましになったか。来なければこちらが困るところだった」

独り言のようにそう言って、パク・マンチュンは今度は皆に向け大きな声で言った。

「謀反者たちを護送中だ。邪魔をすれば、お前たちも仲間と見なすぞ」

だが、そんな脅しに微塵も臆することなく、ビョンヨンとユルは剣を抜いた。

「そう来なくては」

パク・マンチュンは声を張った。

「逆賊の仲間だ！　二人とも生け捕りにしたいところだが、やむを得ない場合は殺せ！」

「はい！」

男たちは一斉に剣を抜き、ビョンヨンとユルを取り囲んだ。すぐに激しい打ち合いが始まり、四方から青い火花が散った。数では圧倒的に不利だったが、形勢はすぐにビョンヨンとユルの方に傾いた。あっという間に五人が倒れ、残る五人は捨て身でビョンヨンとユルに向かって来た。ビョンヨンは一瞬の隙を突き、目の前の男を蹴り倒して包囲網を破ると、鳥のような身のこなしで宙に舞った。

今ここに、ラオンがいる。キム兄貴といつも笑って俺を呼んでくれたあいつが、ここにいる。秘密を守ってやることはできなかったが、一生守り抜くという誓いだけは守りたい。たとえ俺が死んでも、ラオンだけは守ってみせる。

「甘いわ！」

ところが、その時、パク・マンチュンがビョンヨンの前に立ちはだかった。書生とばかり思っていたが、パク・マンチュンは意外にも剣に長けていた。何十回と激しく打ち合うも勝負がつかず、パク・マンチュンは肩で息をして剣を握り直した。

「威勢はいいが、そこまでだ」

「果たしてそうかな？」

ビョンヨンの背後からユルが現れ、ビョンヨンの隣に並んだ。二人が打ち合いをしている間に、ユルは残る五人をすべて倒していた。

この男、これほど強かったのか？

完全にユルの実力を見誤っていたことに気づき、パク・マンチュンは焦った。

「形勢逆転だ。三人を引き渡してもらおう」

ユルが言うと、パク・マンチュンは大声で笑い出した。

「形勢逆転だと？　いかにも。状況は変わった」

すると、左右に長く伸びた塀の上に松明《たいまつ》が現れ、何十人もの男たちが飛び下りてきた。

「形勢逆転だな」

「貴様！」

憤るビョンヨンを嘲笑うように、パク・マンチュンは目を細めて言った。

「さあ、どうする？　何か策があるなら言ってみろ、会主《フェジュ》」

「………！」

この男は最初からこれを狙っていたのだと、ビョンヨンは気がついた。

「どこの誰かは知らないが、謀反に加担した者であることは明白だ。よって、お前たちを捕えて罪状を明らかにする」

パク・マンチュンがそう言って手を挙げると、男たちは一斉にビョンヨンとユルに襲いかかった。つかの間、静けさを取り戻した細道で、再び戦いが始まった。敵は腕の立つ者たちばかりだった。多勢に無勢のうえに、先ほど一つ戦いを終えたばかりのビョンヨンとユルには、もはや数十の敵と戦う力は残っていなかった。ほどなくして男たちに取り囲まれ、二人は抜き差しならない状況に追い込まれた。

「これで終わりだな」

パク・マンチュンはビョンヨンに近づいた。覆面をはぎ取り、男の顔をさらせばすべてが終わる。白雲会《ペグネ》の会主《フェジュ》が謀反に加担していたとなれば、ビョンヨンを会主《フェジュ》に据えた世子《セジャ》も無事では済むまい。小さな亀裂が、やがて堤を崩壊させるようにな。

パク・マンチュンは露骨な笑みを浮かべた。

だがその時、真っ暗な空から槍の雨が降り出して、ラオンたち母娘の縄を握る男たちの肩に突き刺さった。短い呻き声が宙に響き、パク・マンチュンは慌てて辺りを見渡した。

「何者だ！」

ほかにも仲間がいたのか？

皆の視線が、倒れた兵士たちと、その肩に刺さった矢に向けられた。すると、その一瞬の隙を突いて、ビョンヨンとユルが反撃に出た。たちまちの内に包囲網は破かれ、パク・マンチュンは次々に指示を出した。

「油断するな！　お前とお前、それからお前も！　屋根の上に隠れているやつらを捕らえろ！」

突然のことに、ラオンの母チェ氏と妹のダニは体を寄せ合って震えている。

「大丈夫、大丈夫だからね」

そんな二人を、ラオンは安全な場所に移動させた。

不意に、軒下から手が伸びてきて、ラオンの口をふさいだ。だが、ラオンは驚きも、悲鳴を上げることもなかった。口を押さえる手に馴染みがあった。振り向くと、覆面をした男が口に人差し指を立てた。ラオンは静かにうなずいた。互いの視線が絡み合い、二人を包む空気が熱を帯びていく。ラオンはじっと男の目を見つめ、安堵したようにつぶやいた。

「温室の花の世子《セジャ》様……」

それはあまりに愛おしく、切ない名前だった。

二十六　好きにならずにはいられない

「温室の花の世子《セジャ》様……」

愛しい名前を呼ぶと、覆面に覆われた男の顔が歪むのがわかった。

「世子《セジャ》様、私は……」

謝りたかった。自分のせいで昊《ヨン》の計画を台無しにしてしまったこと。本意ではなかったが、結果的にうそをつくことになってしまったこと。ごめんなさい。本当にごめんなさいと、ラオンは胸の中で何度も昊《ヨン》に詫びた。

「話はあとだ。今はここを切り抜けるのが先決だ」

ラオンを思いやるようにそう言って、昊《ヨン》はビョンヨンとユルを捜した。

急に戦いの音が大きくなった。ビョンヨンはパク・マンチュンを目がけて突進した。死闘の最中にも、片時もラオンから目を離さずにいたビョンヨンが昊《ヨン》に気がついて、自分が敵を引きつけている隙に逃がそうとしたのだ。昊《ヨン》にはそれがわかり、友が命懸けで作った機会を無駄にしないよう、ラオンの手を取った。

「行くぞ！」

昊《ヨン》はラオンを抱き上げて塀の向こうに託した。そこで待ち受けていた者たちがラオンを馬の背に乗せ、母チェ氏と妹のダニまで次々に引き渡すと、昊《ヨン》自身も塀の上に飛び上がった。パク・マンチュンは血相を変えて叫んだ。

「罪人が逃げたぞ！　追え！」

だが、ラオンたち母娘は、すでに見えなくなっていた。

「罪人《ひと》のことより自分の身を案じたらどうだ？」

ビョンヨンは剣を握り直した。その姿は先ほどよりはるかに強い殺気に満ちていて、パク・マンチュンは目元に痙攣を起こした。

「力を、加減していたのか？」

ビョンヨンは不敵な笑みを浮かべた。万一にもラオンの身に危険が及ばないよう気をつけていたため、本気で戦うことができずにいたのだ。

「これで思い切り動ける」

「しぶとい野郎だ」

パク・マンチュンは歯を食いしばり、飛び上がった。ビョンヨンも先ほどより高く飛び上がり、二人の剣が宙でぶつかり合った。夜闇に激しく飛び散る火花は、しばらくの間、消えることはなかった。

昊《ヨン》とラオンたち母娘は木覓山《モンミョッサン》の麓にある小さな草葺きの家に逃げ込んだ。家は古いが中は掃除が行き届いている。

「ここに寝かせるといい」

家の中に入るなり、昊《ヨン》は布団を敷いて青白い顔をして震えているダニを横にならせた。

「ありがとうございます」

母と妹の様子を見ながら、ラオンは礼を言った。だが、昊《ヨン》はちらとラオンを見ただけで返事をしなかった。

「世子様《セジャ》……」

「その前に」

昊《ヨン》は母チェ氏に目を向けた。

「聞きたいことがある」

「はい」

昊《ヨン》が世子《セジャ》であることを知り、チェ氏は面を上げずに返事をした。

「娘たちが父親のことを知らなかったというのは、まことか？」

昊《ヨン》は確かめたかった。もし自分の考えた通りなら、ラオンは父親について何も知らなかったはずだ。それが、最近になって何らかの形で事実を知ることになり、ラオンは黙って宮中を出ようとしていたに違いなかった。チェ氏は少し悩んだが、正直に打ち明けることにした。

「幼い娘たちに、父親のことを話すことは、とてもできませんでした。怯えながら生きるのは、私だけで十分だと思ったのです。ですから、娘たちには何も伝えずに、あちこち逃げて暮らしました。娘たちは、本当に何も知りません」

チェ氏は白く乾いた唇を舐め、深々と頭を下げて願った。

「世子《セジャ》様、どうか娘をお許しください」

「………」

「ラオンが宮中を欺き、女の身で宦官になったのは、すべて母親の私のせいです。生き延びるために男になることを強いたのは、ほかでもない母親である私です。嫌がる娘に無理やり男の服を着せ、時には叱りつけてまで男のふりをさせました」

頭を下げたまま、チェ氏は涙を流した。ラオンに対する申し訳なさと、母親として娘たちを守れなかった自責の念で、細い体は押し潰されそうになっていた。

「悪いのは私です。娘のラオンには何の罪もありません。今日のことも、この子は夢にも思わなかったでしょう。ごめんね、ラオン……本当に、ごめんね……」

泣きながらラオンに詫びて、チェ氏は再び旲《ヨン》に言った。

「世子《セジャ》様、どうか私を罰して、ラオンをお許しください」

旲《ヨン》は懇願するチェ氏の手を取った。

「顔を上げなさい。罪を問おうというのではない。事実を確かめたかっただけだ」

「ですが、世子《セジャ》様……」

「ここからは、二人で話そうと思うのだが」

昊《ヨン》は長い息を吐くと、ラオンに言った。

「少し、歩かないか？」

昊《ヨン》は部屋を出ていき、ラオンもそのあとに続いた。


いつの間にか夜が明けようとしていた。昨夜の帳《とばり》が薄く残る中を、二人はただ黙って歩いた。しばらくして、先に昊《ヨン》が口を開いた。

「いつ知った？」

ラオンにとってはつらい質問だったが、ラオンは顔色も変えずに答えた。

「つい先日、お祖父様から聞きました」

「先生に？」

「はい」

「それは、僕の婚礼の日か？」

ラオンの様子が以前と違うように感じ始めたのは、ちょうどその頃だった。

「頭の中が混乱していて、私は堪らず、祖父を頼りました。これから世子《セジャ》様にどう振る舞うべきか、わからなかったのです。祖父なら、私が進むべき道を示してくれる思って……その時に知りました」

「何をだ？」

「わたくしが、宦官としても、世子様《セジャ》のおそばにいてはならない存在であることを」

朝日がラオンの顔を照らし始めた。かすかに微笑む顔があまりに悲しげで、昊《ヨン》は胸が張り裂けそうになった。

「馬鹿なやつだ。そんな大事なことを、なぜ僕に言わなかった？　なぜ隠そうとしたのだ？　お前にとって、僕は何なのだ？　僕が頼りないから、だから黙って出ていこうとしたのか？」

「そうするのが、一番だと思ったのです」

自分の存在が昊《ヨン》の邪魔になるのが嫌だった。自分まで昊《ヨン》の重荷になりたくなかった。そんな思いが込み上げてきて、ラオンの声は震えていた。

昊《ヨン》はラオンに近づいて言った。

「一番だと？」

「はい」

「お前がいなくなれば、それで済むと思ったのか？　突然いなくなられて、僕は……お前を失った僕が、平気でいられると思ったのか？」

瞳の奥に訴えかけるように、昊《ヨン》はラオンを見つめた。その目に、わずかな揺らぎもなかった。昊《ヨン》の悲しみと怒りがその瞳から伝わり、ラオンは涙が込み上げた。昊《ヨン》は堪え切れず、ラオンを思い切り抱きしめた。

「僕を信じろと言ったではないか。お前がどこの誰でも構わない。お前が男でも女でも関係ない。たとえ……たとえお前が、謀反を起こした男の子であってもだ。この首に剣を突きつけられても、僕は……お前を愛し抜く」

「わたくしには、そのように思っていただく資格がありません」

「僕をこれほど馬鹿な男にしておいて、勝手に出ていくやつがあるか」

「………」

「僕にはお前が必要だ。それが、まだわからないのか？」

「わたくしがおそばにいては、世子様《セジャ》が思い描く国を築くことができません」

「僕が本当に作りたい世には、いつもお前がいた。お前だけでも、僕だけでもない、二人一緒にいてこその世だ」

お前と出会い、共に過ごす中で、僕の夢は、僕の望みは、隣にお前がいてこそ意味を持つようになった。

「お前が自由に生きられる世を作る」

「世子様《セジャ》」

昊《ヨン》の深い愛情が胸に染みて、ラオンはそれ以上は堪らず、昊《ヨン》の胸から離れて言った。

「これからどうなさるおつもりですか？　大勢の人に、秘密を知られてしまいました。私自身も知らなかったとはいえ、人は謀反者の子が意図的に世子様《セジャ》に近づいたと思うでしょう。反意を抱く者と謀議を行ったとして、世子様《セジャ》を責める人が出てくるかもしれません」

「僕にはどうでもいいことだ」

「どうしてそうおっしゃれるのです」

「今回の件がなくとも、敵は躍起になって僕を糾弾する口実を作るだろう」

旲《ヨン》は溜息を吐き、空を見上げた。これから起こるであろうことが次々に浮かんで、目の前を流れていく。どんなことが待ち受けているかは想像に難くない。あちらはラオンを利用して執拗に攻撃してくるだろう。当分は苦しい状況が続く。だが、それで一番つらい思いをするのはラオンだ。謀反者を父に持ったためではなく、世子《セジャ》である僕のせいで。

ラオンが僕の弱みであることが知られた今、やつらは非情な獣のようにラオンに襲いかかるに違いない。僕を揺さぶることのできる唯一の切り札として、容赦なく。

「ラオン」

旲《ヨン》があまりに真剣に呼ぶので、ラオンは不安になった。尾根からわずかに顔を出した朝日が旲《ヨン》の顔を照らし、瞳が赤く揺らめいている。

「しばらく、離れている方がいい」

一緒にいられないことはわかっていたが、いざ旲《ヨン》の口からそれを告げられると、ラオンは胸を切り裂かれるような痛みを感じた。だが、悲しい姿を見せないよう、明るく笑顔でうなずいた。

「わかりました」

「ほんの少しの間だけだ。お前がいない間に、お前を狙う者たちを一掃する」

旲《ヨン》は一言一言、力を入れてラオンに誓った。

「一掃とは、どうなさるのですか？」

「それは僕の務めだ。お前は何も心配しないで、僕が迎えに行くまで待っていてくれ」

「世子様《セジャ》……」

心配しないでいられるはずがない。これから、どれほどつらい日々が待ち受けているかを知りながら、自分だけ心安らかに、ただ迎えに来てくれるのを待つことなどできるはずがない。

「心配しなくても、すでに策は用意してある。もしかしたら、これでよかったのかもしれないな。裏切り者がわかって、僕にとっても悪いことではなかった。ラオン、だからほんの少しの間だけ、安全な場所にいてくれ」

昊《ヨン》が何気なく後ろを向くと、いつの間にかビョンヨンが立っていた。

「ビョンヨン」

「言ってくれ」

「ラオンを頼む」

ビョンヨンは昊《ヨン》に近づいた。袖口から赤黒い血が滴り落ちていたが、ビョンヨンは自分の傷など気にもせず、真剣な顔をしてただ一言、わかったと言った。それを聞いて、昊《ヨン》は安心したようにラオンを見つめた。

「すぐに迎えに行く」

「はい」

「体に気をつけるのだぞ」

「ご安心ください。わたくしは元気だけが取り柄ですから。世子様《セジャ》こそ、どうかご無事で」

「ああ」

「どれほど忙しくても、夜はちゃんと寝てくださいね」

「わかった」

「何があっても、お食事を抜いてはいけません。約束ですよ？」

「約束する」

「湯薬とお茶も、冷めないうちにお飲みください」

「ずいぶん多いな」

昊《ヨン》は笑った。涙で視界が歪んだが、昊《ヨン》はそれをごまかしてラオンの頭を撫でた。

「最後まで口うるさいやつだ。お前こそ、今日をもって、男のふりは終わりだ」

「はい」

「いつも綺麗にして、どこにも行かずに、僕を待っていてくれ」

「はい」

返事をする声がかすれていた。ラオンはとっさに下を向いたが、地面にこすりつけていた爪先に一粒の涙がこぼれ落ちた。その涙を見て、昊《ヨン》は思わず拳を握った。

離れたくない。このまま、影のように自分に寄り添っていて欲しい。だが……。

昊《ヨン》は身が裂かれる思いで、ラオンの涙から目を逸らした。

「では、僕は王宮に戻るよ」

これ以上は別れがつらくなる。昊《ヨン》は歩き出したが、ふと立ち止まり、ビョンヨンに言った。

「少しの間、預けるだけだ。ほんの、少しの間だ」

あとを託すように、自らに言い聞かせるようにそう言って、昊《ヨン》は早朝の霧の中に消えていった。

「世子様《セジャ》……」

ラオンは涙ながらに昊《ヨン》の後ろ姿に向かって詫びた。

どうか、私を許さないでください。私の分まで、世子様《セジャ》の肩に重い荷を背負わせてしまいました。一人でその荷を担ぎ、茨の道を行かせてしまいました。お戻りになったら、私に罰を与えてください。世子様《セジャ》が決めた罰なら、私はどんなことでも甘んじて受け止めます。だから、早く迎えにきてください。あまり待たせないでください。

泣き濡れた瞳に、勇ましく歩む昊《ヨン》の姿がしっかりと映っていた。


「また雪か。今年は豊作になりそうだ」

ユンソンは眩しそうに灰色の空を見上げ、千鳥足で歩き始めた。妓楼《ぎろう》を出てからすでに一時ほど経っている。昨晩の酔いが残っていたが、妓楼《ぎろう》特有のにおいとべたついた空気に息がつまりそうで、飛び出すようにして店を出た。それからずっと、歩き続けている。行く宛てもなく、ただむしゃくしゃする気持ちを晴らすために。

気がつくと、雲従街《ウンジョンガ》の煙草屋の前にいた。ユンソンは我に返り、苦笑いを浮かべた。

「足がおかしくなったらしい。ここに来てどうする。よりによって、この店に」

そこはラオンとの思い出の場所だった。あの時のラオンの姿が鮮明に思い出される。今にも店の奥から匂い袋を持ったラオンと妹が出てきそうだ。

「煙草ですか？」

ユンソンが立ち去ろうとすると、店主のク爺さんが気がついて声をかけてきた。

「いや、そうではなく」

「もしや、サムノムを訪ねていらしたので？」

長い煙管をくゆらせてク爺さんが尋ねると、ユンソンは立ち止まった。

サムノム――。確か、この街で暮らしていた頃、ラオンは周囲からそう呼ばれていたと言っていた。思えば悲しい響きだとユンソンは思った。女人でありながら女人として生きることを許されず、男の中にいても本当の男にはなれない運命の下、自分の名前も女人としての姿も失い、本当の自分をひた隠して生きる人生はどれほど過酷だっただろう。

やるせない思いがして、ユンソンはク爺さんの隣に腰を下ろした。それをちらと見て、ク爺さんは親しげに話しかけた。

「お客さん、心配事ですか？」

「そう見えますか？」

「何度も見かけたものですから」

「私をですか？」

「覚えていらっしゃらない？　昨日も、その前の日もいらっしゃいましたよ」

「昨日も一昨日も……」

正体をなくすほど呑んだことは覚えているが、どうやら無意識にここへ来ていたらしい。ユンソンは呆れ笑いを浮かべた。心臓の半分をもぎ取られたようなつらい日々から逃れようと、毎日ふらふらになるほど酒を食らっている。それなのに、どれほど酔って記憶を失っても、自分は結局、あの人を求めていたのか。

「好きな女《ひと》のことですか？」

「なぜそう思われるのです？」

「若い旦那が、この店を訪ねてくる理由は決まっています。十人なら十人、全部、色恋の悩みだ。サムノムがいればよかったんですがね」

「サムノムという人は、それほどすごいのですか？」

「言うまでもありませんよ。あの子に解決できない悩みはありません。でもお客さん、来るのが遅かったね」

「なぜです？」

「サムノムは今、宮中に仕えているんですよ。あいつがいた頃は、この煙草屋も忙しくてね。毎日のように相談に来る客であふれていましたよ」

「そんなにですか？」

「ええ」

「不思議ですね。その人は、どうやってそんな力を養ったのでしょう」

「さあ」

ク爺さんは煙管《キセル》を深く吸い込んだ。そして吐き出すと、白い煙が漂った。

「………」

「あの子は心で人の話を聞くから、その人に一番必要なことを言えるんじゃないですかね」

「心で人の話を聞く、か……。相手の気持ちになって考えていたということでしょうか」

ユンソンは独り言のように言い、淡い笑みを見せた。

「それほどよく聞いてくれるなら、私も一度、相談してみましょう。その人なら、もしかしたら私の悩みも解決できるかもしれない」

「ええ、あの子ならきっと、お客さんのお悩みも解決してくれるでしょう」

「そう思いますか？」

「私が保証します」

「それなら、善は急げだ。今からその人のところへ行ってきます」

ユンソンは立ち上がった。

「おや、宮中にお知り合いがいるので？　サムノムに会ったら、私のこともよろしくお伝えてください」

「そうします」

ユンソンはおぼつかない足取りで店を離れ、しばらくして振り向くと、長い煙管《キセル》を口にくわえて煙をくゆらせる老人が、どこか常人とは違って見えた。考えればラオンがこの街で生計を立ててこられたのも、街の人にサムノムと親しまれ、よろず相談を受けることになったのも、そして、それが縁で宦官として召し抱えられたのも、すべてはこの老人のおかげだ。

「ありがとう」

ユンソンはク爺さんに頭を下げた。老人が何を思ってラオンを助けたのかはわからないが、おかげでラオンは生きてこられた。この人がいなければ、私はラオンに出会えなかっただろう。

ユンソンは心から老人に感謝した。心から誰かに感謝するのは初めてで、自分でも驚いたが、悪い気はしなかった。

ユンソンは微笑みを浮かべ、再び歩き出した。酔いが醒めたのか、それとも老人と話したおかげか、頭の中のもやが晴れて、これからすべきことがはっきりした。

今すぐ会いにいこう。あの人に……ホン・ラオンに会いにいこう。振り返れば一度も自分の本当の気持ちを伝えたことはなかった。ただ自分のものになれと強い、執着し、時には脅すようなことも言った。

だからこそ聞きたかった。心から聞けば、ラオンなら道を示してくれるかもしれない。自分がこれから進むべき道を。そして、この思いの断ち方も。

雪は先ほどより強くなっていたが、ユンソンは晴れやかな目で遠い空を見上げた。

二十七　約束を果たす時

夜明け前から降り出した雪は、王宮の屋根にしんしんと降り積もった。早朝から冷たい風が吹く中、足首まで積もった雪道を歩いて参朝する大臣たちの表情は二通りだった。何かを腹に秘めたような含み笑いをしている者と、不満そうにしている者。それは大殿《テジョン》に近づくにつれ、さらに露骨になった。

玉座が置かれた大殿《テジョン》の壇上を中心に、大臣たちは両側に分かれた。一方は安東金氏《アンドンキムシ》を軸にした外戚勢力、もう片方は世子嬪《セジャビン》チョ氏を中心にできた新たな外戚の勢力である。向かい合う両者は鋭く睨み合っていた。

「世子《セジャ》様のお成り」

張りつめた緊張感が漂う中、世子《セジャ》の訪れを告げる声がして大殿《テジョン》の戸が開き、黒い袞龍袍《コンリョンポ》をまとった昊《ヨン》が現れた。文武百官が頭を下げる中、昊《ヨン》は黙々とその間を通って壇上に上がった。そして玉座に着くなり、府院君金祖淳《プウォングンキムジョスン》は開口一番に言った。

「昨夜遅く、奇妙な話を聞きました」

府院君《プウォングン》のその声は、皆の緊張をさらに高めた。

「奇妙な話？　一体何の話です？」

今度は何を企んでいるのだ。世子嬪《セジャビン》ハヨンの父、チョ・マニョンは露骨に顔をしかめた。

「十数年前、この国を混乱に陥れた洪景来《ホンギョンネ》を覚えておいでですか?」

「国を揺るがすほどの大規模な反乱でした。ここにいる人たちは皆、当時の混迷を昨日のことのように覚えているでしょう。しかし、なぜ今、唐突にその名を持ち出されるのです?」

「昨夜、私のもとに驚くべき知らせが届きました。宮中に、それも世子《セジャ》様のおそばに、かの洪景《ホンギョン》来《ネ》の実の子が潜んでいたと言うのです」

すると、大臣たちの中から声が上がった。

「府院君《プウォングン》様、それはあり得ないでしょう」

「まこと、私もなぜこのような信じがたい事態が起きたのか、恐れながら世子《セジャ》様にうかがいとうございます」

府院君《プウォングン》は旲《ヨン》を見上げ、改めて尋ねた。

「世子《セジャ》様、お答えください。なぜこの宮中に、逆賊の子が入り込めたのでしょうか」

府院君《プウォングン》に追及されても、旲《ヨン》は押し黙ったまま一言も発さなかった。すると、見かねたチョ・マニョンが言った。世子嬪《セジャビン》ハヨンの父であり、このたび、新たに漢城府《ハンソンブ》を統率する漢城府判尹《ハンソンブパンユン》に任命されたチョ・マニョンは、旲《ヨン》に代わって鋭い目で府院君《プウォングン》を見返した。

「一体誰が、そのようなわけのわからぬ戯言を府院君《プウォングン》様に吹き込んだのです?」

「大事なのはそこではありません」

「では、何が大事だとおっしゃるのです?」

「逆賊の子が宮中を闊歩していたのです。それも、ほかでもない世子《セジャ》様のおそばで、お世話をする宦官として」

「おやめください、府院君《プウォングン》様。そのような作り話を、なぜ信じるのです?」

「その作り話のような事態が実際に起きていたから言っているのです」

「それなら、逆賊の子の名前を明かしてください」

「宦官、ホン・ラオンです」

大殿《テジョン》に大きな衝撃が走った。端に控える宦官たちも、一様に表情を強張らせた。皆、声にこそ出さないが、ラオンが逆賊の子であるはずがないと胸の中で否定した。これまで見てきたラオンは、謀反とはおよそ結びつかない人物だった。正直で裏表がなく、仲間思いで世子《セジャ》の寵愛を受けても偉ぶらず、相手によって態度を変えることもない。そんなラオンが謀反者の子だったなどと言われて、信じられるはずがなかった。

だが、いつも通り、影のように任に徹する宦官たちとは違い、大臣らは感情をむき出しにして言い合いを始めた。

チョ・マニョンは声を震わせて何度も確かめた。

「間違いないのですか?」

「幾度となく確認したうえで言っているのです。すでに義禁府《ウィグムブ》にも知らせてあるので、じきに真相が明らかになりましょう」

「信じられない……そのような輩が、どうやって宮中に紛れ込んだというのです」

チョ・マニョンが動揺を隠せずに言うと、それを待っていたように府院君《プウォングン》は言った。

「手助けした者がいたのです」

「一体、誰がそのようなことを？」

「前尚膳《サンソン》ハン・サンイク並びに前判内侍府事《パンネシブサ》パク・トゥヨン。あの者たちが洪景来《ホンギョンネ》の子の後ろ盾を買って出たそうです」

「そんなまさか」

「その二人の後ろ盾がなければ、逆賊の子が、それも女の身で宦官になれるはずがありません」

「い、今、何とおっしゃいました？　女ですと？」

「さよう、女です。逆賊の子の正体は、女だったのです」

それを聞いて、それまで平静を保っていた宦官たちも顔色を変えた。驚き、戸惑っていたのは宦官たちだけではなかった。大殿《テジョン》に集まった大臣たちは、雷に打たれたように茫然としている。そして我に返ると、次々に騒ぎだした。

「何ということだ。女が宦官になりすますとは、前代未聞ですぞ」

「一体、この国と王室は、どうなってしまうのです？」

「宦官になるには厳しい身体検査をすると聞きましたが、では検査も施術もしなかったということですか？」

「恐ろしいことだ。つまり、この宮中のどこかに、まだそのような輩が潜んでいるかもしれないということではありませんか」

「今すぐハン・サンイクとパク・トゥヨンを捕らえるべきです。施術を行った者も一緒に！」

憤慨する声があちこちから上がり、府院君《プウォングン》は頃合いを見て口を挟んだ。

「家に行った時には、すでにもぬけの殻でした」

「まったく嘆かわしいことです。いつから宮中はここまで乱れるようになったのでしょう」

安東金氏《アンドンキムシ》側の者たちは大げさなほど騒ぎ立て、世子《セジャ》の前につめ寄った。

「世子《セジャ》様、ホン・ラオンなる者を絶対に許してはなりません」

「逃げた前判内侍府事《パンネシブサ》パク・トゥヨンと前尚膳《サンソン》ハン・サンイクはもちろん、ホン・ラオンの身体検査並びに施術を担った者も捕らえるべきです」

「今も宮中のどこかに、よからぬ企てを持つ者が潜んでいるかもしれません。ただちに宮中の警備を厳しくしてくださいますよう、平にお願い申し上げます」

府院君《プウォングン》は昊《ヨン》の真横に進み出て、皆に聞えよがしに訴えた。

「して、世子《セジャ》様。宦官になりすまし、王室を愚弄したホン・ラオンという者は今、どこにいるのですか？　あの者を宮中に送り込んだ者たちはどこなのです？　もしやとは思いますが、あの者たちがどういう意図で世子《セジャ》様に近づいてきたのか、世子《セジャ》様はご存じだったのではありませんか？」

大殿《テジョン》にいる全員の視線が昊《ヨン》に注がれた。東宮殿《トングンジョン》のホン・ラオンといえば、今や昊《ヨン》の影のような存在として知られている。そんなラオンを宦官に推戴した者たちも世子《セジャ》側の人物。府院君《プウォングン》は結局、昊《ヨン》を攻撃するためにラオンのことを持ち出したのだ。すると、それまで沈黙し続けていた昊《ヨン》が、おもむろに口を開いた。

「まだ詳細は明らかになっていませんが、宮中に不穏な動きがあったことは事実です」

大殿《テジョン》は再び水を打ったように静かになった。それは、世子《セジャ》自ら謀反の動きがあったことを認めたようなもので、安東金氏《アンドンキムシ》の者たちはほくそ笑んだ。だが、一方の豊壌趙氏《プンヤンチョシ》側の者たちの表情は沈んでいた。

「しかし、まだ疑いがあるというだけで物証はありません。捕らえた罪人たちも途中で姿を消してしまい、確かめる術がないという報告を受けました」

「護送中の罪人を手助けした者がいたことも、謀反を企てる動きがあったことを示す証拠ではありませんか？」

「府院君《プウォングン》の意見も一理あります。ではうかがいます。此度の一件、どうすべきでしょうか」

旲《ヨン》が尋ねると、府院君《プウォングン》は一歩進み出て大声で言った。

「真相の究明を急ぎ、全貌を明らかにすることです。調査団を立てて王宮の内外に兵を放ち、少しでも疑わしい者がいれば問答無用で捕らえるべきです」

「妙案ですね。それから？」

「調べに当たる者たちは、前提として清廉潔白でなければなりません。そのため、調査団は我々の中から組織するのが一番と考えます」

これには、チョ・マニョンが異を唱えた。

「それはなりません。調査は公平に行うべきです。府院君《プウォングン》様の判断で調査団を組織すれば、均衡が崩れ、偏った結果につながる恐れがあります」

その主張に、府院君《プウォングン》は不快感を露わにして、チョ・マニョンに噛みついた。

「ではどうしろと言うのです？　宮中に逆賊がいるのですぞ。世子《セジャ》様のおそばに仕えていたのも、そのうちの一人でした。もう少し遅ければ、取り返しのつかないことになっていたかもしれないのです。こうなれば、信じられる者は身内しかおりません」

「なぜそう言い切れるのです？　府院《プウォングン》君様のお身内が清廉潔白であるという確証がどこにありますか。今のお言葉は、府院《プウォングン》君様のお身内でない者は皆疑わしく、謀反の恐れのある者とおっしゃっているように聞こえます。これでは罪人を捕らえる前に、朝廷の中に不和が生じますぞ」

「では、誰なら信じられると言うのです？」

「誰を信じる、信じないの話ではありません」

「おっしゃっていることの意味が、よくわかりませんな」

「謀反の疑いはあっても、まだ確かな証拠がなく、証人もおりません。ホン・ラオンという者がもし仲間内の悪ふざけで謀反をちらつかせただけだとしたら、その時はどうなさるおつもりですか？」

「直接、見た者が何十人もいるのです。それらの証言まで信じられないと否定するおつもりですか？」

「それも自分の目で目撃したのではなく、『そうらしい』という伝聞に過ぎないから言っているのです」

すると、府院《プウォングン》君側の若い重臣が前に進み出た。

「府院《プウォングン》君様のお話を疑っていらっしゃるのですか？」

「そういうわけではありません。私はただ、証拠がないと言っているのです」

府院君《プウォングン》とチョ・マニョンの言い合いは、次第に全体に広がり、大殿《テジョン》で怒号が飛び交う事態となった。すると、それまで成り行きを見守っていた旲《ヨン》が手を挙げた。大臣たちはそんな旲《ヨン》の様子に気がついて、一人、また一人と口を閉じた。

「此度の一件は、真偽のほどはさておき、王宮の規律や秩序を乱す重大な事件であることに違いありません。ゆえに、決断します」

大臣たちの顔をゆっくりと見渡して、旲《ヨン》は話を続けた。

「まず、逃げた者たちの行方を追います。当事者がいなければ、真相を突き止めることはできません。直ちに足の速い者たちを集め、ホン・ラオンをはじめ逃げた者たちを必ず捕まえます」

「…………」

「次に、調査隊を作ります。府院君《プウォングン》並びに漢城府判尹《ハンソンブパンユン》お二人で相談のうえ、隊を組織してください。調査隊は王宮の内外をくまなく調べ、少しでも疑わしいと思った者は一人残らず捕らえて事実関係を明確にしてください。どちらも一切の手抜かりがあってはなりません」

旲《ヨン》はそう言い残して大殿《テジョン》を出ていった。頭を下げて見送る大臣らの表情は様々だった。府院君《プウォングン》金祖淳《キムジョスン》率いる安東金氏《アンドンキムシ》の面々は、自分たちの言い分が通ったことに喜色を浮かべ、一方の豊壌趙氏《プンヤンチョシ》側には不満が残った。なぜ世子《セジャ》が府院君《プウォングン》の要求を受け入れたのか、納得できない様子だ。チョ・マニョンは頭を悩ませた。

世子《セジャ》様は本当に、ご自分を支えてきた者たちが謀反に加担したと思っていらっしゃるのだろうか。この一件のせいで、これまで首尾よく進めてきた世子《セジャ》様の計画に支障が生じるのは必至だ。世《セ》子《ジャ》様のご命令は、府院君金祖淳《プウォングンキムジョスン》の意向を汲んだもので、下手をすれば安東金氏《アンドンキムシ》の復権に資することになる。それなのに、世子《セジャ》様は、どういうおつもりなのだろう。まさか、ここへ来て道を見失ってしまわれたのか？　昊《ヨン》の後ろ姿を見送るチョ・マニョンの瞳が、暗く沈んでいた。

大殿《テジョン》を出て、昊《ヨン》は灰色の空を見上げた。白い雪が肩の上に降り注ぐ。

「無事に向かっているのか？」

明け方から降り出した雪は、徐々に強くなっていた。ユルの話では、朝方、無事に都を発《た》ったというが、今、どの辺りにいるのだろう。こんなに降るとわかっていたら、もっと温かく服を着せてやればよかった。

大臣たちには逃げた罪人を捕らえるよう命じたが、内心ではラオンが心配でならなかった。それでも追っ手を放つよう命じることができたのは、友を信じているためだ。ビョンヨンなら、あいつなら絶対にラオンを守り抜いてくれる。

せめてこの雪さえやんでくれたら……。

吹きつける雪の中を行くラオンたち家族や友を思うと、昊《ヨン》は胸が痛んだ。

「世子《セジャ》様」

振り向くと、ハヨンが白い雪の上を歩いて近づいてきた。昊《ヨン》は何も言わずに歩き出した。

「お話はうかがいました」

ハヨンはそんな昊《ヨン》の歩幅に合わせて歩きながら話を続けた。

「もう嬪宮《ピングン》の耳にまで届いていたのか」

「一番秘密が多いのも、秘密を留めておけないのも宮中ですから」

「確かにそうだな」

昊《ヨン》が静かにうなずくと、ハヨンはさらに言った。

「世子《セジャ》様、あのお話は本当ですか？　あの人は、本当に謀反者の子だったのですか？」

「それが事実だとして、何の関わりがある？」

こういう返事は予想していなかったので、ハヨンは口ごもった。ただ、昊《ヨン》の気持ちに変わりはないことはわかり、ハヨンは折り目正しく微笑んだ。

「余計なことを申しました」

「………………」

「わたくしの父も、一族も皆、世子《セジャ》様の味方です。微力ながら、わたくしも、お役に立てることなら何でもいたします。たとえ何があっても、きっと乗り越えられます。ですから、世子《セジャ》様は、世子《セジャ》様の信念に従ってお進みください」

「ありがとう」

昊《ヨン》は軽く礼を言って、歩みを進めた。ハヨンも無言でその隣を歩いた。雪の感触を足の裏に感じながら、二人は后苑《フウォン》に向かった。

しばらくすると雪の積もる暎花堂《ヨンファダン》の屋根が見えてきた。目の前には薄く氷の張った芙蓉池《プヨンジ》がある。

不意に、ハヨンが立ち止った。

「どうした？」

昊《ヨン》も立ち止まり、ハヨンの視線を追った。

芙蓉亭《プヨンジョン》の前に、老人が佇んでいる。ハヨンは何度か昊《ヨン》と老人を見て、恭しくお辞儀をした。

「わたくしは、ここで失礼いたします」

短い散策を終え、ハヨンは静かにその場を去った。昊《ヨン》が一人になると老人が近づいてきた。

「世子様《セジャ》」

深々と頭を下げる老人を、昊《ヨン》は複雑な思いで見つめた。


昊《ヨン》は黙って芙蓉亭《プヨンジョン》を眺めていた。その後ろ姿を、丁若鏞《チョンヤギョン》は心苦しそうに見つめている。二人はもうずいぶん長い間そうしていたが、不意に丁若鏞《チョンヤギョン》が昊《ヨン》を呼んだ。

「世子様《セジャ》」

すると、昊《ヨン》は初めて丁若鏞《チョンヤギョン》に振り向いた。目には怒りを湛えている。

「先生は、ラオンの父のことをご存じだったのですね」

鋭く刺すような口調に、昊《ヨン》の感情が表れていた。丁若鏞《チョンヤギョン》は雪の地面に平伏した。

「大きな罪を犯しました」

そんな師の姿を見ても、昊《ヨン》の怒りは収まらなかった。

「あの時なぜ、桃を取ってこいなどとおっしゃったのです。ラオンの身の上を一番よく知っている先生が、なぜラオンを僕のもとへ寄越したのです。先生は、僕を弄んだのですか？」

「そうではありません。決して、そのようなことはありません。私はただ……」

「ただ、何です？」

「あの娘を、助けたかったのです。可愛い孫娘に、安心して生きられる道を作ってやりたいという、愚かな祖父の身勝手が招いたことでございます」

「助けるため？」

昊《ヨン》は声を荒げそうになるのを抑え、深呼吸をして改めて言った。

「そのせいで、ラオンの身に危険が及ぶことになるとは、考えなかったのですか？」

反逆者の子であるラオンにとって、もっとも危険な人物は、ほかでもない世子昊《セジャヨン》だった。それをわかっていながら、丁若鏞《チョンヤギョン》はラオンと昊《ヨン》の仲を取り持とうとした。一体、何を思ってのことだったのか、昊《ヨン》は理解に苦しみ、さらにきつく丁若鏞《チョンヤギョン》を見据えた。すると、丁若鏞《チョンヤギョン》はついに過去を打ち明けた。

「あの娘の父が謀反を起こした時から、この世はあの娘の敵となりました。本当なら、とうに死んでいる命でした。世の中から刃を向けられて、どうして生きていけましょう。もし生き残れたとしても、野良犬同然の惨めな人生を送ることは目に見えています」

「それで、僕とラオンを無理やりにでも結ばせようとなさったのですか？」

「無理やりではありません。世子様《セジャ》とラオンが私の前に並んで現れた時、二人は目に見えない運命の糸で結ばれているような気がいたしました」

「運命の糸？」

「あの娘が助かるように、天が結んでくれた糸でございます。私は、二人は運命の相手なのだと、その時に確信いたしました」

「どういう意味ですか？」

「世子様《セジャ》しかおられないのです。あの娘が生きる道は、あの娘を死に追いやろうとする世の中の、さらに上に君臨する世子様《セジャ》の情にすがるしかないと思ったのです」

「情？　なぜそう考えたのですか？」

「この世でもっとも得難いものは人の心であり、この世でもっとも深く重いのが人の情だからです」

「情ですか……」

「我が子のために生きる親がそうであるように、愛する者のため命を投げ打つ想い人がそうであるように、この世に人の情ほど頼もしく強いものはありません。ですから、あの娘が世子様《セジャ》の情を得られるよう仕向けたのです。いいえ、世子様《セジャ》御自ら、あの娘に情をおかけくださるよう願いました」

「………」

丁若鏞《チョンヤギョン》の考えは正しかった。この世でもっとも強く怖い鎖。それは人の情だ。旲《ヨン》はすでに、ラオンという鎖につながれている。それはラオンが仕掛けたものでも、丁若鏞《チョンヤギョン》に巻きつけられたものでもなく、自ら縛られることを望んだ鎖だった。

結果的に丁若鏞《チョンヤギョン》の望み通りになった。今、旲《ヨン》は身を挺してラオンを守ろうとしている。世の中に立ち向かえる唯一の人、天下の主として。

旲《ヨン》は、自分が見えない蜘蛛の糸にかかった獲物になった気がした。自分はもっと抜け目のない人間だと思っていたが、思わぬ隙があったようだ。後悔してはいないが、もっと早く事情を知っていれば、ラオンを遠くへやらずに済んだかもしれない。旲《ヨン》にはそれだけが心残りだった。そうすれば、こんな寒い雪の日に行かせずに済んだものを……。

「先生のお気持ち、少しわかった気がします」

いや、察するに余りあると旲《ヨン》は思った。自分もきっと、同じことをしたはずだ。愛する者を助けるために、それ以上のことをしていたかもしれない。

「お立ちください」

「世子《セジャ》様……」

「この寒さです。雪の上にいつまでもおられては、体に障《さわ》ります。あいつにがみがみ怒られるのは僕ですから」

「天下の世子《セジャ》様が、あの娘を恐れていらっしゃるのですか？」

「僕はこの世で一番、あいつの小言が怖いのです」

丁若鏞《チョンヤギョン》は声を出さずに笑った。

「実は私も、ラオンに何か言われるたびに心臓が縮みます」

「先生もでしたか」

そう言って、旲《ヨン》も笑った。

世子《セジャ》の師にも恐れられるとは、大したやつだ。

旲《ヨン》は少し寂しそうに笑って、后苑《フウォン》に向かって歩き出した。その少し後ろを、丁若鏞《チョンヤギョン》が歩いていく。

「世子様《セジャ》、これからどうなさるおつもりですか？　敵は死に物狂いで挑んでくるはずです」

「わかっています。この機に、一気に僕を引きずり降ろそうとしてくるでしょう」

「それができてしまうくらいの、絶好の機を得ましたからね」

「しかし、これまで通りやるつもりです。あの者たちが起こす風など、どうってことはありません」

「…………」

「ただ、この一件で僕の支えだった基盤が揺らいでいます。僕を信じてついて来てくれていた人たちの間でも信頼関係が崩れ、分裂が起きるのは時間の問題です」

その隙を突いて、敵は一気に動き出すだろう。もしかしたら、かつて父にしたことを僕にもしてくるかもしれない。この国のため、反逆者から王室を守るためという大義名分の下、再び兵権を掌握し、王室を意のままに操ろうとするに違いない。だが、もう思い通りにはさせない。絶対に。

旲《ヨン》は心に固く誓い、丁若鏞《チョンヤギョン》に振り向いて言った。

「先生」

「はい、世子様《セジャ》」

「あの者たちは、今回のことが僕の弱みになると考えるでしょう。しかし僕は、逆に利用したいと思っています」

「世子《セジャ》様なら、十分におできになります」

「先生のお力が必要です」

「と、おっしゃいますと？」

「覚えていらっしゃいますか？　前に、朝廷に復帰しない代わりに交わした約束です」

「…………」

「あの時の約束を、果たしていただく時が来たようです」

「…………！」

二人は何も言わず、互いを見つめ合った。肩には雪が降り積もり、服の合わせ目から入り込む風は身を切るほど冷たい。だが、互いを見つめ合う眼差しや、そこに込められた厚い信頼は、その寒さにも勝るものだった。

それからどれほど経っただろうか。丁若鏞《チョンヤギョン》は深々と旲《ヨン》に頭を下げ、ついに口を開いた。

「臣、丁若鏞《チョンヤギョン》。世子《セジャ》様のご命令、しかと承りました」

二十八　一杯どうです？

夕暮れ時になると雨雲はうそのように晴れて、一日中、冷たい雪を降らせていた空には星が瞬き始めた。道行く人々が襟元を掻き抱いて家路を急ぐ中、安東金氏《アンドンキムシ》の面々は府院君金祖淳《プウォングンキムジョスン》の屋敷に向かっていた。この日、襖を払って設けられた宴席では、終始笑い声が絶えなかった。

「実に愉快、痛快ですな」

刑曹判書《ヒョンジョパンソ》キム・イクスは笑いを止め、周囲の顔を見渡した。

「世子《セジャ》様のあの顔を見ましたか？」

「見るも何も、苦虫でも噛み潰したような顔をしていましたよ」

兵曹判書《ピョンジョパンソ》ユン・サンイルも相槌を打った。

「これで世子《セジャ》様も、今までのようにはおできにならないでしょう」

刑曹判書《ヒョンジョパンソ》の発言に一同がうなずく中、礼曹判書《イェジョパンソ》が言った。

「しかし刑曹判書《ヒョンジョパンソ》、世子《セジャ》様は王様とは正反対のお方ですな。此度のことで、逆に我々に火の粉が飛ぶのではないかと不安でなりません」

刑曹判書《ヒョンジョパンソ》は煩わしそうに舌打ちをして言い返した。

「礼曹判書《イェジョパンソ》は心配性が過ぎますぞ。そんなに気が小さくて男が務まりますか」

「いや、私が案じているのは……」

「礼曹判書《イェジョパンソ》の言うことにも一理ある」

府院君《プウォングン》が口を挟むと、刑曹判書《ヒョンジョパンソ》はそばに寄って空いた盃に酒を注ぎながら尋ねた。

「府院君《プウォングン》様、それはどういうことですか？」

こちらの言い分を飲んで逃げるように大殿《テジョン》から出ていく世子《セジャ》を見た時は、どれほど胸がすく思いがしたかわからない。それなのに、誰よりも喜ぶべき府院君《プウォングン》は渋い顔をしている。刑曹判書《ヒョンジョパンソ》は理由が気になった。

「我々のすることなすこと、ことごとく世子《セジャ》様に邪魔をされてきたことを思えば、礼曹判書《イェジョパンソ》が案ずるのも無理はないと言っているのだ。それもすべて私の不徳の致すところ、皆に合わせる顔がない」

「何をおっしゃいます、府院君《プウォングン》様」

刑曹判書《ヒョンジョパンソ》は大げさに首を振った。

「この一件で、世子《セジャ》様の足元が揺らぎ始めています。完全無欠と思われていた世子《セジャ》様にほころびができたのですから、朝廷の大臣たちもこれまでのように黙って従うばかりではなくなるでしょう」

「兵曹判書《ピョンジョパンソ》の言う通りです。世子《セジャ》様もこれまで通りには行きますまい」

「言わずもがな」

二人は顔を見合わせて笑い出し、宴席に勝ち誇ったような笑いが起きた。だが、その中にただ一人、府院君金祖淳《プウォングンキムジョスン》だけは笑っていなかった。

今回のことで、世子《セジャ》様は確かに、自らを慕い支えてきた者たちの信頼を失った。まさにしてやったりと喜ぶべきなのだが、何かが引っかかる。

「どうもうまく行きすぎている」

府院君《プウォングン》は世子《セジャ》が簡単に引き下がったのが気になっていた。

一体何だ？　この手放しに喜べない妙な気分は何なのだ？　まるで燃えると知りながら火に飛び込む火取蛾《ひとりが》を見ているようだ。

「勝機を得たことでむしろ不安を覚えさせるとは、さすがは世子様《セジャ》。だが、これで終わりだ。今度こそ、世子様《セジャ》は基盤を失うことになる」

府院君《プウォングン》は盃を呷《あお》った。すると、そばにいた刑曹判書《ヒョンジョパンソ》がすかさず聞き返した。

「府院君様《プウォングン》、今、何とおっしゃったのですか？」

「この機に、世子様《セジャ》の基盤を完全に打ち砕くと言ったのだ」

「何か、妙案がおありなのですか？」

「その前に、あやつをこちらに連れ戻せばな」

目ざとい刑曹判書《ヒョンジョパンソ》は、密やかに尋ねた。

「それは、もしや謀反の件と関係のある者ですか？」

府院君《プウォングン》は声を出して笑った。

「すでに人を送ってある。じきにいい知らせが届くだろう」

「どんな知らせが来るか、楽しみです」

「ああ、大いに楽しみにしてくれ。絶対に失望はさせん。以前の栄光を、必ずや皆の手に取り戻してみせる」

府院君《プウォングン》は一同を見渡して酒を呷《あお》り、遠くを睨むような目をしてつぶやいた。

「世子《セジャ》様も、どうか楽しみにしていてください」


夜分遅く、雲岳山《ウナッサン》の麓の旅籠屋《はたごや》にぞろぞろと男たちが入ってきた。

「驚いたね。今日はお客さんがいっぱいだわ。昨夜、吉夢でも見たかしら」

土間で火を焚いていた女将は、喜色を浮かべて客たちを出迎えた。

「まあまあ、皆さん、お寒かったでしょう?」

ちょうど旅籠屋《はたごや》に入ってきた学者風情の男が、人のよさそうな笑顔で言った。

「寒いのなんの。女将、酒と温かい雑炊《クッパ》を頼むよ」

「はい、今すぐにご用意しますよ」

「これでは凍えて死にそうだ」

「部屋を暖めておいたので、中へどうぞ。皆さん氷みたいですよ」

「まったくだ」

男たちは震えながら急いで部屋の中に入った。

「ああ、温かい。生き返るようだ」

男たちは壁にもたれて座り、床から伝わる暖かさにようやく人心地がした。

そこへ、ちょうどいい塩梅で女将が料理を運び入れ、愛想よく男たちをもてなした。

「お客さんたち、この夜更けにどこからいらしたの？」

「参ったよ。急ぎの注文が入って、漢陽《ハニャン》の都から来たのだ」

白い湯気が昇る雑炊《クッパ》を口に掻き込みながら、学者風情の男は言った。

「まあ、そうですか、都から。こんな田舎に何をしに来られたのかはわかりませんが、ゆっくりして行ってくださいね」

「それでな、女将」

「はい」

学者風情の男は何かを思い出したように匙を置いて女将に尋ねた。

「我々の前に、ここを通った者はいなかったか？」

「ここを通った人ですか？」

女将は手をあご先に当てて少し考えて、うなずいた。

「そういえば、昨日の昼頃だったかしら。お客さんのように、遠くから来たような人たちがいましたよ」

「ほう、何人だった？」

「確か、六、七人だったかしら」

「六、七人？」

「ええ。でも、どうしてそんなことを聞くんです?」

「実は仲間とはぐれてしまったのだ。もしかしたら我々より先にここを通ったのではないかと思ったのだが、女将、その六、七人の者たちの風貌を覚えているか?」

「ええ、もちろんです。よく覚えています」

「おお、どんなだった?」

「だってびっくりするほどのいい男が二人もいたんですもの。一人は女と言われたらわからないくらい小さくて可愛らしい顔立ちをなさっていましたよ。それからもう一人は……」

言いかけて、女将は頬を火照らせ、恥ずかしそうに前掛けで顔を隠して言った。

「あらやだ、私ったら年甲斐もない」

「もう一人は、どんな顔をしていた?」

学者風情の男に言われ、女将は話を続けた。

「あんなにいい男は初めて見ました。一目見て、天の太子が降りてきたのかと思ったくらいです」

「あとは? ほかの者たちはどうだった?」

「あとは女の人が二人と、お年寄りが三人……でも、こんなこと、言ってもいいのかしら」

「構わん、言ってみろ」

「そのお年寄りなんですけどね」

「年寄りが、どうかしたのか?」

「何て言ったらいいか……」

女将はしきりに男の顔色をうかがって、言うのを躊躇った。すると、学者風情のその男は言った。

「もしかして、男とも女ともつかない風貌をしていたのか？」

「そう、そうなんです」

「やはり、はぐれた仲間に間違いない。それで、どこへ行った？」

「雲岳山《ウナッサン》の方へ行かれましたよ」

「そうか。いや、助かった。おかげで仲間と合流できそうだ」

学者風情の男は礼を言い、器に顔を埋めるようにして雑炊《クッパ》を掻き込んだ。

「ところで女将、この先は雲岳山《ウナッサン》の方に行く道しかないのか？」

「いいえ、この辺りの山は険しい上に、道が蜘蛛の巣のように入り組んでいるんですよ。この先の道は雲岳山《ウナッサン》にも梅峰山《メボンサン》にもつながっていて、逆の方向に行くと渓谷に出ます」

「そうか。女将に聞かなければ道に迷っていたところだ。しかし何だな、ずいぶんと静かなところで店をやっているのだな」

「そりゃあ昔は……優柔不断で苛々させられっぱなしだったけど、それなりに頼りになる夫と二人で切り盛りしていたんですよ。でも、私は幸が薄いのか、十年前に死んじまって、それからは、こうして私一人で旅籠屋《はたごや》を」

「苦労したのだな、女将も。しかし、こんな人気のないところで、女一人で店をやっていて、怖くないのか？」

「怖いなんて思うものですか。ここに店を構えてもう三十年ですからね。今じゃ足音を聞いただけで、どの村から来たお客さんかわかりますよ」

「へぇ、それはすごい。いや、うまい雑炊《クッパ》だった」

学者風情の男が笑いながら立ち上がると、周りの男たちも立ち上がった。

「あら、お客さん、もう行かれるんですか？　夜も遅いですし、ここで一晩泊まって、明日の朝、出発なさったらいかがです？」

「そうしたいのは山々だが、先を急ぐのでな」

「この時分じゃ山の中は真っ暗で、道に迷ったら死んじまいますよ」

「いやいや、心配するな。いくらだい？」

「雑炊《クッパ》五つとお酒で、合わせて二両ですが……本当に行かれるんですか？」

「じゃ、三両だ」

男が言い値に色をつけてお代を手渡すと、女将はたいそう喜んで言った。

「ありがとうございます。いいんですか？」

「礼を言うのはこちらの方だ」

「ではありがたくいただきます。くれぐれもお気をつけて」

出ていく男たちを、女将は名残惜しそうに送り出した。最後に学者風情の男が人のいい笑顔で出ていくと、女将は一人つぶやいた。

「あの人たち、こんな夜更けに行って大丈夫かしら。無事に着けるといいけど。ああ、寒い、中に入ろう」

女将は灯りを消して急いで部屋の中に戻ろうとした。

「いかん。女将、大事なことを忘れていた」

すると、先ほどの学者風情の男が引き返してきた。

「あら、どうなさいました？」

「うっかり忘れ物をするところだった」

「忘れ物？」

次の瞬間、女将は首にひんやりした冷たさを感じた。学者風情の男は顔色一つ変えずに剣を鞘に納め、今にも倒れそうにふらつく女将の耳元に顔を近づけた。

「今度生まれ変わったら、こんなところで店なんか出すんじゃないぞ」

「お、お客さん……」

女将の首からは赤黒い血が噴き出し、前掛けやその下の藻《チマ》まで血に濡れている。パク・マンチュンは相変わらず人のいい笑顔で言った。

「だってそうだろう？　女将の目につかないように、この道を通ることはできないからな」

「どうして……？」

血を吐き、凍てつく地面に倒れ込んだ女将の背中を踏みつけて、パク・マンチュンは言った。

「逃げた者たちの助っ人が私のあとを追ってくるかもしれないのだ。女将さえいなくなれば、俺たちの行方を知る者はいない。わかるだろう？　こうするしかないのだ」

女将はもう、何も言わなかった。

「いいところへ逝くのだぞ。大儀のためだ、悪く思うなよ。これは冥土の土産だ」

パク・マンチュンはさらに金を一枚、女将の体の上に投げて雲岳山《ウナッサン》に向かって歩き出した。


遠くからミミズクの鳴く声が聞こえている。白く積もった雪は月に照らされ、まるで野に散りばめられた宝石のようにきらきらと輝いている。ラオンたちは雪明りを頼りに森の中を歩き続けた。先に進むにつれ、妹のダニの息はどんどん荒くなっている。

「ダニ、苦しいの？」

ラオンは息をぜいぜいさせるダニに寄り添った。

「大丈夫、お姉ちゃん。私は平気よ」

ダニは明るく答えたが、その顔は青白い。

「お姉ちゃんにつかまって」

「だめよ、お姉ちゃんが歩けなくなる。私の心配はしないで」

姉妹が互いを支え合っていると、後ろからビョンヨンが来て、軽々とダニを抱え上げた。

「お兄様！」

突然のことに、ダニはひどく驚いた。

「下ろしてください。自分で歩けます」

真っ赤な顔を逸らしてダニは言ったが、ビョンヨンはいつもの無表情のまま首を振った。

「もうすぐだ。あの峠を越えれば」

「私たちの荷物も持っていただいているのに、私までこんな……これ以上、ご迷惑をおかけするわけにはいきません。下ろしてください」

「これくらい何ともない。気にするな」

無骨な物言いでそう言って、ビョンヨンは黙々と歩き出した。

「キム兄貴、ありがとうございます」

ラオンは背の高い、広い背中に向かって頭を下げた。

「いちいち礼を言うな、面倒臭い」

すると、後ろからも声がした。

「おい、おおい。そんなに力があるなら、私にも手を貸してくれ」

痰の絡んだその声に振り向くと、ラオンを宮中に送り込んだパク・トゥヨンとハン・サンイクが、息も絶え絶えに山道を登っていた。その後ろには、ラオンに施術を行った閹工《オムゴン》チェ・チョンスが、酒の入った瓶を呷《あお》りながらついて来ている。

「ハンよ、うるさいぞ。そんなことを言う余力があるなら、少しでも前に進め」

「うるさい？　うるさいだと？　私がどうしてこんな目に遭ったか忘れたのか？　全部お前のせいではないか」

「どうして私のせいなのだ？」

「お前があの若造を……」

パク・トゥヨンはハン・サンイクとラオンを指さして、慌てて言い直した。

「いや、あの娘を出仕させたから、こんなことになったのではないか」

「世子《セジャ》様に心の拠り所ができたと喜んでいたのはどこの誰だ？　同じ人間の口から出た言葉とは思えんな。それにだ、この際だから言わせてもらうが、なぜ私のせいになる？」

ハン・サンイクはちらとラオンを見て言った。

「あの娘が、娘であることを我々に隠していたのが悪いのではないか」

「言われてみれば。うむ、けしからんやつ、いや、娘だ。しかしそれよりも」

パク・トゥヨンは、今度はチェ・チョンスを睨みつけた。

「この役立たずの閹工《オムゴン》め。お前の目は飾りか、それとも面の皮が足りなくて穴が開いているだけか？　何が天下一の閹工《オムゴン》だ。通りすがりの蟻が笑うわ。宦官の施術をするお前が、どうして男と女を見分けられなかったのだ？」

「あの娘を宦官にしてくれと送り込んだお前たちの目はどうなんだ。それもお飾りか？」

チェ・チョンスに言い返され、パク・トゥヨンは歯を噛みしめた。

「貴様！　私を甘く見ると痛い目に遭うぞ！」

「おう、やれるものならやってみろ」

「ちょうど体が鈍っていたところだ。久しぶりに腕が鳴るわ！」

パク・トゥヨンは裾をたくし上げ、チェ・チョンスに向かって突進した。ところが、チェ・チョンスが拳を軽く一振りすると、パク・トゥヨンはあっけなく地面に転がされてしまった。

「チェ・チョンス、貴様、私を本気で怒らせたな？」

「ふんっ、お前ごときに殺される程度じゃ、もう何千回も死んでるわ」

吐き捨てるように言うチェ・チョンスを睨み、パク・トゥヨンは再び突進した。

「この、いんちき闇工《オムゴン》め！　今からでも謝った方が身のためだ。さもなくば、長年の鍛錬で鍛え抜かれたこの足が許さんぞ」

「…………」

「やい、闇工《オムゴン》！　早く謝れ！　この足が飛ぶぞ。いいのか？　本当に蹴るぞ？」

「さっさと蹴ってみろ。いつまでもぶんぶんぶんぶん、まるで蚊の鳴き声だ」

「何だと？　大口を叩いていられるのも今のうちだ。私を怒らせたらどうなるか、篤と思い知るがいい。この蹴りを受けてみろ！」

やあ！　という掛け声が何度も夜の森に響いた。だが、やがて闘う気力がなくなると、パク・トゥヨンは今にも死にそうな顔をしてビョンヨンに言った。

「お若いの、一体どこまで行くのだ？　もうすぐ日が昇る時刻ではないか？　まさか、このまま、夜通し歩けと言うのではないだろうな？」

ビョンヨンは立ち止まり、振り向いて言った。

「着きました」

「何、どこだ？」

「ここで荷を下ろしましょう」

「………」

三人の老人は互いに顔を見合わせた。

「今、何て？」

聞き間違いかと思い、パク・トゥヨンは耳をほじった。どれほど目を凝らしても、見えるのはどこまでも続く暗い山道と、抉り取られたような絶壁だけ。まさか、この寒い日に野宿でもするつもりだろうかと思っていると、再びビョンヨンが言った。

「そこです」

三人はビョンヨンが指さす方へ顔を向けた。じっと見ていると、森の奥深くに小さな庵があるのが見えてきた。老人たちは安堵するどころか怒り出し、中でもハン・サンイクは両足で地面を踏みつけて声を荒げた。

「こんな人里離れた谷間に誰が庵など建てたのだ。どうせ造るなら、もっとわかりやすい場所にすればいいものを、わざわざ目につきづらいところに建ておって。こんな間の抜けたことをしたのは一体どこの誰だ？」

「世子《セジャ》様です」

「何？」

「世子《セジャ》様がお建てになった庵です」

ハン・サンイクは途端に顔色を変えた。

「やはり！　我が世子《セジャ》様は先見の明をお持ちだ」

パク・トゥヨンも喜色を浮かべて言った。

「まさしく。こうなることを見越して、早くからご用意なさったのだろう。さすがは世子《セジャ》様だ」


疲れ果てていたのだろう。荷を下ろすなり、母チェ氏とダニはそのまま寝入ってしまった。隣の部屋からは三人の老人のいびきが漏れ聞こえてくる。寝ていても喧嘩を続けているのが気配でわかり、ラオンは笑ってしまった。起きている間は会えば喧嘩ばかりの三人だが、お互いを家族のように思いやっている。そんな三人の姿に、真の友情と呼べるものをラオンは感じていた。

友情。本当の友……。

ラオンはふと、自分を友と呼んだ昊《ヨン》の顔を思い出した。些細なことでぶつかり合ったあの頃が懐かしい。初めて会った日の記憶が、自分のものになれと言った声が鮮やかに蘇り、胸が苦しくなった。喉元に熱いものが込み上げて、ラオンは慌てて部屋を出た。

子の正刻（午前零時）を優に過ぎ、月明りの下に佇む冬の森は、眠ったように静かだった。冷え切った静寂の中、ラオンは岩の上に腰かけて夜空を見上げた。吐く息が白く立ち上る。淡く光る月を見ているうちに、堪えていた悲しみが心の底から突き上げてきて、無性に昊《ヨン》に会いたくなった。必ず迎えにいくという昊《ヨン》の声は今も耳元に響いているが、本当に、また会える日が来るのだろうか？

「考え事か？」

するといつの間にそこにいたのか、ラオンの隣に並んで座り、ビョンヨンが聞いてきた。

「寝ていらっしゃらなかったのですか？」

「そういうお前は、眠れないのか？」

「私は……」

ラオンは深い溜息を吐いた。

「いい景色だと思って」

「そうか」

「この月明りも」

「そうだな」

「あの方も、この月を見ているでしょうか」

「………」

あの方が誰のことかは聞くまでもなかった。ビョンヨンは胸が締めつけられるようだったが、何も言わずラオンを慰めるように肩を叩いた。

「心配するな。世子《セジャ》様は強い方だ」

「わかっています。でも、それでも……」

心配でなりません。心配で、会いたくて、苦しいです。

込み上げてきた涙を堪え、ラオンは言った。

「こんな夜は、資善堂《チャソンダン》でお酒を酌み交わした日のことを思い出します。今、振り返ってみても、私の短い人生の中で、あの時が一番幸せだったように思います。こんなに綺麗な月明りの下で、また三人でお酒を呑めたら、どんなにいいでしょうね」

また、そんな日が来たら……。

ラオンは恋しくてたまらなかった。

「せっかくの月夜、恋しいあの方ではありませんが、私と一杯どうです?」

突然、飛び込んできた男の声。二人の背後に、長い影が伸びていた。

二十九　最後の贈り物

「私と一杯どうです？」

背後から聞こえてきた男の声。追っ手に見つかったのだろうか？

ラオンはとっさに庵に目を走らせた。灯りの消えた庵の中では、母と妹、そして貴人たち三人が眠っている。今すぐみんなを起こして逃げるにも、いつ倒れるかわからない妹やお年寄りを連れて、この暗い森の中、どこへ行けばいいのだろう。ラオンは頭が真っ白になった。

「心配するな」

ビョンヨンはラオンを守るように立ち、小声で言った。

「怖がらなくていい。聞き覚えのある足音だ」

「キム兄貴」

その大きな背中を見て、ラオンは心なしか気持ちが落ち着いた。恐怖で狭くなっていた視野も開け、近づいてくる長い影とビョンヨンの顔が交互に目に入ってきた。

「お知り合いですか？」

「ああ」

ラオンはほっと胸を撫で下ろした。九死に一生を得た気分だ。この夜更けに、こんなところに来るなんて、一体誰なのだろう。もしかして世子《セジャ》様が人を送ってくれたのだろうか？

目を凝らすと、ちょうど雲の狭間から月明りが漏れて影の主の顔を照らした。

「礼曹参議《イエジョチャミ》様？」

思いもしないユンソンの登場に、ラオンは目を見張った。

ビョンヨンはラオンを守るように前に出て、ユンソンへの敵意をむき出しにした。

「何の用だ？」

険しい山道を登ってきたばかりで、ユンソンは両膝に手を突いて荒い息を吐いた。

「答えろ。何しに来た？」

ユンソンは参ったように頭を掻いて言った。

「ちょっと、息を整えてからでもいいですか？」

「お前の事情など構っている暇はない。ここへ来た目的を言え」

容赦のないビョンヨンに、ユンソンは荷物を下ろし、中から酒を取り出した。中身が並々に入っているようで、ユンソンは重そうに酒瓶を掲げて見せながら言った。

「いい酒が手に入ったので、蘭皐《ナンゴ》と一杯やろうと思って来ただけです。それから」

ユンソンはビョンヨンの後ろにいるラオンに言った。

「ホン内官に、聞きたいこともありまして」

すると、ラオンはビョンヨンの後ろから顔を出して聞いた。

「私たちがここにいることを、どうやってお知りになったのです？」

「ある人が教えてくれました」


「世子様《セジャ》」

目頭を指先で押さえる昊《ヨン》の前に、チェ内官は茶と茶菓子を乗せた膳を置いた。

「棗《なつめ》の茶にございます」

ここ数日、ろくに眠りもせずに仕事をこなす世子《セジャ》の体を案じてチェ内官が用意したものだった。その茶にラオンの顔が重なって、食事を抜くな、湯薬と茶は温かいうちに飲めという小言が聞こえてくるようだった。何を見てもラオンの姿が浮かぶが、手を伸ばせば届くところにいたラオンはもうここにはいない。その寂しさが実感として湧いてきて、昊《ヨン》はつらそうに目を閉じた。そんな主君の気持ちを察して、チェ内官は茶を勧めた。

「世子《セジャ》様、温かいうちにお召し上がりください」

「そうだな」

茶をすする昊《ヨン》の肩がやけに疲れているように見え、チェ内官は声を抑えて目元を湿らせた。それに気がついて、昊《ヨン》はチェ内官に顔を向けずに言った。

「どうした?」

「いいえ、何も」

「泣かないでくれ。この国の民が、つらい涙を流すことのない世をつくるために僕は戦っている。その民に、この程度のことで泣かれてしまったら……僕はつらくて敵わない」

「世子様《セジャ》」

「それより、礼曹参議《イエジョチャミ》はどうした？」

「今朝、宮中を出て、その足で漢陽《ハニャン》を発《た》ったそうでございます」

「そうか」

「礼曹参議様《イエジョチャミ》は、どこへ行かれたのでしょうか？」

「そうだな。風の向くまま、気の向くまま、ではないか？」

できることなら、自分も一緒に行ってしまいたかった。すぐにでもラオンの元へ飛んでいきたい。

昊《ヨン》は手の平の黒い玉をいじりながら、今朝のことを思い出していた。


久しぶりに見るユンソンの顔は、かつての面影がないほど頬がこけて別人のようだった。青白い顔で、目の下には濃いくままでできている。まるで床に伏していたようなやつれ具合で、体からは酒の臭いが漂っていた。

「ひどい顔だな」

「そうですか？」

ユンソンは自分の身なりに苦笑いした。それは普段見せていた仮面を被ったような笑顔とは違う、無防備な笑顔で、昊《ヨン》ははっとした。仮面を被り自分を保ってきた男にこれほど弱々しい姿を見せられて心配にならないはずがない。

「どこか悪かったのか？」

「ええ」

「今は、いいのか？」

「いいえ、変わりません」

「それなら外をほっつき歩いていないで、医者に診てもらったらどうだ」

「その医者に診てもらうために、ここへ来たのです」

「ここは重熙堂《チュンヒダン》だ。医者はいないぞ」

「私の病は煩悶です。自分では解決する方法を見つけられず、誰かに話を聞いてもらい、教えを乞いたいのです。ちょうど、悩み相談に打ってつけの人がいると聞いて訪ねてきたのですが、その人がどこにもいないのです。世子《セジャ》様、その人がどこにいるか、ご存じですか？」

「どうして僕に聞く？」

「世子《セジャ》様なら、ご存じのような気がするのです」

ユンソンはじっと昊《ヨン》の目を見つめた。その目の奥をのぞき込むように、昊《ヨン》も見つめ返した。酒の臭いが鼻を突き、瞳は灰色の霧に覆われたように濁っている。だが、その奥は驚くほど澄んでいた。この男は今、純粋にラオンに話を聞いて欲しいと思っている。それがわかり、昊《ヨン》はしばらく考えた末に、ユンソンを信じてみることにした。

「あいつは今、罪人として追われている」

思いもしないことを言われ、ユンソンは絶句した。

「お祖父様がそうなさったのですか?」

「ああ」

まさかと思ったが、やはりそうだったか。

ユンソンは、大事な人を失った時に人が見せる顔をした。そして、虚ろな目で昊《ヨン》を見て、絞り出すような声で言った。

「嫌な予感ほど、外れてはくれないものですね。結局、お祖父様は決断を下された。そうならないように力を尽くしましたが、結局……」

ラオンを守るため、ラオンの人生につきまとう謀反者の子という亡霊を消し去るために、できることは何でもやった。昊《ヨン》に敵対する祖父に協力してきたのも、すべてはラオンのためだ。だが、その甲斐も虚しく、ラオンを追われる身にしてしまった。

ユンソンは自らを嘲笑うように笑い、もう一度、聞いた。

「あの人は、今、どこにいるのですか?」

昊《ヨン》は筆を執り、白い紙に文字を書いた。

――雲岳山《ウナッサン》

「私がこれを持って、お祖父様のところへ向かうとは思わなかったのですか？」

「お前は、そんなことはしない」

「なぜ言い切れるのです？」

「その目をしている時、お前は僕を裏切ったことがない」

昊《ヨン》は本気で自分を信じてくれている。ユンソンは黙って頭を下げた。

「人は信じられないと思っていました。私がそうであったように、誰もがその時々の都合に流されて、いかようにも変わるものだと。しかし、それは間違いでした。変わったのは、私だけでした」

「………」

「世子《セジャ》様と蘭皐《ナンゴ》は昔のまま、幼い頃、一緒に遊んだ、あの頃のままでした」

ユンソンは立ち上がり、袖口から何かを取り出した。

「これは？」

ユンソンが差し出す黒い玉を見て、昊《ヨン》が聞いた。

「覚えていらっしゃいませんか？　子どもの頃、友情の証として三人で持っていようと約束した、あの玉です。もらっていただけますか？」

「………」

「あの頃に戻るには、私はあまりに遠くへ来てしまいました」

ユンソンは悲しそうに笑い、もう一度、頭を下げた。

「こんな証などなくても、お前は僕の友だ」

「世子様《セジャ》……ご存じでしたか？」

「…………？」

「私はずっと、世子様《セジャ》を慕っていました」

眩しかった。世子様《セジャ》の堂々とした姿が。皆の羨望を集める才能が。そんな世子様《セジャ》のようになりたくて、どれほど努力してきたか。

顔を上げたユンソンの瞳は、心から笑っていた。

「湿っぽいやつだ」

ユンソンは一度も振り返ることなく、重煕堂《チュンヒダン》を出ていった。幼い頃を共に過ごした友の後ろ姿を見送る昊《ヨン》の手には、黒い玉がしっかりと握られていた。


「世子様《セジャ》、それは何でございますか？」

「何か言ったか？」

不意にチェ内官に話しかけられ、昊《ヨン》は我に返った。

「見たことのない玉ですが、どうなさったのです？」

「久しぶりに帰ってきた友がくれたものだ」

昊《ヨン》は癖のように黒い玉をいじりながら答えた。

「友、でございますか？」

はて、とチェ内官は首を傾げた。

昊《ヨン》は遠くの空を見上げた。今頃は無事に会えただろうか。


隙間風が冷たい。

小さな庵の中に戻り、ビョンヨンはユンソンに目を留めたまま、服の重ね目を掻き抱いた。

「わけを聞こう」

「言った通りです。うまい酒が手に入ったので、一緒に呑もうと持ってきました」

ビョンヨンは瓶のまま一気に酒を呑み干し、空《から》になった瓶を床に置いた。

「この強い酒を一気に呑み干すとは、さすがは蘭皐《ナンゴ》。いや、恐れ入りました」

「無駄口はその辺にして、用が済んだら帰れ」

ビョンヨンを持ち上げたつもりが、冷たくあしらわれてしまい、ユンソンは苦笑いした。だがすぐに真顔に戻り、ラオンに言った。

「まだ済んでいません」

「…………」

「こちらでよろず相談をしていると聞いて、やって来ました」

きょとんとするラオンに近づいて、ユンソンは話を続けた。

「悩んでも、悩んでも答えは出ず、気持ちが晴れません。こんな時に何ですが、私の悩みを聞いてもらえませんか」

「礼曹参議様《イェジョチャミ》、しかし今は……」

戸惑うラオンを残して、ビョンヨンは席を立った。

「キム兄貴、どこへ行くのです？」

「聞いたろう。話があるそうだ。あいにく俺は、他人の話を聞いてやれる暇はない」

「そんな」

「俺は表にいる。そいつが何かしてきたら大声で叫べ。飛んできてやるから」

これはラオンではなく、ユンソンに向けた忠告だった。最後に釘を刺すようにユンソンを見て、ビョンヨンは部屋を出ていった。二人きりになると、部屋の中に気まずい雰囲気が流れた。ラオンはわざとらしい咳払いをして、ユンソンに言った。

「では、お悩みをうかがいます」

「初めて心惹かれる人に出会い、恋をしました。その人に会えない日は気がおかしくなるほど、好きでした」

「………」

「その人を手に入れるために、私はどんなこともしました。すがってもみたし、脅すようなことを言いもしました。どうしても振り向かせたくて、その人の好きな人を貶めようともしました。でもその人は、ついに私のもとには来てくれませんでした。だから、諦めることにしました。それなのに、忘れようにも忘れられないのです。私は、どうしたらいいのでしょうか？」

「……………」

「記憶をなくすほど酒を呑んでも、あの人の顔だけは、鮮明に浮かんでくるのです」

ユンソンは、じっとラオンを見つめた。

「その人への思いは今も変わっていません。もし、今からでも私の手を握ってくれたら、すぐにでもその人を苦しみから救いたいと思っています。その人の罪を永遠に消し去ることだってできます」

だが、ラオンは瞬ぎもせずユンソンに言った。

「その女《ひと》が礼曹参議様《イエジョチャミ》のもとへ来ることはありません。何をしても、その女《ひと》の気持ちを変えることはできません」

「なぜですか？　なぜ私ではだめなのです？」

「その女《ひと》にはすでに、心に決めた人がいるからです」

「今はそうでも、いつか変わるかもしれません。待っても私が入る隙ができなければ、無理やりにでもこじ開けるまでです」

「そんなことをしても、その女《ひと》を幸せにはできません。そして、そばでその姿を見守り続ける礼曹《イエジョ》参議様《チャミ》も、幸せになれません」

「では、私はどうしたらいいのですか？」

「以前、わたくしのもとへ相談にいらした方の中にも、片思いに悩む方は大勢いらっしゃいました。中には成就した方もいらっしゃいましたが、多くは結ばれませんでした」

「結ばれなかった人たちは、どうなったのです？」

ラオンはユンソンを見つめ、人差し指を突き上げた。

「わたくしの祖父は、よくこう申しておりました」

「…………」

「時が薬だと」

「時が、薬？」

「今はその人なしでは生きていけないと思っても、時が経てば苦しみは消え、思い出に変わります」

「…………」

ユンソンは力なくうつむいた。恋は消すことのできない烙印のようなものだ。ある日、突然訪れて、こちらに心の準備をする間も与えずに一方的に押される烙印。熱くて、痛くて、切なくて。恋は無防備な心に、そんな烙印を残していく。

「この苦しみも、いつかは消えるでしょうか」

「失った恋は、本当に愛する人に出会うための糧になります。ですから、今はどんなにつらくても、その苦しみを受け止めてください。そして時が経ち、傷が癒える頃には、きっとまた誰かを好きになれるはずです」

「そういうものでしょうか」

ユンソンはしみじみ考えた。

「時が薬というのは本当かもしれません。しかし、今はまだつらすぎて、また誰かを好きになれる気がしません」

「礼曹参議様《イエジョチャミ》……」

「初めて心から笑ってくれた人でした。あまりにいい人なので、手を触れることさえできませんでした。そんな人を失ったのですから、しばらくは胸にぽっかり開いた穴は埋められないでしょう」

この先、どんな人に出会っても、あなたへの思いは生き続けます。

「そんなふうにおっしゃらないでください。礼曹参議様《イエジョチャミ》はきっと、いい人に出会えます」

「私のような男に、そんな日が来るでしょうか」

「もちろんです。心配なさらずとも、必ず来ます。だって、礼曹参議様《イエジョチャミ》はいい方ですから」

「私はいい人などではありませんよ」

「礼曹参議様《イエジョチャミ》がどうおっしゃられても、わたくしにはいい人です。それに」

ユンソンはラオンを見つめ、次の言葉を待った。

「わたくしは礼曹参議様《イエジョチャミ》の笑顔が好きです。心から笑う時の顔は特に。心から、礼曹参議様《イエジョチャミ》の幸せを願っています」

そう言って、ラオンは笑った。その笑顔を見て、ユンソンの張りつめていた糸がぷつりと切れてしまった。

どれほど手を伸ばしても届かない人。初めてときめきを覚えた笑顔が、すでにほかの男のものだったと知った夜は胸が苦しくて眠れなかった。

時が経てば、この胸の痛みは癒えるだろう。だが、この人を忘れるくらいなら、いっそこの苦しみを抱えたまま生きて行く方がいい。つらくても、この人のそばにいたい。たとえ何もかも失うことになったとしても。愛されたいという悲しいほどの願い。愚かしいほどの欲望。愛は、残酷なほど美しさを増すものなのだろうか？

ユンソンはラオンを抱きしめた。

「礼曹参議様《イエジョチャミ》」

ユンソンの心の悲しみがその震える腕から伝わり、ラオンは拒まなかった。遠慮がちに手を回し、ユンソンの背中を撫でた。

「これまで、ありがとうございました」

「………」

「それから、ごめんなさい」

「その言葉を、言ってしまうのですね」

「ごめんなさい」

「いいのです。もう……いいのです」

独り言のようにそう言って、ユンソンはゆっくりとラオンを離した。ラオンの温もりが、残り香のように腕や胸に残っている。

「もう行きます」

それを断つように、ユンソンは悲しそうに笑って立ち上がった。そしてふと自分の手を見つめた。この女人を手に入れるために、この世を手に入れようとした。多くを手に入れようとあれほど足掻いたのに、結局、何一つつかめなかった。それなのに、気分だけはよかった。胸がくすぐったくて、口元が緩む。

ユンソンは最後に笑顔で振り返り、ラオンにささやいた。

「あなたは、大切な人を失わないでください」

部屋を出ると、ユンソンはおぼつかない足取りで歩き始めた。ビョンヨンは庵の前の老松に背を持たれていたが、ユンソンが来ると近寄って声をかけた。

「夜は長い。今夜はここに泊まって、明るくなってから行ったらどうだ」

「いえ」

ユンソンは庵の中を見ながら言った。

「ここに私の居場所はありません。時が経てば傷は癒えるそうなので、ずっとあとで、その時が来たらまた来ます。今は、あの人のそばにいられる自信がありません」

ユンソンは力なく微笑んで、歩き出した。

「いいと思うぞ」

その後ろ姿に向かって、ビョンヨンが言った。

「はい？」

「その笑顔だ。前は仮面を被ったような気味の悪い作り笑いだったが、子どもの頃の、俺が知っている幼馴染みの顔に戻っている」

「…………」

「今の方がずっといいぞ」

それを聞いて、ユンソンは白い歯を見せて笑った。

「そういう蘭皐《ナンゴ》も」

「…………」

「とても素敵です」

ユンソンはビョンヨンに手を振って、ふらふらと暗闇の中に消えていった。夜の帳《とばり》を道連れに、鼻歌を歌って。

「こんなに好きなのに、あの人は受け入れてはくれなかった。これからどうしたらいい？　夢も希望も失い、話を聞いてくれる月も見えない。これから、何のために生きればいい？」

ユンソンはふと歩みを止め、ラオンがいる庵を見上げた。

「旅立つあの人に、最後の贈り物をしよう」

ユンソンは声を出して笑った。そして、再び歩き出したユンソンの足取りは、青い空に浮かぶ雲のように軽やかだった。

三十　ラオン……ラオン……

冬の雪山を、男たちが登っていく。松明《たいまつ》も灯さずに暗い山道を進む男たちの姿は異様だ。

「もたもたするな！　やつらはすぐそこだ！」

パク・マンチュンは先頭から後ろを振り返り、男たちに檄を飛ばした。その声には遅れを取ったことへの焦りが滲んでいる。

手分けして追っていた仲間たちを集めるのに、思いのほか時間を要してしまった。本当なら今頃はとっくにラオンたちに追いついていたはずだった。だが、相手はあのキム・ビョンヨン。書家としてのキム・ビョンヨンを知る者は多いが、その裏の顔は朝鮮の武人で知らない者がいない最強の武者だ。そんな男との戦いに備えて、三十人の精鋭を集めた。

「もう少しだ」

パク・マンチュンは山道の先を見上げた。この先に小さな庵がある。病弱な妹と年寄り連中を連れて、夜の山道を歩くのは容易ではない。あいつらはきっと、その庵にいる。袋の鼠だ。

「もうすぐ会えるぞ、鼠どもめ」

パク・マンチュンは下卑た笑いを浮かべた。すると、どこからか声が聞こえてきた。

「この夜中に、そんなに急いでどこへ行くのです？」

パク・マンチュンはもちろん、男たちは狼狽した。声のした方を振り向くと、平べったい大きな岩の上に男が一人、酒と思しき瓶を持っているのが見えた。パク・マンチュンは目を凝らし、怪訝そうな顔で言った。

「礼曹参議《イェジョチャミ》様ではありませんか」

ユンソンもパク・マンチュンの顔に目を凝らした。

「それはこちらの台詞《せりふ》です。あなただったのですね」

「府院君《プウォングン》様のご命令ですか？」

「いえ。そういうあなたは、この暗い山道を……お祖父様の命令で急いでいるのですか？」

「いかにも、その通りです」

ユンソンは少しの躊躇いもなく答えるパク・マンチュンを見て、笑い出した。

「真面目な方ですね」

「どういう意味ですか？」

「お祖父様の鶴のひと声で、夜の冬山を登るのですから、その忠誠心には感服しました」

褒めているようだが、言い方に嘲笑が滲んでいて、パク・マンチュンはみるみる険しい顔つきになり、込み上げる殺意を抑えようと拳を震わせた。

「助太刀をしにいらしたのでなければ、先を急ぎますので、これで」

パク・マンチュンは手下を連れて先を急ごうとした。

「裏切り者になるのは、どんな気分ですか？」

パク・マンチュンは再び立ち止まった。

「何のことでしょう」

「裏切り者になるのは、どんな気分かと聞いたのです」

「おかしなことをおっしゃいますね。裏切り者とは、誰が誰を裏切ったと言うのです」

「白雲会《ペグネ》の一員であるあなたが、会主《フェジュ》に背いたのですから、これを裏切りと言わずに何と言うのです？」

「何のことかと思ったら。礼曹参議《イェジョチャミ》様も面白いことをおっしゃる。何か誤解をしていらっしゃるようですが、私は最初から府院君《プウォングン》様の側の人間であって、白雲会《ペグネ》の者ではありませんでした。白雲《ペグ》会《ネ》に入ったのも、府院君《プウォングン》様のご命令があったからです。その私が裏切り者ですと？　大儀のために単身、敵陣に乗り込んだのですから、忠臣と言うのが正しいのではありませんか？」

「忠臣ね」

「この国と王室のためを思うからこそしたことです」

「罪の意識を抱いたことは？」

「さっきから何が言いたいのです？」

「世子《セジャ》様は心からあなたを信頼しておられました。そんな世子《セジャ》様を見て、良心が咎めたことはなかったのですか？　あなたを信頼するあの方を貶めて、何も思いませんでしたか」

パク・マンチュンは鼻で笑った。

「だから面白いのではありませんか」

「面白い？」

人の気持ちを弄《もてあそ》ぶことを楽しんでいる口ぶりに、ユンソンは吐き気がした。

「お祖父様の忠犬には、違いないようです」

「犬ですと？」

「聞こえましたか？　私はただ、あなたのようにはなれそうにないと思っただけです」

パク・マンチュンが舌打ちするのをちらと見て、ユンソンは酒瓶を呷《あお》った。わずかに残った酒を呑むと、ユンソンは再び尋ねた。

「逃げた人たちを捕まえて、どうするつもりですか？」

「生け捕りにするよう、府院君《プウォングン》様に命じられています」

「なるほど。殺しはしないということか」

「無論、綺麗に終わらせるつもりはありません。私にこれほどの苦労をさせたのだから、死んだ方がましだと思うくらいのことをしないと、割に合いません」

パク・マンチュンの顔に残忍な笑みが浮かんだ。これがこの男の本性か。ユンソンは見るのも嫌になった。

「そこまでしないといけませんか？　罪のない人たちです。無辜《むこ》の人たちを、ここまで追いつめなければなりませんか？」

「言ったでしょう。私にここまで苦労させたことが、あの者たちの罪です。おかげで私の心身は疲れ果ててしまいました。落とし前をつけてもらわないと気が済みません」

「そうですか。ところで」

「まだ何か?」

パク・マンチュンは苛立ちを露わにした。こちらは一刻の猶予も許されない状況だというのに、くどくどとどうでもいい話を続けるユンソンが疎ましかった。許されることなら……パク・マンチュンは剣を握る手に力を込めた。だが、ユンソンはそれには目もくれず、おもむろに立ち上がって服についた土を払いながら言った。

「少し前まで、私には悩みがありました」

「悩み?」

パク・マンチュンはついに爆発した。

「いい加減にしてくれませんか! 今は礼曹参議《イェジョチャミ》様とおしゃべりをしている暇などないのです」

それを聞いても、ユンソンは話をやめなかった。

「それが今日、ある人に打ち明けてみたら、うそのように気持ちが軽くなりました。凝り固まっていた心が和らいだと言いますか。だから私も、その人のために何かをしたくなりました」

「………」

酒で頭がやられたか?

パク・マンチュンはユンソンを睨みつけ、手下に向かって言った。

「行くぞ。酔っ払いの戯言につき合う義理はない」

男たちは命じられるままに歩き出した。

ところが、その時、後方から短い悲鳴が聞こえた。パク・マンチュンが振り返ると、手下の一人が苦しそうに胸を押さえて倒れ込んだ。倒れた男のそばにはユンソンがいる。

「何の真似だ？」

すると、ユンソンはにやりとして言った。

「言ったでしょう。あの人に恩返しがしたいのです。しかし、今の私にあるのは、この凍てついた剣一つ。これでできることといえば、これくらいしかありません」

ユンソンの手には、血が滴る剣が握られていた。

「風向きがおかしい」

麓を見下ろし、ビョンヨンはわずかに眉間にしわを寄せた。風に揺れる木々が不穏な影を作っている。見上げると、少し前まで綺麗な月が浮かんでいた空には雨雲が垂れ込めている。雲の切れ間から時折のぞく月明りを頼りに、ビョンヨンは眼下の様子に目を凝らした。谷間の辺りに青い光が飛んでいる。それが火花であることはすぐにわかった。谷間から感じる尋常ではない気配と、風に漂うわずかな血の匂い。ビョンヨンは深く息を吸い込んだ。戦場で嗅いだ死のにおいが、侘しい庵に迫ろうとしている。

ビョンヨンは険しい目つきでしばらく何か考えて、急いで庵の中に戻り、剣と笠を手に取った。

そして俺に入った時と同様に、音もなく部屋を出た。

　ちょうど牡丹雪が降ってきて、ビョンヨンの肩に留まった。それを軽く払って、ビョンヨンは庵を出ていこうとした。

「キム兄貴」

　すると、寝ているはずのラオンが駆け寄ってきて、ビョンヨンを呼び止めた。

「寝ていなかったのか？」

「眠くないのです。それより、どこへ行かれるのですか？」

「ちょっと用事を思い出したのだ」

「この夜更けに、何かあったのですか？」

「大したことではない」

　ラオンはビョンヨンの様子に目を走らせた。

「その剣は何です？　本当に、大した用事ではないのですか？」

「ああ、様子を見てくるだけだ」

　ビョンヨンはそう言ったが、ラオンは両手を広げて立ちはだかった。

「行かせません」

「ラオン」

「追っ手が追っているのですか？」

「…………」

「みんなを起こします。すぐにここを発《た》ちましょう」

「この夜中に、どこへ行くと言うのだ」

「キム兄貴一人を危険にさらすわけにはいきません」

「ではどうする？　疲れ切ったダニを連れて、この山を越えられると思うのか？　年寄りや、お前の母上は？　雪の中、暗い山道をどうやって進むと言うのだ？」

「ですが」

それ以上は何も言えず、ラオンは唇を強く噛んだ。ビョンヨンの言う通りだった。ダニは起き上がれるかどうかもわからない。母も疲労がひどく、老人たちも同じだ。そんな皆を連れて、これ以上、険しい山道を行くのは不可能だった。

だが不安でたまらなかった。嫌な予感がヒルのようにこびりついてくる。そんな気持ちのまま、ビョンヨンを送り出すことはできなかった。

「でも、やってみましょうよ。やってみたら、できるかもしれません。キム兄貴だけ行かせるなんて、私にはできません」

旲《ヨン》がいない中、ビョンヨンまでいなくなられたらと思うと、ラオンは怖くてたまらなかった。一人では、皆を守れる自信がない。

だからキム兄貴、私を一人にしないでください。

無言で訴えるラオンの頭に、白い雪がついた。

「世話が焼けるやつだ」

ビョンヨンは切なそうに溜息を吐き、笠をほどいてラオンの頭に被せた。

「キム兄貴」

「夜が明け次第、ここを出る。だから、今のうちに寝ておけ」

「…………」

「長くはかからない。すぐに戻る」

「…………」

「ラオン、ホン・ラオン」

「約束ですね？」

「ああ、約束だ」

ビョンヨンは自分から小指を差し出して、ラオンと指切りをした。

「約束しましたよ。守ってくださいね」

「約束する」

ビョンヨンは小さくうなずいて、滑るように山を駆け下りた。

「キム兄貴、約束ですよ。きっと帰ってきてくださいね」

ラオンは白化粧をした森に向かって、ビョンヨンを無事に返してくれるよう祈った。その胸の叫びは風となり、夜の山中にこだました。

月に向かって突き進む獣のように、ビョンヨンは木々の狭間を駆け抜けた。そして、しばらくして立ち止まると、長く息を吐いた。

確か、この辺りだったはず。ビョンヨンは先ほど青い火花が見えたところを探した。そこから少し進むと、血の臭いが漂ってきた。そして次の瞬間、ビョンヨンは凍りついた。目の前に水たまりのように血が溜まり、そばには無数の死体が転がっている。一体、何があったのだ？　この中に、息があるものはいないのか？

するど、それに答えるように、声が聞こえてきた。

「遅かったですね、蘭皐《ナンゴ》」

その声に振り向くと、たわんだ松の木にもたれて一人の男が立っていた。

「お前……」

ユンソンは血だらけの姿で力なく笑った。

「不摂生が祟ったようです。この程度でふらつくとは」

「この者たちは？」

「私の……祖父が差し向けた者たちです」

「府院君《プウォングン》が？　お前、何もかもわかっていて？」

「ここへ来る前、偶然耳にしましてね」

「馬鹿野郎！」

ビョンヨンは叫んだ。

「それならどうして俺に言わなかった？　そのザマは何だ？」

「まったくです。これくらい一人で十分だと思っていましたが、はは……自惚れていたようです」

ユンソンは顔にびっしょり汗をかいて、どんどん息が荒くなっていた。

「顔が青い。怪我をしているのか？」

「これくらい、何でもありません」

「麓に腕のいい医者がいる。まずはそこで手当てをしよう」

だが、ユンソンはビョンヨンの助けを拒んだ。

「大丈夫です。久しぶりに動いて疲れただけです。それより蘭皐《ナンゴ》、早くあの人のもとへお戻りください。何人か獲り損ねた者たちが庵の方へ向かいました。あの人が危ない。早く戻って、あの人をお守りください」

「………」

「私はだめな男です。この程度の恩返しすらできないのですから」

ビョンヨンは後ろ髪を引かれる思いでラオンのもとへ戻ることにした。だが、少し進んだところで立ち止まり、ユンソンに振り向いた。

「恩に着る」

礼を言うビョンヨンに、ユンソンは白い歯をのぞかせた。

遠ざかるビョンヨンの後ろ姿を見届けて、ユンソンは松の木に寄りかかったまま、その場にしゃがみ込んだ。咳きをすると、赤黒い血が口からあふれた。

「思ったより傷が深いな」

手の甲で口元の血をぬぐったが、パク・マンチュンに斬られた背中からも、どくどくと音を立てて血が流れている。

「卑怯者……自分の仲間を盾にするかよ。私もなかなかと思っていたが……この程度じゃ、何でもなかったのだな」

ユンソンは自分が情けなくて笑えてきた。もう座っているのもつらくなり、ゆっくりと仰向けに寝転んだ。

「疲れた」

冬山の地面は氷のように冷たい。だが、どういうわけか温かく感じた。水溜りのように溜まった血が、母の羊水のようにユンソンの体を包んでいた。気持ちが安らいで、眠くなってきた。だが、まだ目を閉じたくはなかった。

まだ、見たいものがある。最後に一目、見ておきたいものが……。

無理やり目を開けると、ぼんやりとした空から落ちてくる雪が見えた。満開を迎えた花のように柔らかく儚い雪の花が、ユンソンの顔の上で溶けていく。

「月が見たかったのに……」

今夜は月が見たかった。白い月が、目に染みるほど冴えた月が見たかった。その月を愛するあの人が、月明りのように周りを照らすあの笑顔が見たい。

世子様《セジャ》より早く出会っていれば……世子様《セジャ》より早くあなたを好きになっていれば……。

ユンソンは再び目を閉じた。

「ラオン……」

もし、また、あなたに会えたら、その時はよく晴れた春の日に、綺麗な服を着せて、散歩に行こう。素敵な簪《かんざし》をあるだけ全部、花束のようにしてあなたの髪に挿し、動くたびに揺れる簪《かんざし》の音を聞きながら歩こう。

風のように軽やかに野山を巡り、互いに指を絡ませて、堂々と街を歩くんだ。その時は、絶対にあなたの手を放さない。二度とあなたを奪われたりはしない。

一生、幸せに暮らして、最期の瞬間まであなたを抱きしめていたい。もし、あなたが先立つことになったら、その時は私も一緒に……二人、一緒に……。

誰かを好きになることがこんなにも幸せなことだとわかっていたら、誰かを愛しいと思えることが、こんなにもうれしいことだとわかっていたら……もっと早く気づけていたらよかった。

今なら人の心がわかる気がする。喜びも幸せも、悲しみも苦しみも、あの人のおかげで知ることができた。

薄れゆく意識の中、ラオンの顔が浮かび、自ずと笑みが広がった。

これが笑うということなのか。

あまりに美しくて涙が出るような、そんな明るい微笑みを浮かべて、ユンソンはそっと目を閉じた。

「ラオン……ラオン……ラオ……」

ラオンを呼ぶ声が、どんどん小さくなっていく。

まるでいい夢でも見ているように、幸せそうな顔をして永い眠りについたユンソンの上に、白い雪が音もなく降り積もった。

夢を見ていた
花になる夢を
蝶になって光の中を舞う夢を

夢を見ていた
雲になる夢を
風になって自由に大空を巡る夢を

夢を見ていた
あなたに愛される夢を
あなたの瞳に映る私を

永久《とわ》にあなたと生きる夢を

五巻へ続く

雲《くも》が描《えが》いた月明《つきあか》り ④

初版発行　2021年　8月10日

著者　尹 梨修（ユン・イス）
翻訳　李 明華（イ・ミョンファ）

発行　株式会社新書館
〒113-0024　東京都文京区西片2-19-18
tel 03-3811-2631
（営業）〒174-0043　東京都板橋区坂下1-22-14
tel 03-5970-3840 fax 03-5970-3847
https://www.shinshokan.co.jp/
印刷・製本　中央精版印刷株式会社

Moonlight Drawn By Clouds #4
By YOON ISU

Original Korean edition published by YOLIMWON Publishing Co.
Japanese translation rights arranged with KBS Media Ltd. through Shinwon Agency Co.

ISBN978-4-403-22136-1 Printed in Japan